JN051233

文庫

地検のＳ

Ｓの幕引き

伊兼源太郎

講談社

目次

筋読みの鬼 9
境界線のドア 59
火中 127
猫の記憶 189
断 299
解説 大矢博子 470

主な登場人物

湊川地方検察庁

本《ほん》上《じょう》博《ひろ》史《し》
次席検事

同期

特別刑事部

鳥《とり》海《うみ》隼《はや》人《と》
特別刑事部長

信頼

総務部

伊《い》勢《せ》雅《まさ》行《ゆき》
総務課長にして
湊川地検の
陰の実力者

盟友

三《み》好《よし》正《しょう》一《いち》
総務課員

相《あい》川《かわ》晶《しょう》子《こ》
検事

元コンビ

久《く》保《ぼ》信《しん》也《や》
立会事務官
（死亡）

八《や》潮《しお》英《えい》介《すけ》
東京地検特捜部に
応援派遣中の検事

橋《はし》本《もと》宗《むね》樹《き》
検事

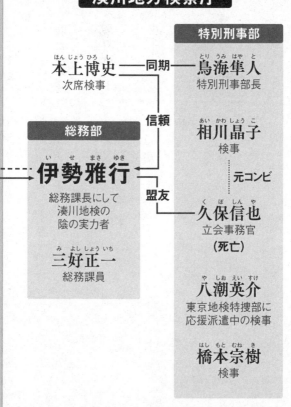

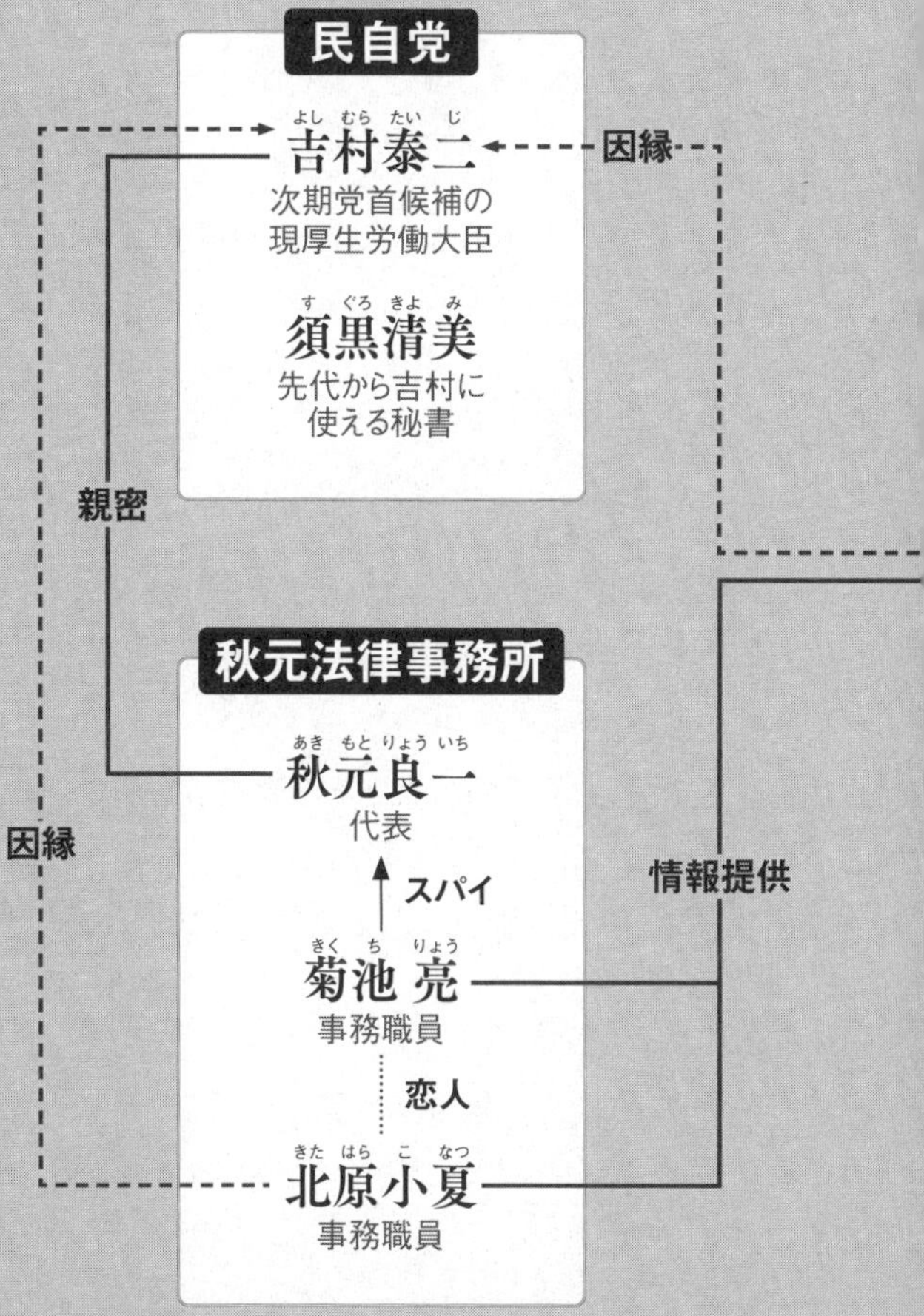
民自党
吉《よし》村《むら》泰《たい》二《じ》
次期党首候補の
現厚生労働大臣
須《す》黒《ぐろ》清《きよ》美《み》
先代から吉村に
使える秘書
因縁
親密
因縁
秋元法律事務所
秋《あき》元《もと》良《りょう》一《いち》
代表
スパイ
菊《きく》池《ち》亮《りょう》
事務職員
恋人
北《きた》原《はら》小《こ》夏《なつ》
事務職員
情報提供

地検のS

Sの幕引き

筋読みの鬼

1

受話器を置き、本上博史《ほんじょうひろし》は黒革の椅子《いす》からゆっくりと立ち上がった。執務机を離れ、一面ミラーガラス張りの窓際に置かれたソファーセットに歩み寄る。息を大きく吸って、どっかりと腰を下ろした。

八月下旬の強い陽射しが湊川《みなとがわ》市に降り注いでいる。

湊川地検の次席検事となって以来、幾度となくこの景色を眺めた。高台に建つ地検の周囲には高い建物がなく、次席検事室も最上階にあるので市内が一望できる。湊川港沿いの高層ビル、倉庫街、ＪＲの高架。今日も銀色に輝く海には大型のタンカーが数隻浮かんでいた。

次席検事室はしんとしている。毛足の長い深紅色の絨毯《じゅうたん》もわずかな雑音を吸い取る上、公立の小中学校の教室が二つは入る広さの部屋に一人なのだから当たり前か。本上は次席検事室の森閑《しんかん》とした空気が好きだ。静寂は思案を巡らせる時、一番の味方になる。

控えめでありつつも、しっかりとした強さでドアがノックされた。

どうぞ、と本上はぶっきらぼうな調子で応じる。

厳めしい観音開きのドアが控えめに開き、総務課長の伊勢《いせ》雅行《まさゆき》が入ってきた。先ほど内線で呼び出した。伊勢は手に大判の封筒を持ち、夏なのにスーツ姿だ。

「座ってくれ」

本上は手をかざし、自分の正面を示した。湊川地検の次席に自分が就くと聞いた時のやりとりが、胸裏に蘇ってくる。

◇

本上は二年前、東京地検特捜部の副部長から湊川地検に異動した。内示が出る数日前、法務省の先輩検事が副部長室までわざわざやってきた。

「ちょっと時間をくれ」

「先輩に言われれば、断れませんね」

本上は書類を閉じた。

新任検事として赴任した横浜地検で、本上の指導役だった先輩だ。今も付き合いが続いている。夜な夜な馬車道《ばしゃみち》のバーに連れていってくれ、仕事のイロハだけでなく検事の生態も教えてもらった。意外だったのは、論理的に物事を考える仕事でありながらも縁起を担ぐ検事が多いことだった。先輩もご多分に洩《も》れず、裁判所に入る時は右足からと決めていた。不思議と担当公判がうまくいくという。本上も重要な公判に臨む際は、必ず朝風呂に入って身を清める習慣がついた。死刑を求刑する時には新品の下着にした。

「相変わらず隙のない佇《たたず》まいだな」

先輩はにやりと笑った。

本上にとっては誉め言葉だった。検事になって以来、見た目を整えることには細心の注意を払った。被告人や参考人だけでなく、弁護士や裁判官にも決して侮られてはならない。初見でいきなり相手を呑み込める威圧感や迫力をまとうため、見た目を磨いてきた。近頃、ようやく理想の気配をまとえるようになった。こけた頬に、細く鋭い目、櫛目《くしめ》正しく整えた髪。夏場でもネクタイをしっかり締め、皺《しわ》ひとつないスーツを着る。

「隙だらけの検事よりマシでしょう。今日はわざわざどうしたんです」

「内々示の伝書鳩だよ。本上は次の四月、湊川地検の次席になる。湊川地検の次席には代々、表に出さない特命の引き継ぎがあってな」

異動の連絡が人事担当より先に先輩経由で届くケースは、検事の世界ではままある。しかし——。

「特命？　湊川の次席からじゃなく先輩がどうして」

「誰かがあらかじめ伝えるのがしきたりでな。知っての通り、俺は五年前に湊川の次席だった。そんで大役を仰せつかったんだよ」

「何やら仰々しいしきたりですね」

「仰々しくもなるさ。発端は二十数年前に遡《さかのぼ》る」

先輩は淡々と語りだした。湊川地検が湊川市選出の衆院議員吉村正親《よしむらまさちか》を巡る独自捜査中、主任検事の妻が不可解な交通事故で死亡したこと。この事故で捜査が中止になったこと。さらに十二年前、吉村正親の地盤を継いだ息子の泰二《たいじ》を巡る独自捜査でも交通事故で捜査チームの身内が亡くなり、捜査が頓挫《とんざ》したこと。二つの事故の被害者は、現在湊川地検の総務課長である伊勢の母親と妹一家であること。

「他に犠牲者は？」

「地検関係者にはいない」

「他にはいると？」

「先代の吉村正親の元愛人が通り魔に殺されてる。別の愛人は忽然《こつぜん》と姿を消した。他にも色々あるはずだ」

きな臭い話だ。検事生活を長く続けていると、政治家が陰で関わっているとされながらも立件できない事件の噂を嫌でも耳にする。全国各地の地下で、票、金、利権を巡るやりとりが蠢《うごめ》いている。

「先ほど伺った二つの事故も偶然ではなさそうですね」

「ああ。十二年前の時、上層部は真相解明に及び腰でな。唯一、刑事部長だけが継続捜査を主張した。ほら、アノ人だよ」

アノ人……。本上の頭に一人の顔が浮かんだ。大阪地検の検事正を最後に勇退した、検察OBだ。本上は一度挨拶《あいさつ》した程度の間柄だが、世話になった先輩検事たちのルーツを辿《たど》ると、そのOBに至る。

「アノ人は負け戦には我慢ならない性分でな。検察に喧嘩《けんか》を売られたと受け止め、レールを敷いたんだ。自分に連なる後輩が湊川地検の次席に座るように」

「イレギュラーなレールをよく敷けましたね」

ある種、私怨《しえん》を土台にした人事だ。

「十二年前の捜査でアノ人の主張を退けた検事正が、湊川地検を出た後に法務省で人事に深く関わる地位に就いた。それを利用したのさ。検事正ら上層部の責任を追及しない代わりに、レールを敷かせたんだよ。権益やポストには無頓着《むとんちゃく》な人だから、吉村にやり返す時機を計るためにな。検察だってお役所だ。慣習や前例は容易に変わらない。それを逆手に取ったわけだ」

「私の代で好機が訪れたら、あの吉村を挙げろと？」

「ああ。そういうことだ」

「心しておきます」

ほう、と先輩が右側の眉だけを上げる。

「イレギュラーな引き継ぎにもまったく動じてないな」

「赴任前の引き継ぎがしきたりなのは、覚悟を決めろという意味なのでは？　腹を括《くく》れる人間しか湊川地検の次席になれないのでしょうし」

「話が早いな。いきなり腹を括るのは難しいのに」

「薄っぺらい腹なもんで、簡単に括れるんです。現状はどうなってるんですか」

先輩は肩をすくめた。

「異動後、伊勢って男にたっぷりレクチャーを受けてくれ。湊川では伊勢が四六時中情報を集めてる。現在は総務課長だ。かなり切れる男だよ。司法試験なんて楽々と突破しただろうな」

「吉村家打倒のために、県外への異動がない地検の職員になったとでも？」

「ご明察。さすが〝筋読みの鬼〟だ」

いつしか本上についた異名だった。これまで関わってきた捜査で、証拠の断片から的確な筋読みを続けた結果だ。特捜部の副部長としても世間を騒がせたＩＴ企業の巨額脱税事件の捜査指揮を執り、立件した。本上は筋読み自体を別に難しい行為だとは思っていないが、コツはある。

捜査で得られたいくつかの要素をピックアップし、補助線を正確に引き、線と線が交差する点を探し、像を立体化させていくのだ。

一度、後輩検事にも説明した。

――簡単に言われても、実践は難しすぎますよ。

――暗がりに首や手を突っ込み、目を凝らしたり、触ったりして、何があるのかを推測するのと一緒だ。

──一緒と言われても、そんな経験ありません。

検事にも、筋読みが得意な人間とそうでない人間がいる。自分は得意な側におり、暗がりでも恐れずに首を突っ込め、目が利く。

「どんな男なんですか、伊勢とは」

歴代次席検事の懐刀《ふところがたな》と言われ、四十代半ばにして真っ白になった髪から『白い主＝シロヌシ』転じてエス──Sという異名を持つことを本上はこの時に知った。湊川地検の次席は赴任初日に、伊勢の席を訪れる暗黙の儀式があるという。言葉には出さずに、特命を引き継いだことを示すためらしい。地検職員の間では密かに『お伊勢参り』と呼ばれているそうだ。もちろん、職員たちは儀式の真意を知らない。

◇

伊勢はソファーセットに歩み寄り、速やかに座った。本上は一つ頷《うなず》きかける。

「忙しい時に呼び立てて悪いな」

「いえ。ご用件は？」

「幣原検事正の退庁祝いを見繕ってくれ。本来なら俺が差配すべきなのはわきまえてる。吉村の件やらなんやらで手が回らなくてな」

今月三十一日をもって、地検トップの幣原欣也《きんや》検事正が退官する。

――もうじき定年だし、娘の体調も思わしくなくてね。妻だけじゃ看病がきついんだ。一足早く退くことにした。

幣原は半年前に法務省の人事担当課に退官の意思を伝えた。一人娘が幼い頃から腎臓に重い疾患を抱えている事情は、本上も聞いていた。今後は大阪で弁護士事務所を開業しつつ、奥さんと交代で娘の面倒を看るという。

――吉村の独自捜査の最中、すまん。これからという時に。

吉村泰二は現在厚生労働大臣を務め、次の党総裁選では総裁選出が確実視されている。昨夏逮捕された県政のドン、石毛基弘《いしげもとひろ》の実弟だ。

吉村家には黒い噂が先代の頃から囁《ささや》かれている。地元の指定暴力団との交わりや企業からのヤミ献金、見返りのある公共工事への口利きなどだ。特別刑事部長の鳥海《とりうみ》は、石毛の逮捕を機に吉村家に切り込もうとした。特別刑事部は、証言も証拠も摑《つか》めなかった。吉村は国会でも報道陣からも石毛逮捕の追及をうまくかわし、厚生労働大臣と民自党《みんじとう》県連会長の座を維持している。

──ご心配なく。私が何とかまとめます。

──異動希望を出した湊川で検事人生を終えられて、私は幸せ者だよ。

湊川地検には異動希望者が多い。全国有数の温泉地に日帰りで足を延ばせ、湊川市も若者にとってはおしゃれな街だ。県内には他にも観光地が多い。

「承りました」

伊勢は起伏のない声だ。当然、伊勢も幣原の退官について知っている。

「吉村の捜査もある。伊勢が直々にやる必要はない。総務課の誰かに頼めばいい」

「ええ」伊勢は短く応じた。「して、本題は？」

退所祝いの品選びなど、電話で指示すればいい。伊勢なら百も承知だろう。

本上は上体をやや前に起こした。

「Aの件、進展は？」

Aとは地検職員の一部で通じる隠語で、秋元《あきもと》法律事務所を表している。元裁判官のトップが約三十名の弁護士を率いる、県内最大の法律事務所だ。事務所から巣立った弁護士も多く、秋元一派として名を轟《とどろ》かせている。秋元一派が被告人側に立つと、求刑を大きく下回る判決──『問題判決』を引き出されるケースも多い。

吉村家と秋元には親交もある。吉村泰二の内偵中に発生した不可解な事件も、秋元法律事務所が弁護人だ。

それは湊川地検特別刑事部の事務官がベトナム人にナイフで刺された事件で、逮捕されたベトナム人たちは『男――久保《くぼ》が女性を暗がりに引きずり込もうとしたのを止めた』と供述している。四日前、残念ながら事務官は容態が急変して亡くなった。

本上は事件前から湊川地検内に潜む、秋元法律事務所のエス――スパイの洗い出しを伊勢に命じていた。問題判決を引き出されるのは、地検の情報が漏れているためだと睨んだのだ。伊勢も本上と同じ見解だった。

伊勢は自身の母親と妹一家に起きた惨劇があり、吉村打倒に力を注いでいる。時折危ない橋を渡っている節も見受けられるが、本上は黙認していた。情で目を瞑《つむ》っているのでも、前任者の方針を踏襲しているのでもない。

手駒として利用できるのなら利用すればいい。他人を利用することは何も悪くない。人間にはおのおの役割や立場、得意分野がある。その部分を任せているに過ぎない。あらゆる組織において、上に立つ者は部下を利用して成果をあげるよう求められている。検察も例外ではない。

「三人に絞りました」

伊勢は粛然と言い切り、持参した大判の封筒から三枚の書類を速やかに抜き出し、本上の前にそっと置いた。

顔写真付きの資料だ。本上は伊勢を呼び出した時、本題を告げていない。伊勢はこちらの用件をお見通しだったのか。

「さすがだ。用意周到だな」本上は書類に手を伸ばす前に、伊勢を見据えた。「見ていいのか。こいつらと顔を合わせた時、反応が出るかもしれん」

誰かを疑う際には、眉や唇の端など無意識に体の一部に反応が表れ、その瞬間を別の誰かに目撃されかねない。疑っていることを簡単には悟られないだろうが、『次席はアイツに何か含みがあるようだ』と捉えられるだけでも職員の汚点になりかねず、彼らにとっては今後の人生に関わってくる。良くも悪くも、地検で次席という肩書は重たい。

伊勢の面色は微塵《みじん》も変わっていない。

「どうぞご覧になってください。失礼な言い方を承知で申し上げますが、次席はそんなレベルの低いタマではありません」

「ありがとよ」

本上は書類を手に取り、めくった。

公判部の女性事務官、刑事部と総務課の男性事務官だった。三人とも本上は話したことがない。見かけた憶《おぼ》えはある。本上は折を見て各部、各課に顔を出してきた。これまでの漠然とした印象や伊勢が持参した書類だけでは、三人のうち誰が秋元側のエスなのかは予想もできない。

「急に各部各課に俺が顔を出さなくなるのも不自然だ。引き続きやるぞ」

「もちろん構いません」

「どうやって確かめていくつもりだ」

「色々と頭を捻《ひね》ってみます。三人すべてが秋元側かもしれませんし、全員が違うのかもしれませんので」

伊勢が絞り込んだのだ。全員がシロということはないはず。絞り込んだ手法を訊《き》こうとも思わない。伊勢も言わないだろう。

「できるのか」

「できるかどうかではなく、やるかどうかです」

この男……。四日前に事務官が亡くなって以来、以前にも増して腹を括った顔つきになった。ポーカーフェイスも、誰に対しても常に一線を引いている態度は相変わらずなのに、芯が明らかに太くなった。身内に続き、今度は同僚を失ったのだから無理もないか。伊勢もサイボーグではなく、人間だという証拠だ。

この男は誰かに心を開く時があるのだろうか。いまはないとすれば、今後その時が訪れるのだろうか。

2

「邪魔するぞ」

本上は公判部のフロアに足を踏み入れた。

公判部は検事十四人と事務官三十五人が所属し、仕切りのない大部屋で仕事をしている。昨秋、公判部のある検事を特捜部に異動させようと画策した際は、日を開けず頻繁に訪れたものだ。特捜部は検察の象徴だといえる。見所のある検事がいるのなら、そこに推薦するべきだろう。

検事の、ひいては検察の仕事は悪人の成敗ではなく、犯罪を適切な罪に問うこと。口で言うのは容易《たやす》いが、実践は難しい。法律を杓子定規《しやくしじようぎ》にあてはめることでも、判例通りに求刑することでもない。たとえば同じひったくりという犯罪形式でも、生活に困窮した挙げ句の犯行なのか、面白半分なのか、常習的なのか、相手に怪我《けが》をさせたのか、反省しているのか……など求刑を決めるポイントはいくつもある。日々こうした思考を愚直に積み重ねているか否かが検事の実力に関わってくる。

毎日半歩ずつでもきちんとした経験を積んでいけば、相手のちょっとした言動で罪を逃れようとする魂胆なのか本音なのかを見抜く洞察力、相手の話を丁寧に聞ける共感力、資料を粛々と読み込める忍耐力、是が非でも相手を割るべき時の揺るぎない精神力など、検事に求められる様々な能力をいつの間にか身につけられる。

多様な能力を持つ検事は、総じて根幹に人間力がある。自分で物事をきっちり吟味でき、プロ意識があり、検事として社会をどう良くしていくのかという理想を持っているのかどうか。これは人に教えられて身につけられるものではない。自分で気づき、実行できるか否かだ。残念ながら、無考えに前例通りに求刑する検事も多い。身近に検事の本分を果たそうとする者がいるのなら、背中を押し、鍛えてやりたい。本上にとって、その手段が特捜部への推薦だった。特捜部では応援検事だろうと激務を課される。特捜部で揉《も》まれれば、素質のある検事はさらに大きくレベルアップでき、当人のためだけでなく、結局は国民のためになる。特捜部で潰《つぶ》れたり、メッキが剝がれたりするケースも多々ある。酷な言い方になるが、必要な選別なのだ。

本上とて、最初から検事の在り方について確固たる見解があったわけではない。元々は無邪気……いや、単なる甘ちゃんだった。

東大法学部時代、ゼミの夏合宿に衆院議員の秘書になった先輩と官僚になった先輩がやってきた。目ぼしい人材を探すリクルートの一環だ。酒宴は長々と続き、深夜二時を回った頃に秘書の方がゆるゆると首を振った。

――世間には「エリートは勉強だけで何もできない」と賢《さか》しらに言う連中がいる。こちらにしてみれば愚の骨頂さ。だってそいつらは自分たちが馬鹿にする勉強ですら僕らよりできないんだよ。何を偉そうに言ってるのか理解に苦しむよね。

そうそう、と官僚は大きく頷く。

――世の中は二種類の人間に分かれてるんだ。エリートとそれ以外にね。国の根幹にかかわる仕事は『それ以外』の人たちには到底できない。俺たちは担ってやってるんだ。

本上は腹立たしかった。目の前の先輩二人は、自分たちの言動が反エリート感情を育んでいるという単純な構図が見えていない。「勉強しかできない」と馬鹿にされるのも当然だろう。

もっとも、本上も反エリート感情には辟易《へきえき》している。

「東大のくせにこんな仕事もできねえのかよ」

バイト先の居酒屋ではちょっとでもミスをしようものなら、先輩や社員から聞こえよがしに吐き捨てられる。

「東大のくせに、こんな常識も知らないの？」

合コンなどでは、流行《はや》りの音楽やファッションの知識がないと馬鹿にされる。他にも日常生活の様々な場面で何かと「東大のくせに」と嘲笑される。

勉強ができ、偏差値の高い大学に進学し、国や経済の中枢で働ける人材をエリートと呼ぶのなら、自分もその一人だ。エリートで何が悪い、という気持ちが本上にはある。

単に得意分野が違うだけだ。自分にはファッションセンスがなく、ギターも弾けない。スポーツも苦手だ。世の中でファッションデザイナー、ギタリスト、プロスポーツ選手に反感を抱く者はほぼ皆無だろう。なのに、エリートはこれほどまでに嫌われる。目の前の先輩二人のような、周囲を見下す連中がどうしたって印象に残るからではないのか。エリートが全員、先輩二人みたいな私見を持っているわけではなく、むしろ少数派のはず。その少数派の意見が独り歩きし、『エリートは鼻もちならない』というステレオタイプな見方につながっている。

周囲のゼミ生は追従《ついしょう》するように愛想笑いするか、押し黙っていた。

本上はすっと手を挙げた。

――エリートにもできない仕事は山ほどあります。私たちなんて他の人と比べてちょっと勉強ができたり、頭を使えたりするだけでしょう。百五十キロの剛速球を投げられません。野菜も作れないし、米の作り方も知らないし、牛も育てられない。新幹線に不可欠な鋼板も作れず、精巧な腕時計も組み立てられない。エリートとエリート以外という分け方ではなく、人にはおのおの持ち味があるんですから、それを生かした職業に就けばいいだけでは？　エリートを馬鹿にする人たちも、私が申し上げた観点を欠いているだけでしょう。

――酒が不味《まず》くなるから、もういいよ。

鼻白んだように秘書が言い、官僚も邪険に手を振った。二人を見て、はっきりとした感情が芽生えた。

目の前にいる先輩二人のような人間をぶっ倒したい――。

別に世間が抱くエリート像を変えたいのではない。エリートだろうとプロスポーツ選手だろうと会社員だろうと、己の立場を絶対視して他人を見下し、自分がいる業界全体を貶《おとし》める連中に腹が立つだけだ。

むろん、『男のくせに』『女のくせに』『帰国子女のくせに』『子どものくせに』『大人のくせに』といった偏見や侮蔑、やっかみなんていつの時代も、どんな土地にでも存在する。今後も消えないだろう。けれど、必要以上の負の感情はこういう輩《やから》の傲慢《ごうまん》な態度が生み出しているのではないのか。

先輩二人のような連中を探し出し、片っ端から殴り倒していけるはずもない。できるとしても、それではただの乱暴者だ。決して賛同できない考え方も、どんな意見を持とうとも個人の自由だ。どうすればいいのか。

本上はぬるいビールの入ったコップを強く握り締めた。

そうか。彼らが真に脅威となった時、悪事に走った時に止められる職業に就けばいい。本上は即座に適当な職業が思いついた。

検事――。

先輩二人のようなエリートは変に頭が回るだけに、暴走した時に警察では手に負えなくなる。連中の暴走を止められるのは、彼らの思考回路を理解し、先回りできる者に限られる。自分ならできる。暴走を止めれば正義の味方にもなれる。

正義の味方。悪い響きじゃないな、と本上は内心でほくそ笑んだ。

検事になるからには特捜部に入ろう。官僚や政治家というエリートが暴走した事件を捜査するのは、特捜部だ。

本上はこの夜まで自身の将来について何の展望もなかった。官僚になるか、どこかの大きな企業に勤めるのだろうと漠然と想像していただけだ。進むべき道がくっきりと見えると、己には最初から検事への道しか存在していなかった気がした。

本上は在学中に司法試験を突破し、希望通り検事の道に進んだ。新任地では現実の壁に直面した。最初に配属された公判部では先輩検事に「毎日百件以上の公判があるんだ。いちいち時間をかけず、機械的に被告の罪を問えばいい」という指導を受け、次に配属された刑事部でも、「送検される時点でそいつは悪者だ。相手が何を言おうが起訴しとけばいい。裁判官もこっちの味方だしな」と耳を疑う台詞《せりふ》を言われた。早朝から深夜まで激務も続き、辞めようと思った時もあったが、心ある検事もいたし、特捜部に入るという目標を捨てきれなかった。ゼミで出会った二人の先輩を思い浮かべ、歯を食い縛《しば》って仕事に邁進《まいしん》した。せめて一人くらい、あの二人のような間違ったエリートをぶっ倒すまでは、と。

東海地方の地検に異動し、大規模な県政界の汚職事件を摘発した二十八歳の時、実績を買われて東京地検特捜部の応援に派遣された。初めての特捜部に胸を弾ませた。それまでは特捜部経験者と接した経験がなく、本上にとって彼らは雲の上の検事たちで、正義の総本山に赴く心地だった。

特捜部のフロアでは、薄暗い廊下にまで怒号が漏れていた。本上は応援検事ながら参考人と対する〝調べ班〟に組み入れられた。

捜査を仕切る特捜部の担当副部長に開口一番に言われた。

――狙った事件を立てるのが特捜部だ。特捜部が事件に手を伸ばし、何もなかったじゃすまない。悪い奴を成敗するのが仕事だ。何が何でも割れ、立てろ。

つまり、物証がないのなら自白させて立件しろという指示だった。

――相手が話さなければ、話すまで何時間でも耳元で怒鳴り続けろ、机を叩け、椅子の足を蹴って転がせ。

廊下に漏れる怒号の正体だった。本上は目が覚めた。検察は正義の世界なんかではない。結果を残さないと、自分も荒っぽい手段を強要される。恫喝《どうかつ》して供述を得ても、厳しい取り調べから逃れたい一心からの虚偽かもしれない。そもそも検事の恫喝にはプロ意識の欠片《かけら》もない。脅しを仕事にするのは暴力団に任せておけばいい。

本上は拳をきつく握り、副部長室を出た。そして、これまで以上に全身全霊で参考人に対した。僅かな反応も見逃すまいとしっかり見据え、一言一句聞き逃すまいと耳を傾け、腹に力を込めた。相手が発した一言をもとに補助線を引き、頭の中でいくつもの筋を瞬時に組み立て、事件を俯瞰《ふかん》するよう努めた。

取り調べに向かう姿勢は、特捜部への応援が終わっても維持した。日々の積み重ねにより、本上は〝筋読みの鬼〟と呼ばれる実力を身に着けた。

現在、かつて本上が指示された取り調べ手法は通用しない。東西の特捜部の不祥事によって始まった検察改革で、取り調べ中の録音録画が義務付けられた。いい傾向だと心底思う。司法試験を突破して検事になった者なら相応の頭脳がある。頭脳で犯罪と勝負し、勝つべきなのだ。あるべき風土がようやく生まれかけているからこそ、見込みのある人材を特捜部に送ってきた。しかし……。

頭脳だけで吉村泰二に勝てるのだろうか。伊勢の身内の悲劇を鑑みれば、暴力を使用するのを躊躇《ためら》わない連中だ。現に、自分には湊川地検にいる秋元側のエスが誰なのかすら見当もつかない。

どうせなら伊勢に全てを委ねるのではなく、自分でも少し探りを入れてみよう。次席としてではなく、検事としての意地だ。部下を使って成果を上げることを求められる立場だと頭で理解していても、胸の内が滾《たぎ》るように熱い。自分の組織にエスを潜り込まされたのだ。眼前で吉村側に嘲笑《あざわら》われているようなものではないか。幾多の筋を読んできた眼力で、直接見破ってやりたい。

本上は公判部を見回した。検事も事務官も目が合う者、目を合わせてこない者、黙々と起訴状を起案している者など様々だった。伊勢が挙げた女性事務官もいる。彼女はパソコンに正対し、本上を見向きもしない。

「次席、今日は何か？」

公判部の筆頭検事が手を止め、声をかけてきた。

「秋元系の公判は近々あるのか」

筆頭検事を見つつも、視界で件《くだん》の女性事務官を捉えていた。池田早智《いけださち》、三十八歳、伊勢が用意した書類にあった基礎データを反芻《はんすう》した。化粧は薄く、日本人形のような面立ちだ。秋元という単語に反応は見られないものの、シロの証拠にはならない。秋元のエスとして長年活動しているのなら、神経も相当図太いはずだ。

「いえ。近々にはありません。湊川市の元助役の事件、うちの事務官を殺害したベトナム人の事件はまだ刑事部が扱っておりますので」

「そうか。いずれ公判部が秋元と戦う。頼むぞ」

「心得てます」

筆頭検事が唇を引き締めた。

「いま公判部にいる事務官で一番ベテランなのは？」

「池田君です」

筆頭検事は左後方に座っている池田を一瞥《いちべつ》した。池田が公判部の最古参事務官である事実は本上も知っていた。ただし、働きぶりについてはまったく把握していない。長い間公判部に在籍し続けているのだから、ミスもなく、着実に仕事をこなしているのだろう。

名前を呼ばれたためか池田は本上に顔を向け、目礼してきた。本上は頷き返し、筆頭検事に言った。

「元助役の事件が送検されてきたら、池田君を担当事務官にしてくれ。大きなヤマだ。万全の体制で臨みたい」

かしこまりました、と筆頭検事は厳《おごそ》かな口調で返事をした。

「頼むぞ」と本上は池田にも声をかけた。

「私は配点された事案で、検事の仕事を補佐するだけです。どんな事案、どんな相手だろうと関係ありません」

池田は神妙な顔つきできっぱりと言い切った。池田にしてみれば手の届かない存在である本上にも臆する素振りはない。肝が据わっているのか、次席検事もただの組織の一員だと割り切っているのか。クビになっても吉村側の世話になればいいと計算しているのか。池田のように業務を粛々とこなすタイプは、徹底的に縁の下の力持ちになってくれる。敵に回すと厄介だ。

「公判部の仕事は気に入ってるか。そろそろ他に行きたい部署が出てくる頃だろ」

他部署の情報を流すよう求められていれば、少しくらい異動の色気を出す。

「公判に臨む緊張感はやり甲斐になりますし、先刻も申し上げた通り、私は命じられた仕事に全力を尽くすのみです」

「いい心意気だ」

「恐れ入ります」

池田は落ち着き払った態度だった。

3

会議を何本か終え、夕方、本上は五階の総務課にふらりと入った。総務課長席には伊勢がいる。歩み寄り、声をかけた。

「送別の品はどうなった?」

「やはりお酒がいいかなと思ってます」

幣原はウイスキー党で知られている。自宅には一本十数万円のスコッチもあるという話だ。湊川は室町《むろまち》時代から続く酒蔵でも知られているが、何度か酒席をともにした際も日本酒に見向きもせず、ウイスキー一点張りだった。

「私は銘柄に詳しくないので、谷川《たにがわ》さんに一任しました」

伊勢はほとんど酒を飲まない。職員と飲みに行くという話も聞かない。本上は総務課のシマに視線をやった。少し腹の出た、人のよさそうな顔つきの中年男がパソコンに向かっている。

谷川学《まなぶ》。四十歳。この男を改めて見るため、総務課を訪れたのだった。伊勢が用意した書類に名前があった。

本上は総務課を訪れた際、今までも谷川とはちょくちょく顔を合わせている。谷川は各部のゴミ箱の中身を回収する役目も担っていた。一般企業では清掃会社の人間が直接フロアを掃除し、ゴミを捨てるケースも多いが、湊川地検は違う。外に漏れてはいけない極秘事項書類も多い。紙ゴミは、最初に担当検事や事務官が見られてもいいものとまずいものに分別する内規がある。分別後、谷川が回収し、見られてもいい紙ゴミを業者に渡し、まずいものはシュレッダーにかける。誤ってシュレッダーにかける方に必要な書類を出してしまう事務官もおり、致命的な失敗を防ぐストッパーにもなる。谷川は伊勢にも信頼されている。

「谷川は酒が好きなのか」

「検事正には負けるかもしれませんが、かなり」と谷川は本上の方に椅子ごと向くと、太鼓腹をぽんと叩いた。「おかげでこのザマです」

「人体実験の経験を存分に生かしてくれ」

「はい。念には念を入れて選びます。総務課員として腕の見せ所です」

本上への返答に乗じた、伊勢への抜け目ないアピールか。谷川は伊勢の後釜を意識しているだろう。総務課に三年在籍しているし、年齢的には次の総務課長となっても不思議ではない。伊勢自身は別の総務課員を後継に据えようとしている節がある。本上とてそれを口外する気はない。ポストへの意欲が仕事の質の向上に繋《つな》がるのなら、その感情を利用すればいい。検事正への送別品の選定を後継者候補にさせるのかと思っていた。別口の仕事をさせているのか、谷川の仕事の質をさらに向上させるため、競争心をあおっているのか。

「頼むぞ」

本上は総務課を出ると、階段に向かった。最上階の自室に戻るためだ。細身の体型を維持するべく、なるべくエレベーターは使用しないようにしている。六階の踊り場で本上は足を止めた。

六階は特別刑事部が陣取り、吉村の内偵捜査を続けている。特別刑事部は東京や大阪、名古屋地検の特捜部に相当する、検察独自の捜査を行う部だ。札幌地検や福岡地検など限られた地検のみにあるエリート部隊で、湊川地検にも設けられている。

特別刑事部は六月、吉村にヤミ献金したと目される社員五十人ほどの建設会社、マル湊《そう》建設をガサ入れし、その際の押収書類に記号を使って裏金を生み出す計算式が書かれていた。マル湊建設の社長はメモの意味を認め、二人のホステスの面前で金を仕込んだ菓子折りを『陣中見舞い』と称して吉村側に渡した、と供述している。

これは相手方が仕掛けてきた罠《わな》という線が濃厚だという。東京地検特捜部に応援に出した検事の八潮《やしお》と伊勢がそう報告してきた。

――ホステス二人の件、鳥海部長にはご内密にお願いします。

伊勢には口止めされた。

――八潮は鳥海に伝えてないのか。

――はい。特捜部の応援とは関係のない場面で協力してもらい、得た感触です。報告するとなると、どうしてそんな真似をしたのか説明しないといけなくなり、私の名前も出てしまいます。

鳥海は司法修習同期だ。本上は目の敵にされている。いま湊川地検の事務官の間では、ナンバーツーの本上派とナンバースリーの鳥海派に検事が分かれているとのまことしやかな噂がある。鳥海の方は知らないが、本上はそんな派閥を作った憶えはまったくない。

検察社会での司法修習同期というのは頼もしくもあり、厄介な存在だ。若い頃は困った時や悩み事があれば相談できる相手だが、歳や経験を重ねてくるとライバルになる。検察も組織だ。最初は横一線でも、上に行けば行くほどポストも減り、限られた席を争わないとならない。椅子取りゲームには実力だけでなく、派閥や立ち居振る舞いも影響する。

本上と関係の近い伊勢が関わっているとなれば、今の鳥海ならどんなに筋のいいネタでも握り潰しかねない。いささか寂しさがある。司法修習生時代、裁判所での実務研修後の集合研修では同じ寮に入り、夜な夜などちらかの部屋に集まって「居酒屋・鳥海」「バー・本上」などと嘯《うそぶ》き、他の修習生も招いて飲み明かした。駆け出し検事の頃は、何度となく夜に電話をかけて愚痴も言い合った。好みの女性のタイプや好きな食べ物も把握しあっているほどだ。コップ酒片手に、けばだった畳の上で青臭い議論もした。

◇

「絶対的な正義や正しさなんてないのさ」

本上が言うと、鳥海は即座にコップ酒を畳に置いた。

「そりゃ違うな。一つだけある」

「なんだよ」

「勝利だ。勝った者が常に正しいんだよ。生物だって、勝ち抜いた者だけが生き残れる。俺は何者にも負けたくない。たとえ本上が相手でもな」

「勝利至上主義？　やめとけ。勝利のためには手段を厭《いと》わなくなりかねん」

鳥海が目を見開いた。

「それの何が悪い？　正しさを追い求める手段じゃないか」

「お前の仮説が間違っていれば？　勝利至上主義なんて、いずれ息苦しくなり、行き詰まるだけだ。負けない人間なんていない。負けたらどうする？」

「最後の最後に勝ちゃいいんだよ」

鳥海はコップ酒を一息に呷《あお》った。

友人知人がいつしか敵になる——。

◇

どんな組織にも転がっている、ありふれた話なのかもしれない。組織にいるか否かではなく、社会人として生きている限り、ぶつかる話か。

——秋元の野郎め。

問題判決を食らった時、幣原もよく毒づいている。二人は司法修習同期だ。研修では同時期に同じ寮にいたそうだ。むろん、幣原が秋元に情報を流しているとは思えない。各部とも捜査情報や公判戦略をいちいち検事正には伝えない。それに問題判決で評価が落ちるのは、案件を扱った検事だけではない。最終責任者の幣原とて一緒だ。

退く気が前からあったとしても、晩節を汚す真似はしまい。

秋元はなぜ司法の世界に入ったのだろう。司法修習生の頃、法律で社会に貢献するという気持ちはなかったのだろうか。

どんな悪人であれ弁護は必要だ。犯罪に至るまでには様々な事情が隠れている。杓子定規に法をあてはめ、判例通りの量刑にならないためにもしっかり個々の事件を検討しないといけない。しかし、吉村は力で司法を捻じ曲げようとしている。同じ法曹界の人間として、吉村に加担する心境が理解できない。

一度、本心を聞いてみたい。

「誰に配点されるかはまだ決まってない。しっかり勉強しとけよ」

本上はドアを閉めた。

午後七時過ぎ、刑事部の各検事部屋を順番に訪問していた。被告や参考人を取り調べている最中の部屋は当然後回しだ。

検事や事務官にも様々なタイプがいて、本上への応対も各自違う。即座に立ち上がり直立不動になる検事もいれば、座ったまま仕事の手だけを止める検事もいる。検事たちの様子を窺《うかが》う事務官、我関せずといった態度で書類仕事に精を出す事務官……。

次が目当ての部屋だった。

本上は顎《あご》を引いた。伊勢の書類にあった事務官、東村紀夫《ひがしむらのりお》がいる検事部屋。取り調べ中でないことは先ほど確認している。

ノックし、「どうぞ」と返事があると同時に扉をあけた。検事と東村の視線が同時に本上に向けられた。

東村の眼光は鋭い。事務官の中でも一、二を争う鋭さだ。

「何かありましたか」と検事の方が訊《たず》ねてきた。

「いま扱ってる事案は？」

「失踪《しっそう》した外国人技能実習生による窃盗事件です」

「全国的にも増えてる印象だな」

外国人技能実習制度は、特定の業種についてのみ、期間限定で実質的な外国人労働力を受け入れる制度だ。近年はベトナムなど東南アジアからの参加が多い。日本での受け入れと現地での送り出しに関する法制度が粗雑で、受け入れ企業が契約に反する作業をさせたり、長時間労働をさせたり、給与が安すぎたりなどの問題が山積みだ。大抵の技能実習生は日本での活動期間をきちんとまっとうして帰国する。だが、任期途中、もしくは終了後に失踪する参加者もいる。不法滞在者としてでも、何らかの仕事に就ければまだいい。路頭に迷い、食い詰めて犯罪に走ってしまう者もいる。

「ええ。私も何度も扱いました」と検事はあたりさわりない返事だ。

「東村はどう思う」と本上は話を振った。

「彼らも被害者でしょう。もっと技能実習生をフォローできる仕組みだったら犯罪をおかさずに済んだケースがほとんどです。一人の国民として憤りを覚えます」

同感ではあるが、検察の手には負えない範疇《はんちゅう》の問題だ。

「そうか。本題は元助役の件だ。じきに警察から送致されてくる。刑事部長と相談中だが、誰に配点するかは決まってない。しっかり勉強しとけ」

検事は事務官をちらりと見た。

「私に配点されるのが最善かもしれません」

「ほう。自信満々だな」

本上は検事の略歴などを脳内で反芻した。大きなヤマに立候補できるだけの実績はなく、検事としても並の実力だ。上司として何度も接してきたが、特段法律のセンスも感じなかった。野心からの発言だろうか。

「滅相もない」検事は顔の前で手を振った。「私がごく一般的な技量の検事という現実は、自分自身が一番身に染みてます。いま、刑事部の事務官では東村君がトップなので」

本上は東村を見据え、伊勢の書類を思い浮かべた。三十五歳、独身、公判でも取り調べでも大きなヤマに関わった経験もある。いつの時代も、優秀な検事は重大な事件を担当する成り行きになる。不思議と、ランダムに検事と組む事務官にもやたら大きなヤマに当たる者がいる。東村もそうで、本上が赴任する以前には何度も大きな事件や事故を担当していた。本上は過去の公判にまつわるデータにも目を通した。いずれも無事に立件でき、求刑通りの罪に問え、東村は立会事務官として担当検事をしっかり支えたと見なしていい。

出過ぎた物言いになりますが、と検事が続ける。

「いま、刑事部の検事の腕はどんぐりの背比べです。あとは事務官の実力を見て配点すべきでしょう。もちろん部長と次席が決められる事柄なので私が意見するまでもないですし、するべきでもないのですが」

検事の実力が並でも、事務官が優秀なら複雑な事件を立件できるケースは多い。検事が行き詰まっている時にかける何気ない言葉、事件にまつわる会話、その端々で事務官の能力がものを言う。しかも検事は二、三年ごとに転勤があり、地元の事情や過去の事件に疎い。かたや事務官は土地にどっしり根を下ろすので、経験を積むほど様々な事情に通じていく。地検はそもそも人員が少なく、事務官の質が各地方の検察司法の実力を左右するといっても過言ではない。

「客観的に物事を見られる目は検事にとって武器になる。大事にしろ」

お前の実力を特に認めているわけではない、と本上は暗に仄《ほの》めかしたのに、検事は嫌そうな顔を見せなかった。

東村は真顔で本上たちのやり取りを眺めている。

「やりたいか？」

本上が問いかけると、東村はようやく口を開いた。

「私が被告を取り調べるのではありませんので、何とも言えません。ただ、誰しも大きなヤマを踏んでみたいという気持ちはあるのではないでしょうか」

気負った様子も、血気に逸《はや》る気配もない。公判部の池田同様、粛々と仕事を処理していくタイプか。もし自分が秋元側にいるのなら、東村を寝返らせたいと思うだろう。担当外の事件でも、事務官仲間から情報を引っ張り出しそうだ。検事よりも使えるニオイがある。

「なら、特別刑事部が希望か」

「恐れながら」

地検の独自捜査では情報共有されるケースは少ない。とはいえ、より直接的に吉村関連の情報に接せられる可能性は高くなる。それが狙いか？

「元助役のヤマを扱いたいか」

吉村側にこちらの手の内や取り調べ内容が筒抜けになれば、公判では完敗する。起訴にすら至れないかもしれない。

「できるのなら」

「ほう。県警の手柄をふいにする恐れもあるんだぞ。起訴できなかったら、地検の名折れだ。お前の将来にも影響は出る」

「何もチャレンジできずに日々を過ごすよりはマシです」

東村は粛然と言った。

4

「検察は決して権力におもねらず、近づかず、あらゆる力に屈せず、独立独歩、正しき道を追い求めていかなければなりません。皆さんはその先兵です。私たちが残す正しき道の後ろを国民が通っていくのです、検察の本分をくれぐれも肝に銘じてください。私の検事としての最後の願いです」

幣原が別れの挨拶を終えると、拍手が店内に起こった。

本上をはじめ、湊川地検の全検事と勤務歴十年以上の地検職員が市内の中華料理店の大広間に集まっていた。本上から離れた卓には、鳥海の姿もある。特別刑事部の面々は鳥海を敬遠しているのか、総務課の谷川がしきりに機嫌を取るように話しかけていた。

送別会は午後七時に始まり、もう二時間が経とうとしている。本上はこの二時間、幣原から離れられなかった。参加者がビールや紹興酒《しょうこうしゅ》を片手に幣原に歩み寄り、名残り惜しそうに言葉を交わすのを見つつ、時折詰まった会話を継がねばならないからだ。一方、別の頭では伊勢を次席検事室に呼んだ昨日の模様を反芻していた。

――多分わかります。

伊勢はさらりと言っていた。

公判部の池田、刑事部の東村、総務課の谷川。三人と接触してからの数日間、本上は常に頭のどこかで誰が秋元と通じているのかに思案を巡らせた。皆目見当もつかないのが正直なところだ。

――どうやって割り出した？

――まだ確実に洗い出せたわけではありません。明日には次席のおかげで判明するかと。

――俺のおかげ？

伊勢は無言で頷き返してくるだけだった。問いかけても、その時が来るまで口を開かないのは明らかだった。

三人全員が秋元の手先なのか、二人なのか、一人なのか。伊勢は何をもって見当をつけたのか。自分は特段何もしてない。なのに次席のおかげだと？　三人を訪問したことで、伊勢の目につく動きがあったのか？

何度考えてみても、やはり糸口が見いだせない。

餅は餅屋、か。被告の取り調べ、証拠書類を手当たり次第に読み漁るブツ読み、大勢を指揮しての捜査など、検事としての仕事なら負けない。だが、対吉村、対事務官という点では伊勢に一日《いちじつ》の長があるのは認めざるを得ない。

本上はあらためて送別会の会場を目玉だけで見回した。

伊勢はもちろん、件の事務官三人も参加している。先ほど幣原が残した挨拶を三人はどう受け止めたのだろう。幣原を見ていなければならなかったので、誰の顔色も窺えなかった。

「ここで送別の品を贈呈します」

司会役の公判部長が声を発すると、伊勢が湊川でも指折りの品ぞろえを誇る酒屋の紙袋を持ち、贈呈役の検事に素早く預けた。

あの検事――相川晶子《あいかわしようこ》は現在特別刑事部に所属し、本上は機をはかって特捜部に推薦すると決めている。

どんなウイスキーが紙袋に入っているのか。聞いたところで、どうせまったく知らない銘柄なのだろう。本上はウイスキーだけでなく、酒の銘柄には興味がない。

相川が幣原に紙袋を渡した。幣原はその場でいそいそと紙袋を開き、瓶をそっと取り出した。

本上は目を疑った。

日本酒――。

谷川が選んだのはウイスキーではない？　なるほど……。うまい手だな、と本上は得心がいった。

幣原はウイスキーに造詣《ぞうけい》が深い。下手な銘柄を選べば落胆させかねない。日本酒ならば、その不安はなくなる。また、湊川には伝統のある酒蔵もある。ご当地の銘酒を贈り、『今後も折に触れて湊川に思いを馳せてほしい』という気持ちを添えるはからいにもなる。

幣原は瓶を片手に相好《そうごう》を崩した。

「誰がこの品を？」

「お酒にすることは本上次席の承諾を得ています」

伊勢が如才《じょさい》なく応じた。

「ほう。さすがは本上。筋読みの鬼だ」

さすが？　何がだ。

「というと」

相川が会話の流れで話を継ぐと、幣原は瓶を掲げた。

「私が酒好きなこと、それなのに湊川名物の日本酒を飲まないこと、それでいて最後の任地に伝統的な酒蔵で有名な湊川を希望したこと。以上三点の事実から補助線を引き、私が実は日本酒好きだと導き出したんだろう。私は任官以来、日本酒を口にしていないし、好きなことを誰にも話していないにもかかわらずな」

本上が口を開こうとした時、幣原は瓶を持ってない方の手を顔の前で振った。

「何も言うな。本人から種明かしされても興覚めだ」

おお。宴会場の検事や事務官たちがどよめいた。伊勢は雰囲気をさらに盛り上げるためなのか、幣原に質問を重ねた。

「どうして任官以来、日本酒を飲まれなかったんです？」

「神頼みの願掛けだよ。大きな失敗をしないよう、大好物の日本酒を断った。来月からはいよいよ日本酒も解禁だ。おおいに飲んでやろうと目論んでた」

幣原は手に持つ瓶を一瞥した。

「しかもこいつは日本酒を断つ前に気に入ってた銘柄さ。退官する日にこいつを産地で飲もうと、検事人生の最後に湊川地検を希望したんだ」

伊勢が目配せしてきた。ひと芝居打ってほしい、と暗に言っている。本上は腰を上げ、一礼した。

「喜んでもらえて光栄です」

宴会場は今日一番の盛大な拍手に包まれた。耳に痛いほどだった。瞬間、拍手が呼び水になったように、本上の脳裏に光が走った。

そういうことか。

「よし。堅苦しい話はここまで。二次会では大いに飲み、食べ、語り合おう」

幣原が威勢のいい声を発した。

本上は伊勢を見た。伊勢は一人の事務官の様子を無表情に眺めていた。視線の先にいるのは――。

5

「俺もわかったぞ」

正面に座る伊勢はまじろぎもしない。検事正の送別会の翌日、本上は伊勢を次席検事室に呼び、ソファーセットで向き合っていた。窓の外は天気がいい。間もなく九月。陽射しはまだまだ強い。

本上は身を乗り出した。

「谷川だな」

伊勢が顎を引いた。

「同感です」

「谷川は、検事正が実は日本酒好きだと知っていた。いや、教えてもらったんだ。直接かどうかはともかく、秋元にな」

「でしょうね」

幣原は任官以来、日本酒を断った。日本酒好きだと誰にも話していない。あの発言は真実だろう。検事は意外と縁起を担ぐ生き物だ。重要な公判に臨む際は必ず朝風呂に入って身を清めたり、死刑を求刑する時は新品の下着をおろしたり、裁判所には右足から入ると決めていたり。幣原の場合、それが日本酒を断つという願掛けだった。

裏を返せば、任官前の知り合いなら検事正が日本酒好きだと知っている。例えば――。

司法修習生同期なら。

幣原と秋元は司法修習生同期だ。二人は研修で同時期に同じ寮にもいた。幣原は酒好きなのだ。本上と鳥海のように夜ごと盃を交わしていても不思議ではない。少なくとも、一度や二度は必ず機会はあり、幣原が日本酒好きだと秋元は知った。

谷川は総務課長の座に色気を出している。検事とコンビを組む他部と違い、総務課は腕の見せ所が少ない。降って湧いた、検事正への送別品選定者の話。谷川は、絶好のアピールになると踏んだ。幣原の好みに合った酒を選べれば、様々な事情に通じていると伊勢に示せる。そこで秋元側に接触した……。

谷川は幣原の願掛けまでは知らなかったのだ。秋元も幣原が日本酒好きを公言していない点までは耳にしていなかったのか、聞いていても深い意味を受け取っていなかった。そのため、任官前に幣原が気に入っていた銘柄を谷川に伝えた。谷川の地位が高くなれば、より高度な捜査情報を仕入れられる。

幣原が日本酒好きだと明かした後、伊勢は谷川の様子を見ていた。本上もさりげなく窺うと、谷川は満面の笑みを浮かべ、自分の失態に気づいていなかった。

「情報収集手段は回収する紙ゴミからだな」

「確認はしていませんが、おそらくは」

伊勢は相変わらずポーカーフェイスだ。

谷川は各部のゴミ箱の中身を回収する役目も担っている。シュレッダーにかける紙ゴミにも情報の断片が記されており、誤ってシュレッダーにかけるゴミとして重要な書類を出されているケースもある。もっと言えば、検事や事務官が部屋にいないタイミングでゴミを回収に行き、極秘書類に目を通すことも時には可能だ。公判部、刑事部、特別刑事部と様々な部に谷川は出入りでき、色々な情報に接せられる稀有な立場だ。秋元にしてみれば、重宝する存在だろう。

「池田さんと東村さんについてはどう見ます？」

「意地の悪い質問をしやがって」本上は苦笑した。「二人ともシロだ。伊勢の結論も俺と同じだろ」

「はい。ただ私の意地がどうこうというより、筋読みの鬼がどう見たのかを知りたかったもので。私の推測の確度も高められます」

池田は五年間、公判部に在籍している。それが何よりシロの証明になる。池田が携わった公判で秋元側に情報が漏れていたのなら、伊勢は手を回してさっさと公判部から外す。五年間在籍する地元の人間が昨日今日、秋元の手に落ちたとも考えにくい。

刑事部の東村は何度も大きなヤマに当たってきた。湊川で大きなヤマとなれば、相手方の弁護に秋元系がつくケースが多い。東村が担当した案件ではきちんと起訴しているし、求刑通り実刑にできている。東村が秋元側にいるのなら、この結果にはならない。

では、なにゆえ伊勢は二人も疑ったのか。

……疑っていなかったのだ。伊勢は事務官の経歴に詳しい。本上が導き出したように、はなから池田と東村は秋元と無関係だと見切っていた。

クロの候補者を挙げれば、筋読みの鬼——本上なら自らの目で見極めてみようという血が騒ぎだすと伊勢は踏んだ。そこで本上が各部課を訪問する際、同レベルでの注意が向かうよう配慮したのか。

——こいつらと顔を合わせた時、反応が出るかもしれん。

——次席はそんなレベルの低いタマではありません。

伊勢はそう言いつつも、念には念を入れた。不快感はない。吉村に対する感情を鑑みれば当然の措置だ。伊勢は誰の行動も心からは信用できないのだ。

惜しいな、と本上は心底思った。伊勢が検事になっていれば、間違いなく特捜部に推薦した。特捜部でも名うての検事になったはずだ。

「谷川をどうするつもりだ。追放か？　飼い殺しか？」

「言い方は悪くなりますが、色々と使い道はあるでしょう。具体的な案はまだ何もありませんが」

伊勢は抑揚もなく言い切った。

「秋元のエスは谷川だけなのか」

「さて。もっと太いパイプが一本あるのは確かです」

「見当がついている言いっぷりだな」

「ええ、まあ」

誰と明かす気はないようだ。

「そっちも潰さないのか」

「利用する方が得策でしょう」

本上は伊勢を手駒として利用できるのなら、利用すればいいと割り切っていた。だが、伊勢の徹底ぶりには負ける。利用されたのはこちらだ。伊勢は検事正の送別品選定を命じられるのを見越し、それをテコにして秋元側に通じている者を割り出そうとした。さらに〝筋読みの鬼〟の目も使い、谷川で間違いないかの答え合わせもした。

ここまでされると、かえって気分がいい。もしかすると、本上がこう感じることまで伊勢は読み切っていたのかもしれない。
どっちが筋読みの鬼なのかわからないな――。
本上は胸裏で、かぶりを振った。

境界線のドア

1

車を降り、秋元良一《りよういち》は深々と息を吸った。深緑は目に優しく、夏だというのに空気はひんやりとし、蟬《せみ》と鳥の鳴き声で満ちている。まさに山の中だ。一瞬で街中の喧噪《けんそう》や面倒事を忘れられる。

清涼な風が吹き、剃《そ》り上げた頭を優しくなでていく。

秋元が代表を務める法律事務所はＪＲ湊川駅から徒歩五分ほどの、飲食店や大型デパートが建ち並ぶ一等地にあり、五階建ての持ちビルだ。秋元は五階の所長室に陣取り、四階には側近——議員秘書や検事から弁護士になったヤメ検の古株らがいる。彼らはいつからか『直参』と呼ばれ始めた。三階は事務職員、一階と二階で弁護士と補佐役の職員が執務をとっている。

秋元はここ十数年、刑事事件の裁判や民事訴訟などの一般的な法律業務に一切携わっていない。それでも事務所はしっかりと回る。

もはや秋元は吉村泰二周りの仕事にしかタッチしない。直参に吉村家と敵対する人物の身元調査や内偵を命じたり、官公庁や大企業で取り込める人材を探させたりする。

「行きましょう」

直参の一人である加藤《かとう》が促してきた。スーツの着こなしは寸分の隙もない。元々は先代吉村の私設秘書だった男だ。秋元自身、吉村家とは先代から縁がある。

数年前、秋元の命を受けてこの土地と建物を見つけたのも加藤だ。加藤の親戚名義で購入させている。

秋元は正面に目をやる。

かつてはミナトの保養所だった三階建ての施設が建っている。さすがミナトだけあり、見た目は高級高齢者施設を彷彿《ほうふつ》とさせる。かなり金をかけたらしい。ミナトは湊川市に本社を置く小売の大手企業で、吉村の息がかかっている。

元保養所の壁には蔦《つた》が這《は》い、門扉は錆《さ》びていた。普段は月に一度、こちらと繋がりのある清掃業者が室内や外の掃除をしに来る以外、誰も利用しない。最寄りでも民家は車で二十分ほど下った場所にしかなく、一般的な見方をすれば廃墟同然だ。

「死んでないんだよな」

「今朝、リアルタイムの監視カメラ映像を見た限りは」

秋元は腕時計に目を落とした。午後一時。

「心臓発作か何かで死んでいるリスクもあるわけか」

「心配ご無用です。健康体なので」

加藤は平板な口調だ。

「死体は苦手でな。特に首吊《くびつ》りはごめんだ」

「誰だってそうでしょう」

会話が途切れ、夏草を踏みしめる音が続く。

元施設のガラス戸には鎖が何重にも巻かれ、南京錠がかけられていた。加藤がポケットから速やかに鍵を取り出して南京錠を開け、鎖を外し、ドアを開けた。中から冷え切った空気が流れ出てくる。ここ数日、エアコンをつけっぱなしにしている。

建物内は森閑としていた。ガラス戸を閉めると、蟬の声も聞こえない。防音設備は万全だ。何者かが施設近くまで来たおりに中の者が叫んでも、声は届くまい。

「靴は脱がなくて結構です」

加藤に言われ、秋元は靴脱ぎ場から土足のまま廊下に上がった。心地よい背徳感が背筋を駆け抜ける。

「管理人室に一人、常駐させています」

「誰を？」

「吉村家が手配した者です」

口は堅く、腕も立つのだろう。

階段を上り、二階に至る。長い廊下を進み、一番奥まった部屋に向かった。加藤が木製のドアを開ける。

菊池亮《きくちりょう》がいた。

髭《ひげ》が伸び、髪は脂で頭皮にはりつき、鼻がツンとする刺激臭がする。菊池は天井に打ち付けられた鉄輪から延びる鎖を手首に巻きつけられ、ベッドに座る格好だ。手首の鎖は南京錠で固定されている。部屋の鍵がかかっていないのはこのためだ。どうせ逃げられない。ベッドの上に投げ置かれたいくつかの菓子パン、数本のペットボトルで命を保持し、トイレは部屋の壁際に置いたおまるにさせている。おまるは鎖がぎりぎり延びる位置にある。異臭の根源だ。

加藤は顔をしかめる様子もなく菊池に近寄り、手首の枷《かせ》を外した。来い、と菊池の腕を取り、軽々と持ち上げる。細身なのに、すごい力だ。

秋元たちは隣の部屋に移動し、菊池をベッドに座らせた。秋元は備え付けの椅子を加藤に運ばせ、菊池の正面に腰を下ろした。加藤は秋元から一歩下がった位置に立っている。

菊池が発する異臭に慣れるため、秋元はあえて鼻から息を深く吸った。人間はたくましい。どんなおぞましい臭いであっても、日常的に嗅ぐうちに慣れる。菊池と加藤が何よりの証人だ。

「久しぶりだな」

「所長もお元気そうで何よりです」

「早くここから出たいだろ？　さっさと話せ」

昨日まで加藤に尋問を任せた。菊池はこちらの質問に何も答えないという。

菊池が鼻先で嗤《わら》った。

「話せば、私が死ぬだけでしょう」

「殺す気はない」

菊池が手首をさする。鎖の痕《あと》がくっきりついている。

「どうやって信じろと？」

「それもそうだな。といっても、君がここから出るには信じる以外に道はない。信じる者は救われると言うだろ」

「無神論者なので」

「気が合うな。私もだ」秋元は肩をすくめた。「まあいい。改めて聞こうか。誰に頼まれたんだ？」

大型台風が湊川市を直撃した夜、菊池は所長室に忍び込み、金庫を開け、書類を盗み撮りした。ぎりぎりで犯行を現認できた。あの日は東京出張の予定だった。秘書の北原小夏《きたはらこなつ》が出張の取りやめを進言してきたのだ。

――東京は台風の影響はないぞ。

――台風を心配しているのではありません。職員に不穏な動きがあると耳にしましたので。

北原は先代の吉村が愛人との間に作った子どもだ。北原の母親は暴漢に刺殺された。秋元は関わっていないが、吉村家の意を汲《く》んだ何者かが仕組んだに違いない。北原は吉村家と関係の深い湊川海運に就職し、秋元法律事務所に転職してきた。秋元は湊川海運で長年吉村側との窓口だった男に小夏の素性を聞き、その上で採用した。

「吉村議員への恨みを感じさせる言動はありません」と男は言った。男は現在退職し、野鳥観察を趣味にしている。

また、湊川の皇后こと須黒清美《すぐろきよみ》にも「北原小夏が秋元所長のところにいた方が、監視の目が届きやすい」と言われた。須黒は先代から吉村家に仕える秘書で、普段は東京にいる。地元の陳情やどの店で何を買うかといった細かな事柄まで、東京から差配する。「吉村先生を動かすには、まず須黒秘書を動かせ」と県議や地元経済人の間で言われ、湊川の皇后という異名が轟いていた。

台風直撃の当日、秋元は事務所近くのホテルのロビーに北原と陣取り、深夜、最も台風が近づいた頃、付近が停電した。

――行きましょう。

――外は暴風雨だぞ。

――今なら電子金庫を暗証番号のみで開けられます。

北原は落ち着き払っていた。すると実際、菊池が書類を漁っていた。菊池は秋元と小夏の姿を見ると観念した様子で、逃げようともしなかった。

翌日は台風一過で晴天だった。北原を所長室に呼び出した。

――昨日はお手柄だったな。どこから仕入れた情報だったんだ？

——ある筋から、とだけ申しておきます。知ってしまえば、万一の際、所長にも火の粉が降りかかってきますので。火の粉というより、荒々しい炎でしょうか。

——知らぬが仏か。今後も頼む。

北原は一礼し、きびきびとした足取りで所長室を出て行った。

菊池が盗み見ていたのは、ドイツ語で記された書類だ。北原同様、先代の吉村正親の愛人が産んだジャスミン・ガルシア・サントスが海外渡航——密航の手伝いをするのと引き換えに、その弟をミナトのASEAN支社の事業担当部長にする、という覚書だ。そこに吉村泰二の裏書もある。ミナトは、ASEAN支社をベトナムのハノイに構えている。

ジャスミンは意識不明の重体で入院中だ。密航の拠点でもあったフィリピンパブが火事になった。放火だ。吉村家が手配したベトナム人が実行した。実行犯がいまどこにいるのかは秋元も知らない。もう出国しているはずだ。世界には百ドル程度で殺しを請け負う地域もある。ベトナム人にはもっと多くの報酬が払われただろう。

先代の吉村は国際派と評され、特に東南アジアに強かった。冷戦中も超党派議員団の団長として、共産陣営の国を含む東南アジア周遊に出た。その流れで現地の裏社会とも通じ、養子の吉村泰二も恩恵に与《あずか》っている。苦労知らずのお坊ちゃんセンセイというわけだ。

荒々しい炎に巻き込まれかねない、と北原は言った。秋元は剃り上げた頭をなでた。とっくに呑み込まれている。荒々しいどころか、獰猛《どうもう》で骨まで焼き尽くすような炎に。

使えないわね——。

冷ややかな声が耳の奥にこびりついている。

菊池がかすかに首を振った。

「誰にも頼まれていません」

「撮影した書類を送った相手は割れている。湊川地検の事務官だろ。地検の何者かに唆《そそのか》されたんじゃないのか」

「いえ。誰にも唆されていません」

秋元は身を乗り出した。

「なら、何のために書類を持ち出そうとした」

「興味本位です」

「もっとましな嘘をつけ。興味本位で地検の事務官にデータを送るバカがどこにいる」

「ここにいます。慌てて、無考えにやった行為です」

「伊勢だろ」

菊池の顔色に変化はない。

秋元は直参からの報告書を頭の中で反芻していく。

伊勢雅行は長年次席検事の懐刀と称され、湊川地検の総務課長を務めている。伊勢が様々な業務を差配するさまと、四十代半ばにして真っ白な髪から、記者連中はいつしか『白い主＝シロヌシ』転じてエス——Sと呼ぶようになったという。

伊勢の父親は検事で湊川地検に赴任した際、先代の吉村の独自捜査に深入りし、妻を交通事故で亡くしている。また、伊勢自身も吉村泰二の捜査に身を投じ、妹一家を失った。いずれの時も捜査は打ち切りになった。どちらの時も秋元は吉村の命を受け、地検の独自捜査を妨害するために証拠書類の破棄や、逮捕起訴された場合の公判戦術の構築、事前に法律的問題点を解決するべく動いた。

結局吉村側が一歩踏み込んだ対応をし、捜査は打ち止めになり、秋元は舌打ちした。はなから自分たちで動けよ、と。

「伊勢さんが、こんな致命的なへまをする奴に重要な役目を担わせるとでも？」

「だったら誰のために動いたんだ」

「強いて言えば、自分のためでしょう。先ほど申し上げた通り、興味本位の愚行を誤魔化す手段もなく、慌てた末の行為なので」

「伊勢も全知全能の神じゃあるまい。目が狂うこともあるさ。君の本性を私が見抜けなかったようにね」

伊勢以外に、秋元法律事務所および吉村泰二に喧嘩を売ってくる者なんていないだろう。

「観念しろ。伊勢なんだろ」

菊池が目元を緩めた。

「驚きですよ、湊川地検に恐れられる秋元所長は聴取が下手なんですね。質問が直接的過ぎますし、断定的すぎます。もし公判なら『検事の作ったストーリーを呑み込まされた』と訴えて、証拠能力を消せます」

「元々、調べるのは私の役目ではなかったからな。判断するのが仕事だった。裁判官としては優秀だった自負もある」

「なんで裁判官を辞めて、弁護士になられたんですか」

「一身上の都合だ」

使えないわね——。

また耳の奥で冷ややかな声が聞こえ、胸の奥底で鋭い痛みが生じた。

菊池をもとの部屋に戻して鎖に繋ぎ、元保養所を出た。

「あいつには頭を冷やす時間がまだ必要そうだな」

「ええ」と加藤が短く応じる。

「殺すな、死なせるな」

「心得ています」

――絶対に生かして。その上で、伊勢の思惑を聞き出してちょうだい。

菊池確保後、須黒に厳命されている。

須黒は先日、吉村のお国入りの下準備に来て、秋元法律事務所にも立ち寄った。昨年逮捕された、吉村の実兄で元県議会のドンだった石毛の弁護状況や伊勢についての仔細な報告を求められた。

今のところ、菊池からは何も引き出せていない。須黒から督促もない。

確かに妙なのだ。伊勢が関わっていたにしろ、菊池の言い分通りにしろ、その後の動きがない。伊勢なら菊池がどこかに監禁された可能性を吟味するはずだ。秋元法律事務所関係者の財産をきっちり調べあげ、元保養所に目をつけていてもおかしくない。なにしろ監禁場所にはもってこいだ。地検は警察と違って人手が乏しいゆえに、確率の高い場所から探りを入れるだろう。

始末した、と結論づけてもいまい。こちら側が菊池の意図、すなわち伊勢の思惑を探り出そうとするのは明白だ。いずれ始末するにしても、菊池の口を割るまでは実行できない。

菊池から機密文書データを送られた事務官は、伊勢に必ず報告する。伊勢の指示だったにせよ、違うにせよ、秋元側は菊池が口を割るまでは本人に手を出せない――と地検側は踏める。拷問でもされない限り、菊池が簡単に口を割る男でない点も把握しているだろう。

なのに、元保養所入り口付近にこっそり設置した防犯カメラには猪《いのしし》や鹿など動物の姿しかいまだに写っていない。

また、菊池が流出させた資料も公判では証拠にならない。不法に入手した文書データだからだ。いくら直筆の裏書きがあっても、吉村が密航に関与した直接的な物的証拠も証言証拠もない。吉村家が様々な不法行為に手を染めてきたのは、伊勢も承知のはず。いまさら手駒を失ってまでほしい情報だったとは思えない。

菊池の暴走？　伊勢はどう出る？　自分は無能なのだろうか。どうして伊勢の思惑を読み切れないのか。なんで菊池の口を割れないのか。

「何か方法を講じますか」

後部座席からルームミラーを見る。ハンドルを握る加藤は無表情だ。吉村家から来て以来、長年直参として秋元に仕えているが、腹の底を決して見せない。須黒と直接繋がっているのかもしれない。

「殺さない程度に、か？」

加藤は何も答えなかった。この男なら、あっさり拷問に手を染めるのかもしれない。加藤でなくとも、吉村家ならそんな駒はいくらでも用意できる。

「まだ時間はある。暴力はなしだ」

吉村側……須黒の手を借りたくない。

車窓から山道の景色を眺める。ヒントはないかと、菊池とのやりとりを振り返っていく。裁判官としては優秀だった、か。秋元は内心で苦笑した。どの口が言ったのだろう。

優しく、公平で、理解のある裁判官。法律の解釈をねじまげず、加害者にも被害者にも、被告にも原告にも与《くみ》せず、情状を最大限に汲み取った。自分は……秋元良一はそんな評価の裁判官だった。

シートに頭と体を預け、半生を呼び起こしていく。

秋元は厚生官僚の父と、結婚を機に大学事務の仕事を辞めた母のもとに生まれた。勉強ができる子どもで、幼い時から周りに一目置かれた。ある日、友人の喧嘩を仲裁した。喧嘩の原因を聞き、互いに非があることを認めさせた。

——どっちも悪い。二人ともお互いに謝って仲直りしなよ。

——りょうちゃんに言われたら、仲直りするしかねえよな。いざこざを解決してくれるんだもん。ありがとう。

友人に感謝され、この日以降、喧嘩の仲裁は秋元の役目になった。

偉いね、これからも友達のために色々するんだよ。母親は褒めてくれた。

それくらい当然だろ。父親はそっけなかった。

近寄りがたい父親だった。平日はむろん、土日もほとんど仕事で家にいなかったが、たまにいると「勉強しろ」「漫画を読むとバカになるぞ」「いただきますの挨拶がおざなりだ、言い直せ」などと何かと口うるさく、母親にも男尊女卑をむき出して細かな指示を出した。「お茶がぬるい」「めしがまずい」「洗濯物のたたみ方がなってない」「シャツの皺が消えてない、アイロンをかけ直せ」。はいはい、と母親は穏やかな態度を崩さずに言いつけを守った。秋元はほぼ母子家庭という環境で成長した。

中学三年の時だった。「制服のスカート丈が短い」と学校側が幼馴染《おさななじみ》を処分しようとしたので、秋元は徹底的に校則を読み込んだ。その上で、彼女の家庭が金銭的に貧しい点、成長期でかなり身長が伸びた点を学校側に訴え、校則の問題点を多々指摘し、処分を取り下げさせた。

——りょうちゃん、ありがとう。りょうちゃんが幼馴染で良かったよ。

彼女は涙ぐんでいた。秋元は体の芯が火照《ほて》り、内臓が持ち上がるようだった。自分の行為が幼馴染を救えた嬉しさが熱源だ。もっとも、頭の芯までは熱せられなかった。最初から学校側が適切に判断していれば、幼馴染のトラブルは存在しなかった、と冷静に分析していた。

東京大学在学中に司法試験に合格した。国家公務員試験にも受かった。どちらの道に進むか迷っている時、高校卒業後に就職した幼馴染と、家の前でばったり会った。

——さすがりょうちゃん。わたしも鼻が高いよ。司法試験に受かったってことは裁判官にもなれるの？

——多分、頑張ればね。

——じゃあ、みんなのために頑張って。わたしはりょうちゃんに裁判官になってほしい。わたしと中学とのトラブルを助けてくれたみたいに、ちゃんとどちらの言い分も聞いた上で、色々な問題を解決してほしい。りょうちゃんならできるよ。

体の芯の火照りと、頭の芯の冷たさがにわかに蘇ってきた。そうだった。昔からトラブルを解決するのが得意だった。

官僚ではなく、司法の道に進もう。

弁護士でも検事でもなく、最終的にジャッジするのは裁判官なのだ。いかなるトラブルが起きようとも、物事を審判する人間がしっかりしていれば解決に至れる。日本で最も適切なジャッジを下すべき人間は裁判官だ。

民事でも刑事でも裁判所を使うのは、複雑なトラブルに巻き込まれた人たちだ。その人たちの人生を、法律的な判断でしっかり助けていこう。

司法修習生時代、無事に現役裁判官から勧誘を受けられた。成績優秀者でないと裁判官にはなれない。品行方正で、常に真実を追究している——というのが一般的な裁判官へのイメージだろう。秋元もご多分に洩れなかった。

現実は違った。

裁判官は民事部に所属しても、刑事部に所属しても多忙だ。一人でいくつもの案件を抱え、次々に判決を起案しないとならない。民事訴訟では当事者に和解を押しつけてでも、一刻も早く事案を処理しようとする裁判官も多い。

——今日は二件、〝強制和解〟させたよ。仕事を回すための知恵さ。

——和解は案件を減らす道具だな。

得意げに語る先輩もいた。最初から和解させると決め、「裁判官の提案を聞かないと、負けますよ」「こんなにメリットがある案なのに呑めない？　裁判官をバカにしているのか」といったニュアンスで迫ったり、時間をかけて懐柔していくのだ。

——今回の被告、なんであんなバカなんだ？　そりゃ訴えられるだろ。

——やっぱり法律がないと、バカな連中を制御できないよなあ。

市民を蔑む発言もよく聞いた。自分は賢いという自尊心の裏返しだ。

判決を下す際に、自分が勝たせたい側の最終準備書面を適当に焼き直して判決文にする裁判官もかなりいる。民事訴訟の当事者たちはいわば、処理の対象なのだ。

秋元は彼らとは異なる道を選んだ。

双方が心から納得できる場合は和解を勧めたが、押しつけはしなかった。できる限り、双方の言い分を汲み、法律的な判断をした。

——担当裁判官が秋元さんで良かった、と依頼人がすっきりした顔でおっしゃっていましたよ。

負けた側の弁護士からも何度となく言われた。裁判官冥利《みょうり》に尽きた。

また、刑事の担当裁判官には、判例をなぞる判決文を作るだけの者や、検察の求刑にきっちり八掛けした判決を言い渡す者、法廷での証言を右から左に聞き流して検面調書や警察調書だけで判決を下す者などがいた。

――被告人なんてどうせ悪者なんだ。深く考えるな。

信じがたい助言をしてくる先輩もいた。

ただでさえ、裁判官は検察の調書を重視する。「警察も検察も自分勝手なストーリーを押しつけてくるだけだ。裁判官なら言い分を認めてくれるはず。公判に賭《か》けよう」と虚偽の自白をした被告人がいても、裏切られ、冤罪《えんざい》が生まれるだけなのだ。

秋元は刑事の公判では被告人が悪者という典型的な先入観を排除し、調書を偏重せず、かといって法廷での供述を鵜呑《うの》みにもしなかった。

自分の目と耳が『信じるに足る』と判断した証拠だけを採用し、判決を下した。無罪判決を出すと、検察からかなり厄介視されたが、後日真犯人が逮捕されることも多かった。

――秋元が担当裁判官になったら面倒だ。しっかり証拠を固めろ。

いつしか秋元が赴任した先では、検察も警察も慎重な捜査がされるようになった。

だが……。

致命的な失敗をした。文字通り、致命的だった。二人の命が失われた。

目が狂うこともある。菊池に放った己の言葉が、そっくりそのまま秋元の胸に突き刺さっている。

2

「秋元さん自ら乗り出したのに、伊勢の思惑をまだ摑めないのね」

須黒は冷ややかな声だった。電話越しなので、余計に冷たく聞こえるのかもしれない。

壁掛け時計の秒針がせっせと動いている。午後八時だった。菊池を確保した翌日から、この時間に定時連絡を取り合うようになった。

「面目もありません」

「謝られても何の解決にもならない」須黒はにべもなかった。「さっさと伊勢の目論見を暴いて」

「鋭意努力します」

「努力ではなく、結果を出してちょうだい」

何様だ？　秋元は喉元まで出た言葉を呑み込んだ。関係性をぶち壊すのは、ただの愚行だろう。吉村泰二が民自党党首――ひいては総理大臣になった時、須黒が陰で日本を牛耳るも同然になる。

「病院の女は？」

「意識不明のままです」

須黒の意図は明らかだった。菊池が流出させた資料に証拠能力がないにしても、内容を裏づける証言をされては面倒だ。それができるのはジャスミンしかいない。

「できる？」

意訳すれば、連れ去れ――。

「無理です。ウチは法律事務所なので」

「そうね」

素っ気ない返事だった。須黒は色よい返答をはなから期待していなかったのだろう。

「逆に利用する方法を講じます」

「さすがは秋元法律事務所のトップね。頼りになる。こっちでも頭をひねってみるから」

言外にバカにされた気がした。通話を終え、受話器をそっと置いた。皇后と初めて会った日が胸に蘇ってくる。

◇

裁判官となって十年が経ち、現実と折り合いをつけ始めた頃だった。

東京地裁の刑事部に所属し、四歳の女児を一人で育てていた母親が、子どもに暴行を加えた容疑の公判を単独で担当した。母親は娘を溺愛《できあい》していた。ゆえに娘の将来のためにお金を稼ごうと朝から深夜まで働き詰めで、心身に変調をきたしていた。情状酌量の余地があり、秋元は執行猶予判決を言い渡した。

一ヵ月後、母親は娘を殺害し、自らも命を絶った。

母親に執行猶予なしの懲役刑を科していれば、母子ともに生きていたはずだ。裁判官として見る目が狂ったのだ。

――誰にも予想できませんでしたよ。

――秋元さんは最善のご判断をされました。

同僚は口々に慰めてくれた。しかしながら、母子が死んだ現実を変えられるわけではない。

失意のどん底に落ちても、仕事は続けねばならない。暴行容疑で起訴された新宿区在住で、飲食店経営者の男の公判を単独で担当することになった。

事件の構図はごく単純だった。深夜、被告人が自身の経営する歌舞伎町《かぶきちょう》のバーで泥酔した男性客と口論になり、殴りつけ、頭や足に全治一ヵ月の怪我を負わせたという罪状だ。逃げ出したであろう被害者が、店から少し離れた場所で倒れているのが発見され、警察に通報がいき、翌日、被告人が逮捕された。密室での犯行で目撃者はなく、被害者の「店に入るまで、怪我なんてしていなかった」という証言が逮捕の決め手だった。所轄の刑事にも、東京地検の担当検事にも、被告人はすんなり容疑を認めたという。

初公判もつつがなく終わった。秋元による人定質問、検事の起訴状の朗読はむしろ機械的な流れとも言えるくらいだった。第二回公判は検察側の尋問を予定し、弁護側から証人尋問の申し出でもない限り、三回目で検察側の求刑まで進めそうだった。警察の捜査で目撃者が発見できなかった以上、弁護側が用意できるはずもない。

自宅で資料の読み込みや判決文の起案などをする宅調日。秋元が別の公判の書類を読み込んでいると電話が鳴り、父親からだった。

「いま大丈夫か」

「元気がないな。どうかしたのか」

失意に沈む秋元よりも声に力がなかった。

父親は厚生省社会福祉局の局長として、出世レースの先頭を走り、省トップの次官も狙える時期だった。心身ともに疲労が極限なのかもしれない。正月に実家に帰省した際、父親よりも母親の方が嬉しそうで、「早くトップになってくださいね」とけしかけるほどだった。母親は父親が厚生省のトップに立つ日を夢見て、今まで黙々と従っていたのか、と秋元は納得した。

「折り入って、頼みがあってな。今晩、俺の知り合いと会ってほしいんだ」

「オヤジも同席するのか」

言い淀むような間が空いた。

「知り合いだけだ。裁判官の仕事に興味があるらしい」

「学生なら、裁判所の広報に言って――」

「違う。身元は確かな人だ。先方は夕食でも一緒にどうかと言っている。とにかく会ってくれ。頼むから」

懇願口調で嫌とは言えなかった。どうせ夕飯を食べる。自らの判決次第で二人の命が失われずに済んだというのに、腹は減る。

指定されたのは赤坂見附《あかさかみつけ》の、こぢんまりとした小料理屋だった。個室の座敷に通されると、ほぼ同世代の女が先に座っていた。黒いパンツスーツ姿で、肩まで伸びた髪も黒い。

「どうぞお座りになってください」

女は淡々とした声音だった。女の向かいに腰を下ろすと、個室のふすまが開き、頼んでもいないのに瓶ビールといくつかの料理が運ばれてきた。従業員が去ると、女は口を開いた。

「これでしばらく邪魔は入りません。須黒と申します。吉村正親代議士の私設秘書をしております」

吉村正親は民自党の大物だった。

「秋元です。ご用件はなんでしょうか」

「×××被告の公判をご担当ですよね。公判予定表で秋元裁判官のお名前を拝見しました」

何時に、どの法廷で、どんな公判を、どの裁判官が担当して開廷されるのかは裁判所で公開されている。

「被告人とご親戚か何かですか。あるいはご友人とか」

「いえ。面識もございません」

「こう言っては何ですが、ありふれた公判ですよ。ご興味がおありなんですか」

新聞などで大きく報じられた事件事故の公判には記者だけでなく、一般傍聴人も多く訪れ、法廷の席は埋まる。今回はその種の公判ではない。

「ええ、少々興味があります」

どちらもビールに手を伸ばさす、瓶の表面についた水滴が垂れ落ちていく。

「どういう点にでしょうか。裁判官としての心証などは口外できませんが、事件の概要くらいなら話しても構いませんよ」

傍聴にくれば知れることだ。すでに冒頭陳述もされている。

「次回、弁護側がとある証人への尋問を申請します」

須黒はさらりと言った。

「どこで仕入れた話なんでしょう。弁護人とお知り合いなんですか」

「証人の重要性を認識してほしいので、事前に申し上げました」

情報の入手先について須黒が言及する気配はない。

「弁護人が法廷で申し出てくればいいだけです。私は却下しません。それに重要度を判断するのは私です」

「おっしゃる通りです。当方はただ伝えるだけです」須黒の目はガラス玉のように無機質だ。「被告人は歌舞伎町の他にも、新宿、池袋、渋谷で店を営業しております」

初耳だった。警察調書にも、検面調書にも記されていない。

「ご存じないのも当然です。いずれもマンションの一室が事務所で、被告人は開業申請をしていません。できるわけもないんです。外国人売春婦を斡旋《あっせん》する組織なので。あまりにも事件が簡単なので、警察も被告人の背後関係を詳しく調べなかったのでしょう」

「それが事実だとして、なぜ須黒さんが教えてくれるのです？　しかも私に」

「最後までお聞きになれば、自ずと答えを導き出せますよ」

須黒が長い瞬きをした。

「現在、日本企業は積極的に外国人研修生を来日させています。六〇年代後半、当時海外進出した邦人企業が現地社員を日本に招きました。彼らは技術や知識を習得し、帰国後に母国で技術を生かした。一九八一年に研修と技能実習に対する在留資格が創設され、今年から監理団体による受け入れも始まっています」

官公庁の資料を読み聞かせられている気分だった。話の先が見えない。秋元は続きを待った。

「研修生の受け入れは、表向きには国際貢献と国際協力の一環として開発途上国の『人づくり』が目的です。実際には人手不足を、研修名目で来日した外国人の労働力で解決する試みです。数年以内に、『安い労働力』を研修生としてではなく、労働者の身分として導入できる制度化がなされるでしょう」

「表向きとか、安い労働力とか、辛辣《しんらつ》なご意見ですね」

「現実から目を背けていないだけです。日本は今後出生率が著しく低下していき、団塊の世代が一線を退き、超高齢化社会になるのは確実です。それなのに、ろくな少子化対策をせず、移民政策にも極めて消極的です。これがぎりぎりの選択肢でしょう」

日本は経済的にまだ上向きだ。そこまで先を見据えている者は少ないだろう。

「いままさに、担当官庁が水面下で新制度設計の構築に動いています。細かな規則はあれこれありますが、大まかに言えば、新制度を使って来日する外国人は民営または公営の機関から送り出され、日本側の受け入れ機関で技能実習および研修をする流れになります。新制度で来日した外国人が日本にいられる期間は一年から長くても三年です。来日するのは、中国や東南アジア諸国からが大半になるでしょう」

「お詳しいですね」

「私が仕える先生が、実現に尽力されていますので」

なるほど、と秋元は相槌《あいづち》を打ち、ですが、と須黒が淡々と語り続けていく。

「任期終了直前に姿を消す人、途中で逃げ出す人も出てくるはずです。実際、今も研修生がたびたび国内で姿を消します」

「解《げ》せませんね。せっかく技術と知識を身につけて、本国に戻れば安定した仕事も得られるでしょうに」

「端的に言えば、日本の方が稼げるからです。たとえアルバイトでも、現在世界二位の経済大国ですので。監理団体を作っても、二十四時間監視するわけではないので失踪を防ぐ手立てはありません。一口、ビールを飲みましょう」

互いに注ぎあい、ビールに口をつけた。喉が渇いていたのか須黒は半分ほど一気に飲み、グラスをテーブルに置いた。

「姿をくらました人たちが頼るのは公的機関ではありません。日本は不法滞在者には厳しく、よほどの事情がない限りは強制送還します。いずれ不法滞在者となる彼ら、彼女たちの頼り先の一つが――被告人が仕切っている大規模な組織です。主に全国各地の飯場や工場、キャバレーなどの水商売にも送るんです」

ようやく話が繋がったか。秋元は首を傾げた。

「警察に言ったらいかがですか。犯罪は犯罪です」

「秋元さんは外国人の研修制度について、どう捉えていますか」

「正直、意見は何もありません。制度が始まる際は新聞やテレビで報じられたのでしょうが、記憶にないですし、今日まで一秒たりとも気にしたことがないので」

「ほとんどの皆さんが、秋元さんと同様です。私も議員にお仕えしなければ、考察する機会はなかったでしょう」

社会問題の大半についてがそんなものだ。

私は、と須黒が話を接ぐ。

「表にしろ裏にしろ、きちんとした受け皿がない限り、制度が瓦解《がかい》する恐れがあると案じています。裏の制度が瓦解すれば、表に波及し、いずれ日本の社会システムが崩壊するでしょう。日本企業のすべてが資金に余裕があるわけではなく、安く優秀な労働力を求めています。本制度はいわば、表裏両面で日本を下支えしているのです。このシステムが崩れれば、困るのは日本人全員です」

「必要悪だと？」

「犯罪と悪とは違うのではないでしょうか」

「では、いまのうちに犯罪にならないよう、表だけで対応できる仕組みを構築すればいいのでは？」

「人間には表と裏があります。むしろ表があるから裏もある。それとも裁判官の世界だけは、清らかさのみで動いているのでしょうか」

言葉に詰まった。数秒後、秋元は咳払いした。

「みな、裁判官として適切だと考えた判断を下しております」

言った瞬間、秋元は地の底に沈んでいく感覚に陥った。

「そうですか。私はあらゆる世界には裏があり、だから司法制度も生まれたんだと思いますよ。清らかな聖人ばかりなら犯罪もトラブルも起きませんからね」

須黒はグラスの残りのビールを飲み干した。

「失礼しました。秋元さんと議論する気はないんです。いよいよ本題です。長い前置きで申し訳ありません。知っていただかないといけなかったもので」

「勉強になりました。裁判官は世間知らずになっていく傾向にありますので」

長く続ければ続けるほど、法律の狭い世界だけに詳しくなり、世事に疎くなっていく。秋元自身、ここ数年の流行歌すら知らない。周囲の裁判官だって似たようなものだろう。キャベツが一玉千円以上するとのたまう裁判官、妻が入院して風呂の焚《た》き方がわからずに薬缶《やかん》で沸かした湯をバスタブに注いだ裁判官、一度も電球を替えた経験がない裁判官すらいる。

世の中に疎くなった挙げ句、自分はあの母親の心の裡《うち》を見誤った……。公判で惨劇の兆候があったのかもしれない。自分には見抜けなかった。

須黒が居住まいを正す。

「弁護人側の証人の証言を採用すれば、被告人を罪に問えなくなります。証人は被告人が無実である理由を証言しますので」

警察も発見できなかった目撃者を弁護人が見つけた？　警察の捜査がおざなりだったにしても、いささか都合が良すぎる展開だ。

すぅっと秋元は腹の底が冷えた。証人の捏造《ねつぞう》――。

「被告人は罪に問われるべきではない、というのが私の意見です。被告人よりも悪い人間は大勢います。そんな連中は逃げた外国人研修生を搾取し、使い捨てるだけです」

「証言内容をご存じなのですか」

「多少は」

「先ほども申し上げた通り、証言の重要性を判断するのは私です」

「ごもっとも」

数秒視線をぶつけあい、須黒が再び口を開いた。

「必ず証拠採用するという言質《げんち》をいただけないと、次の一手が出されるでしょう。今回の被告人の事業が多岐にわたっているのはお話しした通りです。水商売と呼ぶにはいささか気が引ける業態、売春組織のことです」

「なぜ須黒さんが証人の件や被告人の稼業などについてご存じなのですか」

「お答えできません」

取りつく島もなかった。須黒から完全に表情が消える。

「顧客リストがあり、秋元光吾郎《みつごろう》さんというお名前も記されています。長年にわたる上客のようです」

虚を突かれた。オヤジが？

須黒が無表情のまま続ける。

「次の証人はその売春組織の幹部になるそうです。幹部が被告人の無実を証明するべく、証言するとか。公判手続き上、証人と被告人の関係性を確認されますよね？　売春組織の経営者と幹部だ、と法廷で言われれば、数時間後には警察が動き出します。警察は顧客リストを押収するでしょう」

秋元は唾を飲み込んだ。ごつごつした鉛の塊を飲んだように感じた。腹の底が急速に重たくなっていく。

須黒はじっとこちらを見据えている。

「リストの顧客まで逮捕されるとは思いません。ですが、何かの手違いで名前が外に漏れれば社会的信用や立場を一気に失う方も多いでしょう」

「何を……おっしゃりたいので」

秋元は喉の奥からようやく言葉を引っ張り出せた。

須黒が軽く身を乗り出した。

「簡単ですよ。秋元さんのご判断次第で多くの方の人生を救えるという事実です」

有罪だと決まったわけではないが、限りなくクロに近い人間をシロにしろと？

父親の顔が頭にちらつく……。

仕事一筋だった父親は、厚生省トップに手がかかっている。須黒の発言が事実なら、トップとしてふさわしくない行動だ。引導を渡すのも息子の仕事ではないのか。

秋元は目の前が真っ暗になった。

母親はどうなる？　三十年以上自分を殺し、父親に従ってきた。父親が次官になるために。母親の望みや積み重ねた時間も水泡に帰してしまう。もしそうなれば、彼女の人生は何のためにあった？

それだけではない。父親がスキャンダルで失脚すれば、自分の裁判官キャリアにも響く。下手をすれば、終わりかねない。いくら裁判官の世界に幻滅していても、外的要因で終止符を打たれるのは納得ができない。

いや、ここで須黒の提案を呑み込む方が、今後裁判官として生きていけなくなる。法と裁判官の信条をねじ曲げるのだ。須黒にも弱みを握られる。

しかし、今後も裁判官として生きていく価値が自分にあるのか？

おまえは——と秋元は己に語りかける。判断ミスをしたばかりだ。だったらキャリアを終える覚悟で、多くの人間が恩恵を蒙《こうむ》れる須黒の提案を受け入れるべきではないのか。いわば判断を須黒の見解に委ねる形だ。

買春と売春という罪も、一九九〇年現在の日本においては女性が売春婦に無理矢理させられていない限り、実質的な被害者はいないという視点で語られることもある犯罪だ。どうせ無罪になる可能性が高いのなら、父親の立場を守る選択をする方が賢明ではないのか。父親の行為が公になれば、影響は父個人だけでなく官僚システムにも及ぶ。官僚への不信が募り、まっとうに生きている彼らへの風当たりも強まる。官僚組織全体を守ることにもなる。

須黒が身を引き、もとの姿勢に戻った。

「お断りになれば、どうなるのかはご理解できますよね」

「脅迫ですか」

「まさか。その真逆ですよ。善意に基づいた提案です。八方が丸く収まります」

秋元は炭酸の抜けたビールを飲み干した。

「いえ。一人だけ被害者がいます。被告人に殴られた被害者です」

「被告人が無罪になるのですから、被害者ではありませんよ」

「証言が真実ならば」

「法廷では誰しも真実を語るのでは？」

「須黒さんの言葉を借りるなら、表向きには。証人が真実を語ったかどうかを判断するのは、裁判官です」

では、と須黒が言う。

「被告人が無罪になり、被害者も相応の利を得られれば？」

「文字通り、八方が丸く収まりますね」

秋元は束の間、民事で和解を起案している時に似た心持ちになった。

「善処します」と須黒は無表情に言った。

「一晩ください」

「名刺を渡しておきましょう。吉報をお待ちします」

秋元は料理には手をつけずに店を出て、その足で目黒区内の実家に行った。母親が風呂に入っている間、居間で父親と向き合った。

「すまん、母さんには黙っててくれ。省にも言わないでくれ。何も聞かないでくれ」

父親は正座し、両手を畳につき、額も畳につけた。息子に土下座……。子どもの頃、厳しかった父親の姿が脳裡《のうり》をよぎった。

「頭を上げろよ」

「上げられん」

「なら、一つだけ教えてくれ。次官になれるのか」

「なれるかどうかじゃない。絶対になる。母さんの人生を踏み台にしてきた上、息子の人生に汚点まで作らせたんだ。絶対に次官になる。頼む。須黒さんの提案を受け入れてくれ」

土下座したまま、父親は涙声で血を吐くように言った。秋元は奥歯をきつく嚙《か》み締めた。

翌日の昼休み、須黒に電話を入れた。

「昨晩の件、承知しました」

「感謝します」

こちらの弱みを握られたと同時に、吉村正親側の弱みを握ったとも言える。いざとなれば、自分の身と引き換えに須黒からの提案を告発しよう。

弁護人が証人として連れてきた男は、法廷で堂々と述べた。

――二人が殴り合った時、自分も店にいました。二人とも泥酔して私の存在を憶えていなかったのでしょう。まず被害者が殴りかかり、何発か食らった後、店長さんは仕方なく殴り返したふうに見えました。私には止められませんでした。喧嘩はからっきしなんで。怖くなって金を置いて、逃げ出したんです。裁判になってるなんて、弁護士さんから聞く까지まったく知りませんでした。

秋元は後日、被告人に無罪判決を言い渡した。判決文の読み上げ中、体の中ががらっぽになっていく感覚を味わった。

3

菊池と面会した翌日、加藤とは別の直参を所長室に呼んだ。秋元は執務席に肘をつき、手を組んだ。直参は姿勢正しく立っている。ヤメ検の直参だ。

「例の一手はどうなった」

「チャンネルを使って誘いをかけています」

「感触は？」

「近いうちに接触できそうです。我々への感情よりも身内への対抗心の方が強いとか」

「期待してるぞ」

はい、と直参が一礼して所長室を出ていった。

どうやって菊池の口を割り、伊勢の魂胆を明らかにするか。所長室で思案を重ねていると、内線が鳴った。北原からだった。

「幣原検事正から電話です。外線の三番です」

幣原だと？　司法修習時代の同期で、湊川地検の検事正だ。近々、定年を前に退官する。県知事主催のパーティーで顔を見かけたが、もう何十年も言葉は交わしていない。幣原が検事正として赴任してくる際、一枚の葉書をもらっただけだ。

秋元は電話機の外線三番ボタンを押し、もしもし、と言った。

「おう、秋元か。久しぶりだな。相変わらず無愛想な声だな」

「元気そうでなによりだよ」

「俺が退官するのは知ってるだろ」

「ああ。風の噂で聞いた。ご苦労さんだったな」

「天下の秋元法律事務所所長に労われて嬉しいよ。ウチは何度も負けてるからな」

「皮肉か」

「本心だ」

幣原の声に嫌みはない。

「どうしたんだ？　直接労いの言葉をかけてほしいのか」

「まあな。二時間後にそっちに行くから事務所にいてくれ。挨拶回りのついでだ。県庁の後に寄りたい。もうじき敵味方でもなくなるだろ」

「そうだな。待ってる」

二時間後、北原からの内線で幣原の来訪を告げられた。応接室に赴くと、革張りのソファーに幣原と並び、白髪の男が座っていた。

伊勢――。

おう、と幣原が手を挙げる。

「悪いな、忙しいだろ？」

「構わないさ。忙しいのはイソベンたちだ。所長なんて暇さ」秋元は幣原の対面に腰を下ろした。「長年のお勤め、ご苦労さま」

「最後が湊川で良かったよ。銘酒を餞別《せんべつ》にもらった」

「そいつは良かったな。退官後にゆっくり晩酌してくれ」

先日、地検総務課に飼っている細胞から加藤経由で連絡がきた。幣原の餞別品選定を任されたので、何にすればいいかという相談だった。加藤に聞き取りをさせると、幣原は地検内ではウイスキー愛好家で知られる一方、日本酒好きという点は一切認知されていなかった。細胞のポイント稼ぎのため、日本酒にしろと指示した。総務課の事務官はこういう細かなポイントの積み重ねで、中枢部に食い込んでいける。

――いいのですか。日本酒好きだと湊川地検内では誰にも知られていません。万一、こちらとの繋がりを勘ぐられでもしたら……。

――幣原は任官以来四十年近いんだ。これまでに同僚検事もしくは事務官の誰かと日本酒を酌み交わしている。昔の検察じゃ、夜な夜な各部屋で酒盛りが開かれてたもんだ。裁判官時代、羨《うらや》ましかったよ。細胞が誰に聞いたのかを言わなければいい。

秋元は手をかざした。

「こちらのお付きの方はどちらさんだ？」

「総務課長の伊勢君だ。挨拶回りに同行してくれてる」

伊勢が頭を下げた。

「伊勢雅行と申します。知事主催のパーティーなどで何度か遠目で秋元所長をお見かけしておりましたが、こうしてご挨拶するのは初めてです」

「つるつる頭は目立ちますからね。今度から気軽にお声がけください」

恐れ入ります、と伊勢が再び頭を下げた。

ノックの後、北原が三杯のコーヒーをそれぞれの前に置き、出ていった。

幣原が早速コーヒーを口にした。

「うまいな。地検で飲む安物とは大違いだ」

「コーヒーにはこだわってな。湊川は古くからの港街だけあって、昔からいい豆を仕入れる業者がある」

「コーヒーや酒に限らず、湊川はいい街だな。今日、実感したよ。とんでもなくうまいサンドイッチがあってさ」

「メリケンベイホテルのクラブハウスサンドだろ」

老舗ホテルのカフェテリアで食べられる、湊川の名物の一つだ。全国的にも知られ、昭和の大スターがこよなく愛した味だという。

幣原が目を細める。

「あれもうまいが、もっとうまいサンドイッチだったよ」

「サンドイッチにうまいもマズイもないだろ。パンに具を挟むだけなんだ」

「秋元所長もまだまだだな」幣原は揶揄《からか》い口調だった。「シンプルな料理こそ奥深いもんなんだよ」

「知った風な口を叩くな。どうせ料理なんてしないんだろ」

「ご明察」

秋元は懐かしかった。司法修習時代はこんな他愛もない話もした。

「店の名前は？　どこにあるんだ？」

「さて。伊勢君に連れていってもらったんだ。土地勘がなくて、説明できん。秋元も連れていってもらえ」

伊勢が心持ち体を動かした。

「店主がいささか頑固でして、喫茶店なのに一見客を断ってしまいます。私の行きつけですので、よろしければご案内します」

「機会があれば、ぜひ」

絶対にありえない、ただの社交辞令だと互いに承知している。秋元法律事務所と湊川地検はいわば敵同士だ。

その後も秋元は幣原と、司法修習時代の講師への文句や湊川市内のうまい寿司店などについて、差し障りのない話を三十分した。伊勢は従者らしく存在を消し、黙していた。

「悪いな、トイレを貸してくれないか」幣原が言った。「ここの後に行く場所がちょっと遠くてさ」

「応接室を出て右にある」

幣原が出て行くと、伊勢と二人になった。

「次はどちらに？」

「県北の地検支部です。今晩は宴会でしょう」

車で二時間近くはかかる。六十を過ぎると、トイレも近い。湊川市内ではコンビニで借りればいいが、県道や国道沿いでも店がないエリアも通る。幣原はなるべく膀胱《ぼうこう》を空っぽにしたいだろう。気持ちは察せられる。

「つかぬことを伺ってもよろしいでしょうか」

「どうぞ」と秋元は促した。

「こちらに元地検職員の菊池亮さんがお勤めですよね」

伊勢は能吏《のうり》然としたポーカーフェイスだ。

「ええ。それが何か」

「本日は出勤していますか？　ご自宅にもいないし、携帯も通じなくて」

菊池の行動が伊勢の指示であろうとなかろうと、機密文書データを送られた事務官は伊勢に報告をあげる。伊勢の指示だったのなら、当然菊池と連絡をとろうとする。指示でなかったのなら、リークの意図を菊池に確かめようとする。どちらにしても、菊池と連絡をとれない状態だと知る。

「何か急用でも？」

「実は、ある頼みごとをしておりまして。頼んだ直後、急に連絡がとれなくなってしまって」

頼みごと……。所長室の金庫から資料を盗み撮りさせたことか？

「さて。職員の出勤状況は把握しておりませんので。ちょっと聞いてみましょうか」

「お願いします」

秋元は立ち上がり、内線を入れた。しばらく保留音が続き、当然すぎる返答があった。受話器を置き、ソファーに座り直す。

「欠勤しておりますね。病欠だそうです」

「どこかに入院を？　菊池さんは体の調子が悪かったのでしょうか」

伊勢は無表情を崩さない。声音も変わらない。探りを入れてきているだろうに、たいしたタマだ。

「さあ。私は大抵この部屋か外におりまして、職員の健康状態まで把握していません。経営者として失格と叱責されれば、ぐうの音も出ません」

「入院されたのならお見舞いに行くので、病院を教えていただけないでしょうか」

「申し訳ない。入院していたとしても、プライベートなことであり、個人情報でもあるので外部の方には申し上げられません」

「失礼しました」

伊勢はあっさりと引き下がった。

ドアが開いた。

「すまん、待たせたな。伊勢君、そろそろ次に行こうか」

幣原に促され、伊勢が腰を上げた。

「では、失礼します」

「二人ともお疲れさん。わざわざどうも」

秋元は無意識に、幣原と伊勢の背中に声をかけた。幣原がくるりと振り返ってきた。

「前にもこうやって背中に同じ言葉をかけられたな。あの時、隣にいたのは伊勢君じやなかったが。あれからもう何年になる」

いつの話なのか、秋元もぴんときた。

「三十年近く前だ」

◇

結局、秋元の父親は次官になれなかった。スキャンダルではなく、実力で出世レースに敗れた。

ライバルが次官に就くと決まった一週間後の夜、父親は自宅で首を吊った。遺書はなかった。自室の梁《はり》に下げた縄にぶらさがる姿を発見したのは、秋元だった。

一言声をかけようかと、仕事を終え、事前に『遅いけど、今から行っていいか』と連絡を入れた。電話に出たのは母親だった。母親は受話器を置くと、息子から電話があり、実家に来ることを父親に伝えたという。

秋元が父親の自室のドアを開けたのは、午前零時過ぎだった。

息子に道を踏み外させた申し訳なさと、いたたまれなさと、己のふがいなさが綯《な》い交ぜになった末の行動だったに違いない。

父親を責める気は毛頭なかった。秋元自身がまたしても相手の心を見誤ったのだ。適切な判断とはそもそも何だろう。須黒の提案をはねつけても、父親は次官への道を絶たれた。

このまま裁判官を続けていいのか？

辞めたところで自分に何ができる？


葬儀には首都圏にいる司法修習同期が何人か来てくれた。幣原もその一人だった。秋元は父親の死の真相を誰にも話せなかった。明かせるはずもない。お清めの席の後、みなの背中に「お疲れさん、わざわざどうも」と声をかけるので精一杯だった。

葬儀には須黒も現れた。お清めの席で秋元がトイレに向かうと、須黒が影さながら音もなく近寄ってきた。

「ご愁傷様です。こんな時にご質問する無礼をお許しください。秋元さんは今後も裁判官を続けていかれるのでしょうか」

「正直、迷っています」

「一度、吉村に会ってみませんか」

初七日や死後の後始末を諸々終え、秋元は高級ホテル内の鉄板焼き店の個室で、吉村正親と向き合った。須黒は今日も無表情で、隣に控えている。

テレビの国会中継や新聞の写真で見ていたとおり、吉村正親は初老といってもいい年齢なのにぎらぎらしていた。眼も肌も発する空気も何もかもが。他人とは違うエネルギー量を持って生まれてきたのかもしれない。

吉村正親が脂身のたっぷりついた肉を一片、口に入れた。

「裁判官を続けるかどうか迷っていらっしゃるそうですね」

「はい」

「何かやりたいことがおありで？」

「いえ」

秋元も肉を口に入れた。脂がすさまじく、一口で胃もたれしそうだった。吉村正親は次の肉を口に入れている。

「せっかく専門知識をお持ちなんだ。裁判官を辞める方は、弁護士開業が相場なのでは」

「ええ、まあ」

弁護士稼業も楽ではない。大企業の顧問弁護士にでも就ければ安泰だが、コネも実績もない。開業から数年間は……下手すれば一生、民事や刑事に駆けずり回らねばならない。裁判官として証拠書類ばかり眺めてきた自分に、地を這う仕事ができるのだろうか。

「でしたら、湊川市で弁護士事務所を開業されてはどうでしょう。私の地元です。裁判官は現実を知らない方が多い印象ですが、秋元さんは違う。湊川で開業されるなら、及ばずながら私が力になりましょう。あなたには見込みがある」

額面通りに受け取れば、ありがたい申し出だった。現役代議士の、それも与党の大物がバックにつけば様々な仕事が舞い込んでくるのは間違いない。湊川市には縁もゆかりもないが、むしろ心機一転をはかるにはいいかもしれない。ただ、それは今後も吉村の影響下にいることに他ならない。

吉村正親が箸《はし》を下げた。

「秋元さんはご自身の判断についてお悩みなのでしょう。僭越《せんえつ》ながら、あなたよりも少しばかり長く生きた者として申し上げます。絶対的な『適切さ』や『正しさ』や『正義』なんて、この世に存在しないのです。事情や環境、立場、時代によって大きく変化します。だからこそ我々は利己的に生きるべきなのです。あなたのお得意な法律も絶対視すべき対象じゃない。あくまでも我が道を生きるための道具にすぎんのです」

ジュウッと鉄板で肉が焼けている。吉村が目を細めた。

「金が欲しければ、金を追い求める。うまいものが食いたければ、食う。抱きたい女がいれば、是が非でもものにする。権力が欲しければ、他者を押しのけて摑み取りにいく。やりたいことをやりたいように進めていくべきです。それが人生ですよ」

その通りなのかもしれない。父親がもっと利己的に生き、自分を甘やかしていたら、死を選ぶことはなかった。

「私は好き勝手にさせてもらってますよ。今晩も楽しい時間を過ごせそうです」

吉村正親は隣の須黒に目を向けた。下品な眼差しだった。そういう関係か、と秋元は合点がいった。吉村正親が視線を戻してきた。

「これからも一緒に手を組んでいきましょう。秋元さんが法律面をフォローしてくれると、こんなに心強いことはありません。やりたいことがないのなら、私を手伝ってください。時間をかけて、やりたいことを探せばいい。私には力があります。今後ますます力は強まっていきます。秋元さんが何らかのやりたいことを見つけた際、強力な後ろ盾になりますよ」

吉村正親は凄みを滲《にじ》ませた笑みを浮かべた。

「私は綺麗事を吐く気はない。あなたの選択が父上の死に結びついたのは現実です。

一つの選択が誰かの命を左右するなんて日常茶飯事ですよ。調子が悪い時に外に出たら高齢者にインフルエンザをうつして殺してしまったり、取引を打ち切った企業が経営難に陥って倒産したり、プレゼントした旅行券での道中に相手が事故死してしまったりと枚挙にいとまがありません。いちいち気にしてどうするんです」

吉村正親は脂ぎった肉をまた一切れ口に入れ、咀嚼《そしやく》もほどほどに飲み込んだ。

「あなたの父上は優秀な官僚だったが、ナイーブすぎた。もっと図太く生きていけばよかった。選択の幅が狭すぎたんですよ。あなたは使える人だと秘書から聞いています。私はあなたを使う。あなたも私を使えばいい」

秋元は返事に窮して、ワインを口にやった。

絶対的に適切な判断がないとすれば、裁判官の存在価値なんてない。むろん、裁判官も法律すらも万能でないのは承知している。

裁判官として、幾ばくかの正義感はあった。適切な判断を下そうと心を砕き、時間も使い、頭も体もフル回転した。適切さも正しさも正義感も、結局、何の役にも立たなかった。

だったら、最初から気にしなければいいのでは？

吉村正親が肉を追加注文し、隣では須黒が真顔でカキのソテーを食べている。あの女がこの秋元良一を使えると称した……。

使えないわね──。

須黒の冷ややかな声が耳の奥で聞こえた気がした。

なめるな、と秋元は胸裏で呟いた。おまえごときに使われてたまるか。こちらの弱みを握っているつもりかもしれないが、逆にこちらも握っているのだ。吉村正親を使ってやる。そう思った瞬間だった。

ふっ、と内臓が浮き上がり、体温が上がった。心地よい感覚だった。母子の死から心に渦巻いていた靄《もや》が一気に消えていった。

◇

あれから……。

時に吉村正親、泰二の頭となり、手足となり、防波堤となった。吉村家の威光や力を背景に、秋元は力をつけた。今では県内最大の法律事務所となった。秋元法律事務所から独立した弁護士の事務所も含め、この地方最大の勢力になった。富も名声も手に入れた。返り血を浴び、断末魔を聞き、誰かを奈落に突き落として。

事務所を大きくしたり、吉村正親の期待に添ったり、富と名声を得たかったりしたわけではない。

吉村家や須黒に使われたくなかった。命運を握られたくなかった。

連中が勢力を伸ばすために力を貸した。それは吉村家の弱みを握ることにもなった。秋元が裏切れば、連中は破滅する。

加藤が無表情に運転している。秋元は後部座席で自分の手の平を見た。

この手が吉村家の生殺与奪の権を握っている。次期総理大臣候補の首をとれる力を自分が持っている。

あの日、父親の自室のドアを開けた時、境界線を越えたのだ。あれは過去と未来、常識と非常識、秩序と無秩序、道徳と不道徳、客観性と主観性の境界が一緒くたになったドアだった。

子どもの頃から裁判官の真似事をした。今から思えば仲裁したかったのでも、幼馴染のために力を尽くしたかったわけでもなかったのだ。

自分の力を試し、周囲に誇示したかった。吉村正親に話を持ちかけられた時、そんな己の本性に気づいた。

現実には発せられていない、『使えないわね』という須黒の声が聞こえたのは、防衛本能だったに違いない。もう少しで壊れかけた心が発したのだ。

吉村と手を組んだのは、自分のための選択だった。自分勝手で、我が身可愛さと非難されても構わない。自分が可愛くない人間などいない。いるとしても、自分すら大事にできない人間が他人を思いやれるはずもない。

あの女は人を使えるか使えないかで見ている。そんな奴に『使えない』と言われたくない。

4

「伊勢さんが？」

「ああ。君に頼みごとをしたと私に言ったんだ。もう観念しろ」

秋元は再び菊池を監禁した元保養所を訪れていた。幣原と伊勢がいなくなった後、加藤とともにやってきた。

菊池は視線を秋元から外し、一点を見つめている。じきに落ちそうだ。保養所内はしんとし、物音一つない。

菊池が視線を戻してきた。

「ええ。頼みごとはされました」

「金庫の資料を漁れ、と？」

「それは申し上げられません」

秋元は肩を大きく上下させた。

「頑なすぎるぞ。君が伊勢のためにやったにせよ、当の本人は助けにこない。所詮、君は使い捨ての道具だった。裏切られたんだよ。君は優しすぎたんだ」

菊池の目元がふっと緩んだ。

「優しくて何が悪いんです？」

「開き直るな」

「本心ですよ」

「伊勢の目論見はなんだ？　なにを仕掛けてこようとしている？」

「さっきも申し上げた通り、私には答えられませんよ」

菊池の腹が鳴った。

「何か食いたいものはあるか。テイクアウトできるやつに限るが」

「懐柔策ですか。所長も優しいじゃないですか」

人は空腹だと頭がさえる。好物で腹を満たしてやれば、菊池にも隙が生まれるかもしれない。

「ぬかせ。さっさと言え」

「では、梅林庵《ばいりんあん》の豆大福を」

秋元の好物でもあった。


「なら、伊勢が何を頼んだのかまでは確認できてないのね」

ええ、と秋元は答えた。須黒との定時連絡だった。

「ですが、落ちるのは時間の問題でしょう」

「そうね」

カチ、カチ、カチ、カチ。普段は気にならない壁掛け時計の秒針音が耳障《みみざわ》りだった。

「伊勢は湊川地検職員という肩書きを利用して、湊川市内だけじゃなく、県内、近隣県の病院をしらみつぶしにあたり、菊池が入院しているかどうかを確かめるはず」

「病院は全国に山ほどあります。伊勢が全国の病院を完全に潰すまで、かなりの時間がかかり、それまでには必ず菊池から真相を吐かせます」

「聞き出した後の処置はどうする気？」

「それは――」

アッ。我知らず、秋元は声が出そうになった。不意に伊勢の目論見を嗅ぎ取れたのだ。たちまち汗ばんだ手で受話器を握り直す。

「こちらで対処します。お任せください」

須黒がいささか間を置いた。

「了解」

短い返事だった。

「伊勢には行きつけの喫茶店があるようです」秋元は話を変えた。「検事正の幣原曰《いわ》く、メリケンベイホテルのクラブハウスサンドより、うまいと。話をつければ、店に案内してもらえますが、どうしますか」

「名前は聞いてないの」

「一見客を断る店なので、案内すると言われました。あの話の流れでは、店名を問い質《ただ》せませんでした」

「……そう。触れなくていいから」

「承知しました」

「じゃあ、よろしく」

秋元は受話器をそっと置いた。須黒が言外にほのめかした意味は明確だった。

菊池を始末する——。

伊勢は須黒の判断を予期していたのだ。母や妹一家、事務官を失った伊勢なら造作もなく辿り着いた結論だったのだろう。

そして、菊池はまだ殺されていないと読み、幣原に同行した。伊勢が『金庫漁り』を指示したか否かを、秋元側は菊池に問い質す——と伊勢は確信した。だが、監禁場所を探そうにも人員が少ない地検ではままならず、警察も事件の証拠がなければ、ただの大人の失踪では何もしない。菊池は簡単に口を割る人間ではないので、いきさつを話すまでには猶予があると認識し、これまで動かなかったのだ。いや……遅すぎる。

背筋が冷えた。

秋元事務所内に地検側のエスがいて、菊池の生存を確信できていた？

加藤か北原小夏のほかに、菊池の処遇を知る者はいない。北原小夏が菊池を確保させた張本人である以上、加藤だ。奴は須黒との定時連絡も知っている。秋元の脳がめまぐるしく動く。

伊勢は加藤からの報告を受け、そろそろ須黒が痺《しび》れを切らす頃合いで、菊池というカードを捨てる恐れを抱き、命を助けるべく動いたのか。ぎりぎりまで菊池を相手方に置いておければ、秋元の動きを把握できる。

伊勢の表情のない顔が脳裏にちらつく。あの男……秋元は眉根を揉んだ。何かが潰れる音がした。

菊池を消すなら、自殺か事故死に見せかける方法になる。しかし伊勢が菊池の消息を気にかけていると知った直後、遺体が発見されれば秋元が疑われる。そもそも伊勢はこちらの動きを明らかに疑っている上、タイミングも良すぎるのだ。通常なら捜査の手がのびない事案でも、死体があれば伊勢は次席検事を通じて警察を動かせる。県警全職員に吉村側の息がかかっているわけではない。

山に埋めたり、ドラム缶にコンクリート詰めにして海に沈めたり、細かく刻んで豚の餌にしたり海に捨てたり、硫酸《りゅうさん》で溶かしたりして遺体を消す方法はどうか。

山に埋めても、大雨で遺体が露出する時はままある。海に沈めても、遺体から発するガスで浮かび上がってくるケースがある。細かく刻んで豚の餌にするのも海に捨てるのも硫酸で溶かすのも、相応の数の日本人協力者が必要で、かなりの金が要る。どの方法も絶対遺体が発見されない保証はない。関わる人間が増えるほど、情報漏れの危険性も高まる。

つまり……と秋元は思考を進めていく。どんな方法であれ菊池が殺されれば、自分は疑われる。そうなれば、須黒はこの秋元良一を消す選択肢を考える。

知りすぎた男だからだ。

伊勢はそこまで読み切っているのではないのか。『地検側に転がってこい』と罠を張ってきたのだ。いまさら地検の軍門に降《くだ》っても、長年裏でも争ってきた経緯がある。しかるべきタイミングで何らかの罪に問われるだけだ。

かといって、このままでは破滅する。罪に問われる方が死ぬよりマシか？

使えないわね――。

須黒に負けるのだけは、ごめんだ。今までの人生を否定することになる。いっそ吉村家の悪行を暴露して刺し違えるか。どうするべきなのか。

判断という言葉が重くのしかかってくる。

内線が鳴った。直参だ。

「例の件、会合という形でセッティングできました。明晩七時から――」

そうだ。まだ打てる一手があった。

5

「妙だな、先輩に呼ばれたはずなんですがね」

鳥海隼人《はやと》が眉根を寄せた。

「急用ができたそうですよ」秋元は正面の席に手をかざした。「せっかくですので、ひとまずお座りになってください」

ヤメ検の直参のツテを使った。鳥海の先輩検事に「湊川に行く用事があってな。たまには会わないか。会わせたい人もいる。俺の顔を立ててくれ」と会合をセッティングさせたのだ。

「騙《だま》し討ちですか」

「きついですな。こうでもしないと会っていただけないでしょう。それだけ鳥海さんと会いたかったんです。ご勘弁を。さあ、どうぞ」

鳥海は肥満体を持て余すように、円卓の椅子にどっかりと腰を下ろした。

湊川市中心部の外資系ホテルに入る中華料理店の宴会用個室に秋元たちはいた。ホテルは不特定多数が出入りするので、部屋や宴会場をこうした会合によく利用する。秋元事務所に呼び出したのでは、絶対に来なかったはずだ。

「はじめまして。名刺交換は必要ありませんよね」

秋元は一応尋ねた。

「もちろんです」

予想通りの返答だ。鳥海にとってみると、敵方弁護士の親玉と会ったと地検内で知られれば、勘ぐられるだけだ。なにせ湊川地検特別刑事部の部長なのだから。

大抵の検事はバッジ――国会議員のヤマを前にすると、目の色が変わる。これまでの調査によると、鳥海も例外ではなく、吉村泰二の立件に躍起だという。次席検事の本上が真偽不明の証拠や証人の採用に反対すると、鳥海は是が非でも採用しようとする動きを見せたそうだ。

もっとも、バッジ立件への執着以上に、鳥海には躍起になる理由がある。

次席検事の本上に強烈なライバル心を抱いている。二人は司法修習生時代の同期で、いまやほとんど口もきいていない。

過去には興味深い発言をしていたという。

――相手が誰だろうと、負けるくらいなら自爆覚悟で突っ込むまでだ。

これと決めると猛進し、自分に反する人間を排除するのも厭わないらしい。特別刑事部では陰で、鳥海が誰かを退けることを相撲の決まり手になぞらえて『寄り切り』『押し出し』などと呼んでいる。

鳥海が目元を引き締めた。

「して、御大がどんなご用でしょう」

「世間話をしたくて。とはいえ、録音はご遠慮ください」

「そんなちんけな真似はしませんよ」

できるはずもない。鳥海にしても、敵方の親玉弁護士と密室で会合した証拠となってしまう。

「秋元さんのお話には何かやましいことでもあるのですか」

「ご冗談を。世間話だと申し上げた通りです」

隣室に待機した北原がコーヒーを運んできたので、会話が途絶えた。中華料理店のスタッフにはしばらく個室に入らないよう、言い含めてある。

秋元は鳥海に視線を据えていた。鳥海もこちらを見ている。

鳥海を取り込めれば、須黒にも伊勢にも負けずにすむ。起死回生の一手となるのだ。

秋元にしてみれば、いつでも吉村家と刺し違えられる。具体的に地検の人間、しかもしかるべき立場の人間を使えると明確に示せれば、須黒に『自分には手を出すな』という無言の威嚇になる。こちらの意見を通しやすくもなり、菊池の始末を先送りにでき、伊勢が仕掛けてきた罠もくぐり抜けられる。

北原が出て行き、さて、と秋元は会話を再開した。

「早速ですが、検事というご職業に就いていると、やはりバッジの首がほしくなるのでしょうか」

「当然でしょう」

「では、バッジの首と本上次席に勝つこととを比べた場合、どちらを欲しますか」

鳥海が腕を組んだ。

「何をおっしゃりたいので？」

「質問の通りです」

バッジの首、と即答しなかったところに鳥海の本音が透けていた。この男にとって吉村泰二の立件に血眼になっているのは、本上との立場を逆転するためだけに過ぎないのだ。

「本上は私にとっては、司法修習同期ですよ」

「だからこそライバル関係にあるのでは？ 一般論としてですが、身近な者への方が嫉妬《しっと》心《しん》や敵愾心《てきがいしん》が湧くものです」

「一般論として、それは本人同士の問題でしょう。部外者がしゃしゃりでるべきじゃない」

秋元はコーヒーを口に運び、カップを置いた。

「地検も異動希望を出せますよね」

「ええ。一般企業などと同じですよ」

「鳥海部長クラスなら、異動希望が配慮されますよね」

「ある程度までは」

「そうですか」秋元は目玉の奥側に力を込めた。「本上次席を逆転でき、かつバッジの首をとれる方法があるとすれば、どうしますか」

鳥海の眉がぴくりと動いた。

「興味深いですな。吉村泰二議員の首ですか」

「いえ」

「その誰かの首をとれる方法について教えていただけると？　ですが、タダより高い話はない」

「おっしゃる通りです。条件がございます」

鳥海が瞬きを止めた。

「伺いましょう」

秋元は声に力が入りすぎないよう、喉の力を抜いた。

「こちら側についてもらえれば、先ほど申しあげた首をとれる方法を提供します」

「どうやって信じろと？」

「秋元事務所と吉村泰二議員との関係が深いのは、ご存じの通りです。吉村議員には政敵が多い。連中の暗部も耳に入ってきます」

コーヒーから湯気が立ち上っている。

「何をしろと？」

「それは――」

もう聞かなかったことにはできない、引き返せないぞ。秋元は内心で鳥海に語りかけ、ほくそ笑んだ。

この男も今、境界線のドアを開けた。

火中

1

「渦中の証人がのこのこ湊川に戻ってきたんだろ。捜して、さっさと連れてこい」

鳥海隼人は会議に参加する面々を見回した。断固反対の姿勢を崩さない相川、へらへらと調子がいいことばかり言って自分からは決して動こうとしない青山《あおやま》、難しい顔をする橋本《はしもと》……。

「お前ら、バッジの首がほしくねえのか？」

誰からも返答がない。

鳥海は理解に苦しんだ。検事にとってバッジの立件は何よりの勲章だ。お前たちは特別刑事部の検事で、おまけに相手は吉村泰二だぞ？

午後八時過ぎ。三十分前に始まった会議は膠着《こうちゃく》状態だった。鳥海は煮えきらない連中に、溜め息をつきたくなった。

数ヵ月前、愛人殺害を暴力団に依頼した容疑で逮捕、起訴された会社社長から「マル湊建設が吉村議員にヤミ献金しているらしい」との供述を刑事部が引き出した。マル湊建設は社員五十人ほどの小さな企業なのに、県内各地での公共土木工事のほとんどに携わっている。吉村の口利きがあっても不思議ではない。

鳥海は検事四人、副検事一人、事務官十人という地検としては大掛かりな専任チームを特別刑事部に作り、マル湊建設の出入金記録や社員口座などの内偵を進め、六月、本社をガサ入れした。押収物に、記号を使った謎の計算式が書かれた書類があった。マル湊建設の社長は「裏金を生み出す計算式だ」と供述したが、肝心のメモが消えた。

――立件は時期尚早でしょう。社長は違法カジノに入り浸っている噂があり、裏取りすべきです。裏金は違法献金ではなく、違法カジノに費やされたのかもしれません。

メモが消えたのは、そう立件に反対した検事、八潮が東京地検特捜部への応援に出る直前だった。八潮を捜査から弾き出したのは鳥海だ。こうるさい態度への疎ましさと同時に、東京地検特捜部に吉村泰二を狙っている事実を悟られないためだ。八潮は優秀な検事で、特捜部でも実力を発揮するだろう。大物の立件を狙う段階なら、そんな優秀な検事を普通は応援に出さない。八潮も馬鹿ではない。吉村の件を部外者には漏らすまい。『所属先の秘密事項を外部に漏らす男』というレッテルを貼られる。

その後、マル湊建設の社長は「後々、吉村側と『渡した、渡さない』の水掛け論にならないよう、ホステス二人の前で菓子折りとしてヤミ献金を渡した」と供述した。女性検事の相川にホステス二人の聴取を任せた。肝心の二人は姿を消した。

検事正と本上を交えた会議で、確たる証拠や証言が出るまではマル湊建設社長の逮捕を保留する——という方針になった。メモが消えた以上、必ずホステスから裏を取らないとならない。二人の行方《ゆくえ》は杳《よう》として知れず、事務官が交代で自宅の見張りに行くのが関の山だった。

件のホステス二人がそれぞれ、湊川市の自宅マンションに現れた。見張りの事務官が指示を仰いでいる最中にホステスは出ていき、見失ったという。相川の立会事務官だった久保を事件で失い、人員は足りない。なにより、久保ほどの手練《てだ》れもいない。いや……。一人だけいる。久保以上の手練れだ。総務課長の伊勢雅行。次席の懐刀と称され、鳥海にとっては敵同然だ。いまや本上は目の上のたんこぶで、同期だろうと叩き潰してやりたい。

伊勢の態度も気に食わない。常に取り澄ました顔で、事務官だけでなく検事まで滑稽《こっけい》なほど伊勢に怯《おび》えている。鳥海にとっては伊勢なんぞ、たかだか一職員に過ぎない。

「お言葉を返すようですが、どうやって捜すんです？」

橋本が難しい顔のまま言った。鳥海はじろりとねめつけた。

「それをひねり出すのが、てめえらの仕事だろうが。何のために立派な頭がついてんだよ。八潮が抜けた分、三人で知恵を絞れ」

橋本とは前任地の福岡地検でも一緒に働いた。鳥海が刑事部部長で、橋本は部下だった。最終的に結果を出すものの、是が非でも相手を落とすという気合いを感じなかった。自分とは根本的に性質が異なる男だ。先に鳥海が湊川地検に異動になり、半年後に橋本もやってきた。特別刑事部に配属されたのだから、鳥海の異動後も実績をあげたのだろう。覇気という面では、まるで物足りないが。

「ホステス二人を見つけたら、参考人として聴取し、供述次第でマル湊建設社長を逮捕、起訴するんですね」

相川が確認してきた。

「当たり前だ。そのために捜すんだよ」

青山が即座に追従する。じゃあ、と鳥海は青山を見た。

「賛成です」

「お前が責任を持って、捜せよ」

「いや……自分はちょっと……」青山は逃げ腰だった。「警察ではありませんし、捜査の真似事をした経験もないので、かえって足を引っ張るかと」

鳥海は舌打ちした。どいつもこいつも。特別刑事部の検事になるくらいだ。勉強ができ、仕事もそこそこやる。見所はある。だが、橋本を例に出すまでもなく覚悟が圧倒的に足りない。燃えさかる炎に腕を突っ込み、火傷を負ってでも中のモノを取り出してやろうという覚悟だ。

「てめえらがやんねえなら、俺がやってやるさ。今後の異動先は期待すんなよ。査定も最低をつける」

鳥海は低い声で言った。

あの、と橋本が恐る恐るといった調子で切り出した。

「迷いはないのですか。マル湊建設社長の供述はあまりにもできすぎです」

「んなことは百も承知だ。やってみないと何も始まらないじゃねえか。手をこまねいていたら、座して負けるだけだろ」

「誰にです？」と相川が聞いた。

「みなまで言わせんな」

昨晩の秋元とのやりとりが頭の中に蘇ってくる。吉村家と近い関係で、湊川地検にとっては宿敵でもある秋元法律事務所の所長だ。なかば嵌《は》められる形で会うことになった。腹を括り、話を聞いた。迂闊《うかつ》だったと歯嚙みしても、時間は巻き戻せない。

――鳥海さん、湊川市内のクラブ『マリアージュ』のホステス、ヒカリこと望月《もちづき》あゆみ、麗香《れいか》こと手塚《てづか》由香利《ゆかり》を参考人聴取してください。湊川市内にいます。ホテルをしらみ潰しにあたれば、見つかるはずです。例えば、港が見えるホテルとか。

――二人がどんな供述をするのかご存じなのですか。

――鳥海さんにとっても、興味深い内容かと。

――秋元さんがご承知ということは、おたくらにとって都合が良いだけでは？

――確実に言えるのは、巡り巡って鳥海さんのためにもなるということです。

――私が何を望んでいるのか、ご存じなのですか。

――いえ。しかし、組織人で出世を望まない者はいないでしょう。

――どうして私にお声がけを？　与しやすいとのご判断ですか。

――特別刑事部長をつかまえて、滅相もない。建設的なお話ができる相手、いわば大人の対応をされる方だと信頼できたので。

――誰が最も得をするんです？

――誰もが。

秋元の発言に心が揺れなかったといえば嘘になる。むしろ秋元と会い、取引を持ちかけられた時点で、引き返そうにも引き返せない地点に立ってしまったのだ。秋元の誘いを蹴飛ばした段階で、自分は失脚する。連中のことだ、秋元との会合場面を隠し撮りしているだろう。その映像なり音声なり画像なりを公開され、鳥海隼人の検事人生は終わる。

橋本と相川に指摘されるまでもない。ホステスの供述をもとに逮捕、起訴しても、おそらく公判では負ける。そう腹を括った上で進もうとした時、秋元が声をかけてきたのだ。

秋元の提案を受け入れれば、吉村との勝負には敗れても、出世レースでは勝てる。秋元が言を違《たが》えるリスクは皆無に等しい。現役検事が秋元からのアプローチを公にすれば、吉村の足元も揺らぐのだ。

赤レンガ組も自分を無下《むげ》にできなくなる。吉村が背後にいる男となれば、連中が昵《じっ》だ」

懇のセンセイ方の暗部も握っているかもしれないのだ。　赤レンガ組は検事というよりも、『官僚』の呼び名がしっくりくる連中だ。国会議員と関係が近くなり、彼らに恩を売るべく、種々の捜査を止めることもある。

　吉村はまさに政界の中枢だ。中枢には、赤レンガ組がすり寄った政治家の恥部や暗部の仔細も吸い寄せられる。いわばセンセイ方もろとも、赤レンガ組の生殺与奪権を握っているも同然。自ずと特捜部部長の席もたぐり寄せられる。

「わかりました。賛成します」と相川が言った。

「ああ？　この場はてめえらからの報告を聞くための場だ。方針は俺の中でもう決定してんだよ。仕切ってんのは俺だ」

「失礼しました」

「馬鹿野郎」鳥海は腕を組んだ。「にしても、やけに素直だな。相川らしくねえ」

　盾突いてくるのが、相川の見所の一つでもある。

「おっしゃる通り、やってみないと何も始まらないことは確かですので。部長は昔からそのような考え方をされていたのでしょうか」

「ああ。特に検事になってからはな。負けるくらいなら玉砕覚悟で突っ込む方がましだ」

鳥海は橋本に顎をしゃくった。

「今からお前が立会事務官と捜せ。寝泊まりできる場所をまずあたるんだ。見つかったら、相川が聴取だ。久保の代役となる立会事務官を手配する」

「あの、私の立会と一緒となると、ホステスの自宅マンションの一方を外すことになります。よろしいので？」と橋本が言った。

橋本の立会事務官にホステスの片方のマンションを張らせていた。

「仕方ねえだろ。一人で何ができんだよ。まずホテルを洗い、見つからなきゃ、朝まで自宅を張ってろ」

鳥海はペットボトルのお茶を飲み干した。

2

つまらないことまで言っちまったな。

鳥海は口元を引き締めた。会議後に部長室に戻り、一人きりになると、気分が余計にささくれ立つ。黒革の椅子の背もたれに、上体をどっかりと預けて目を瞑る。

自分が火中に腕を突っ込むのを恐れなくなった日を、鳥海は明確に記憶している。

一九九五年一月十七日。阪神・淡路大震災が発生した日だ。鳥海は法事で、たまたま神戸に帰省していた。

◇

早朝、実家の二階で寝ていると、いきなり下から突き上げてくる強烈な衝撃があった。体が数センチ浮き上がった。激しい揺れがどれくらい続いたのかは憶えていない。揺れが収まり、恐る恐る立ち上がると、家の壁にひびが幾筋も入っていた。同程度の余震が来れば崩れてしまいかねない。電気もつかなかった。鳥海は下の階で寝ていた両親に声をかけ、近くの中学校に避難するべく外に出た。台所の食器棚が倒れ、皿やグラスがいくつも割れたものの、寝室にいた両親にも幸い怪我はなかった。

まだ夜が明けておらず、街灯も信号も消えていた。暗い中でも、昨日までと景色が一変しているのは見て取れる。ニオイも、空気の肌触りもまるで違う。

木造やモルタル造りの家が何棟も倒壊し、あちこちで煙が上がっていた。ブロック塀が崩れ、電信柱が折れ、アスファルトの道路に深い亀裂が入っている。久しぶりに両親と手を繋ぎ、最寄りの中学校を目指した。

ガキの頃に走り回った路地が瓦礫《がれき》で埋まり、馴染みのある豆腐店や駄菓子屋も潰れていた。幼馴染のお好み焼き屋もぺしゃんこだった。今晩、ここで友人たちと飲む約束があったのに。うめき声があちこちでする。瓦礫を前にたちすくむ人がいる。

鳥海は一瞬、肌が粟立《あわだ》った。うめき声とは別の何かが聞こえたような……。立ち止まりかけると、「はよ、いこ」と母親に手を引っ張られた。

実家はたまたま鉄筋作りだった。幸運だったのだ。木造の住宅はほぼすべてが倒壊している。

中学校には大勢が逃げてきていた。開けっぱなしのドアに目をやると、煙が立ち上る箇所が増え、火事のきな臭さも冷気とともに体育館に入ってくる。中学校が燃えることはないだろう。校庭が火除け地になる。裏も幅の広い道路だ。鳥海は避難民をざっと見回した。知った顔はない。

「ここで他の人と一緒におってくれ。俺はちょっと行ってくる」

「どこに？」と母親が目を見開いた。

「無駄や。昔から隼人は鉄砲玉やった」と父親がいさめてくれた。「用心せえよ。こっちはなんとかなる」

頷き、鳥海は体育館を出た。

気持ちが急《せ》くが、道路状態があまりにも悪くて走れなかった。崩れたブロックの瓦礫を乗り越え、アスファルトの亀裂を避け、倒れた電柱や街路樹をまたぎ越えていく。

いつもなら五分もかからない距離なのに、三十分近くかかり、先ほど何か聞こえた地点に戻った。友人のお好み焼き屋があった場所だ。煙のニオイがいっそう濃くなっている。

「慎平《しんぺい》ッ、まだおんのかッ」

鳥海は声を張りあげた。

ここで先ほど聞こえたのは、慎平の声ではなかったのか。幼馴染の慎平は高校卒業と同時に両親が営むお好み焼き屋で働き、三年前、完全に継いだ。父親は倒れ、母親が面倒を看ている。店は元々盛況だったが、慎平が継ぐと輪をかけて繁盛した。

「慎平ッ。おんのかッ」

鳥海はまた声を張りあげる。

おお…うう……。かすかに声がした。

「慎平ッ、どこやッ」

耳を澄ませる。どこにいる？

「……ここや」

右前方だ。トタン屋根や木材の下――。

鳥海はできる限りの瓦礫を力任せに取り除いた。太い梁と壁が慎平の上に覆い被さり、かろうじて顔と両手が出ている状態だった。鳥海はしゃがみ、梁に手をかけて力を込めた。びくともしなかった。

「今晩は呑めそうもないな」と慎平が梁の下から見上げてきて、苦笑した。

「そやな。避難所で仲良く肩を寄せ合おう。おっちゃんとおばちゃんは？」

「あかんやろ。何度か呼びかけたけど、返事がない」

返す言葉がなかった。

「なあ」と慎平が言った。「二人でよう遊んだな。悪さもした。近くの雑木林に秘密基地を作ったり、須磨《すま》海岸まで自転車で行ったり、教室のドアに黒板消しを挟んで教師に落としたり、同級生のスカートめくりをしたり」

「褒められたもんじゃないな」

「中学の時、隣町の不良と殴り合ったんを憶えてるか」

「ああ。俺が先導して慎平と乗り込んだやつな。相手は十人以上おった」

「そや。昔から隼人は無茶ばっかする。付き合わされる方はいい迷惑やった」

「うそつけ。結構楽しんどったやんか」

　煙のニオイがますます濃くなり、前方にオレンジ色の炎がちらりと見えた。消防はどこだ？　早く助けに来てくれ。

「そやな。オレは優柔不断や。やらんで後悔するより、やって後悔する方を選ぶ隼人が羨ましかってん。隼人は頭がよくて、ほんとは正義感が強い。あん時だって、同級生が街でカツアゲされたんを知って、乗り込んだ」

「もう忘れた」

「隼人にとって検事は天職や。続けるんやで。なんせ正義の側に立ってるんや」

「あほぬかせ。検事は別に正義の味方やない」

「なら、正義の味方になれ」

「興味ないな」

　炎が近づいてきている。煙が目に染み、痛い。このままでは手遅れになる……。どうすればいい？　鳥海は無力感に苛《さいな》まれた。いくら法律の知識があろうと、緊急時には何の役にも立たない。

「なら、興味を持て」

「知っての通り、俺は完璧な人間やない。品行方正とも縁遠い。色んな間違いもする。誰かの妹が道ばたで近所では見かけん大人に引きずられて泣いとって、誘拐やと思って木刀で殴りかかったこともあった。ありゃ、俺の勘違いで離婚した父親だった。そんな奴が検事になったこと自体、間違いやったんや」

くくく、と慎平が笑った。

「あったな。こっぴどく叱《しか》られた。せやけど、間違うのが人間やろ。完璧な人間なんて、気色悪いだけやで。オレだってワルだろうと誰だろうと、客として来ればお好み焼きを作る。見た目じゃ、そいつの中身が悪人かどうかなんてわからへん。行動だって一緒や。やってみんと、善し悪しは判断できん」

「確実に言えるんは、検事を続けていけばある程度の計算や打算、誰かを潰すケースだってありうるってことや」

「隼人の得意分野やんか」

「抜かせ。やっぱ正義の味方には興味が湧かんな」

火の手が刻一刻と迫ってきている。煙で目を開けるのが辛くなってきた。木材が爆《は》ぜる音があちこちからする。

「じゃあ、せめて自分を投げ捨てんことを約束してくれ。誰にも負けるな」

「正義の味方となんの関係があるんや」

「ええから」

慎平が血を吐いた。内臓がやられているのか。

「ああ、約束する。だからもう話すな。一緒に助けを待とう」

「アホか。隼人ははよ逃げろ」

「できるか、馬鹿野郎」

「馬鹿野郎は隼人や。約束したばっかやろ。隼人は自分を投げ捨てたらあかんのや。ここで死んだら負けやで。自分を投げ捨てんな。オレの分も長生きしろ」

「何のために？」

「理由なんか要らん。ここで命を捨てるな、自分のために生きろ」

慎平がむせた。口からまた血を吐き出した。炎が数メートル先まで迫り、先ほどまで付近で立ちすくんでいた人たちも逃げていく。

「慎平、嵌めやがったな」

「ちゃうわ、助けたったんや。オレに後悔させんな。やらんより、やれ。オレの最期に隼人は楽しい会話をしてくれた。それでもう充分や。さっさと逃げろ。これから隼人の助けを待つ人がわんさかおるんや。正義の味方でもダークヒーローでもええから、活躍せえ。そのために出世しろ。……なんや、おい、泣くな」

「煙のせいや。慎平の入院先を突き止めて、文句を言いにいったる。覚悟しとけ」

「ああ。待ってんで」

決して実現しないことを、互いに承知している会話だった。

「またな」と鳥海は言った。

「じゃあな」と慎平は言った。

鳥海はその場を後にした。数十分後、慎平の店があった一帯は火の海と化した。

一年後、慎平の親族が一家を埋葬した代々の墓に赴き、花と線香を捧げた。

「馬鹿野郎」

鳥海は墓に向かって呟いた。

◇

自分は幼馴染を助けられなかった。二次被害のリスクを鑑みれば、我が身を守るのを優先した選択は正解だった。あのまま現場に残っていても、死ぬだけだった。自分は一介の検事に過ぎず、救急隊員でも消防士でも自衛隊員でもスーパーマンでもない。

しかし、後悔の棘《とげ》は胸の奥底に刺さり続けている。阪神・淡路大震災から何年が過ぎようと、この心持ちは変わらないのだろう。

だからこそ、せめて仕事では火中に飛び込むのも厭わないと心に誓った。どんなに紅蓮の炎が燃え盛っていようと、やりきると決めた。誰にも負けたくない。たとえ負けるのが明白だとしても、玉砕覚悟で突っ込むだけだ。猪と罵られようとも。

翌朝、橋本からホステス二人は見つからなかった、と電話で報告があった。自宅にも戻っていないという。橋本があたったのは、秋元が示唆したホテルではなかった。

「事務官はホステスの自宅付近に残して、おまえは戻ってこい。日中、資料を分析しろ。吉村の資金の流れを追うんだ」

鳥海は受話器を置いた。

時間がかかって仕方がない。なら、自分でやるか……。検事が現場に出ること自体が異例なのに、特別刑事部長が警察まがいの捜査をするなんて前代未聞だ。一人で動くのはさすがに奇妙すぎる。立会事務官が必要だ。特別刑事部所属の事務官はすでにかなりの仕事を割り当てている。

胸くそ悪いが、仕方ない。鳥海は内線をかけた。

はい、と伊勢はすぐに電話に出た。

「鳥海だ。独自案件で俺も動く必要に迫られた。人員が足らん。俺と同行する事務官を一人都合してくれ」

「鳥海部長が自ら外に？」

「なんか文句があんのか。あったとしても、受けつけねえぞ」

「いえ、文句なんかありません。さすがの行動力です。突破力をお持ちだな、と」

「皮肉か？」

「滅相もない。何時頃に出発を？」

「そうだな」鳥海は壁掛け時計を見た。「一時間後にする」

「では、その少し前に、総務課の者をそちらに向かわせます。谷川さんという、特に優秀な人材です」

一時間後、谷川を連れて庁舎を出た。

「どこに行くのでしょうか」

「ホテルをあたる。ホステス二人の写真は持ったよな」

はい、と谷川がスーツの内ポケットのあたりを叩いた。

「どちらのホテルに？」

「でかいとこだ。木を隠すなら森に。聞いたことあるだろ」

国道でタクシーを拾った。谷川は車内では無言だった。伊勢が優秀だと言っただけあり、口を開く時と場合をわきまえている。

行動力と突破力――。鳥海は、先ほど伊勢がいった一言を追考していた。否定したが、皮肉交じりだったのは明らかだ。

かつて鳥海は東京地検特捜部で主任検事だった際、いささか強引な指揮で無罪判決をくらった。代議士の筆頭秘書を収賄《しゅうわい》で引っ張ったが、決定的な証拠がなく、口も割らなかった。そこで、「怒鳴りつけたり。机を叩いたりして、なんとしても割れ」と担当検事に命じた。時代遅れの手法だと認識した上での指示だった。筆頭秘書は聴取では認めたものの、聴取を録音しており、公判で違法捜査だと主張した。判決では違法とは認定されなかったが、公平性を欠く手法だと指摘されたのだ。

後悔は微塵もない。『負けるくらいなら、玉砕覚悟で突っ込む』という信念を実践したまでだ。

むろん、いくら鳥海が猪突猛進するタイプでも、クロだと確信できるだけの状況証拠がなければ、あんな手法はとらなかった。状況証拠は多々あった。また、大々的に報じられたので、社会的制裁を与えられた。罰金刑や執行猶予判決より、よほど重たい。一般的な司法の道徳に反する手法だが、悪人をきっちり罰することができた。どうせ正義の味方ではない。しかも件の筆頭秘書は後日、別の収賄容疑で逮捕、起訴され、有罪にもなった。奴は悪人だ、と目した己の眼力に間違いはなかった。法律を遵守すべき検事の一員としてはありえない見解だろうが、知ったことではない。

検察上層部に対し、鳥海隼人という男が東京地検特捜部の部長に就きたいとアピールしているのを、伊勢は把握しているだろう。かつ、検察上層部が鳥海の取り調べ能力などを認めていても、捜査指揮では粗さが目立ち、特別刑事部長ならともかく特捜部長は無理だという意見が多い現状も承知しているはずだ。上からの評価を覆し、特捜部長の座に就きたい。本上らを逆転し、検察組織の上部に食い込むのだ。

慎平との約束を果たすために。

はっきり言って、このままでは独自案件は頓挫する。それでは本上や、他の同期に勝てない。秋元の罠に嵌まって、朽ち果てるだけだ。秋元が俺を利用してくるなら、こっちも相手を利用するまで。

止まれない。止まったら、炎に包まれ、生きたまま焼かれた慎平に申し訳ない。伊勢にはこの気持ちが一生わかるまい。

新幹線の駅に近い、大型ホテルのロビーは平日の昼間でも人が行き交っていた。ホテルの幹部職員にこちらの立場を告げ、谷川が写真を見せた。

「こちらの二人は宿泊していませんか。名前は――」

いなかった。当然だ。秋元が示唆したホテルではない。自分が乗り出した途端に一発で発見したら、さすがに怪しい。

二件目、三件目とあたり、四件目、湊川港に近い大型ホテルにあたった。秋元が示唆したホテルだ。二人は宿泊していた。応援を呼び、任意で彼女たちの身柄を押さえ、地検に同行した。

鳥海に嬉しさや高揚感はなかった。

3

午後六時、鳥海は秋元とのやりとりを反芻《はんすう》してから、会議室のドアを開けた。すでに専任チームの面々は席についている。

鳥海は窓際のお決まりの席に、どっかりと腰を下ろした。

「まずは相川、ホステス二人は何を話した?」

「店で社長が菓子折りを渡す場面を見た、と。金銭が入っていたのかまでは、二人とも現認していません」

マル湊建設社長の供述を裏付ける証言ではある。ただし、あくまでも状況証拠だ。

「二人は素直に話したのか」

「はい。こちらが以前に頼んだ聴取をすっぽかし、姿を消したのは『面倒くさくなったから』と口を揃えています」

「二人はいまどこに？」

「帰宅させました。尾行をつけています。二人とも自宅マンションに戻りました。事務官の方には引き続き、部屋を張ってもらっています」

吉村側との接触を現認できれば、儲けものだ。

「他に気になる点は？　吉村側が糸を引いている気配が滲む発言は？」

「特にありません」

秋元側が受け答えをしっかりレクチャーしたのだろう。わざわざ聴取させたのだ。ここまでは秋元が望む通りに進んでいる。

鳥海は三人を見回した。

「マル湊建設社長の供述と合わせ技一本ってとこか」

「いえ。技ありにもならないでしょう」と相川が反論した。「現金を見たのならともかく、菓子折りを手渡した場面を見ただけです」

「限りなくクロに近いだろ。状況証拠がまた積み上がったんだ。だいたい政治家関係者で、剝き出しの現ナマを公衆の面前でやりとりするアホがどこにいる」

「絶対的な証言ではありません」と相川がなおも食い下がる。

「青山、意見は？」

「さすが鳥海部長だとおみそれしました。橋本さんが見つけきれなかった参考人に一日で行き着くなんて」

「惚《とぼ》けたこと言ってんじゃねえよ。しらみ潰しにあたっただけだ。橋本がやっても行き着いたんだよ。俺が聞いたのは、マル湊建設社長の逮捕に賛成か否かだ」

青山は言葉に詰まった。

「どっちだよ」と鳥海が迫る。

「事件を仕切ってるのは部長です。腹の中で決まっているのでは？」

どっちとも言及しない玉虫色の返答だ。鳥海は背もたれに寄りかかった。

「青山、検事より政治家が向いてるぞ。今度立候補しろ。橋本、お前はどう思う」

「もう少し吉村の資金の流れを追いたいです」

間接表現での反対か。

「何か引っかかることがあったのかよ」

「いえ。任された仕事をまっとうしたいだけです。本当に合わせ技一本になる手がかりが見つかるかもしれませんので」

「悠長なこと言ってんじゃねえ。今までどれだけの時間があった？　見つかってねえってことは、そんなへまを連中がしてないか、お前らがよっぽどの無能かのどっちかだ」

橋本は唇を引き結ぶも、目が死んでいなかった。こいつ……。鳥海は顎をしゃくった。

「言いたいことがあるなら、はっきり口に出せ。一人で抱え込むな。黙っていちゃ、こっちはジャッジができねえ」

橋本がやおら口を開く。

「不審点とまでは言えませんが、気になる点があります。湊川繊維加工組合、湊川革製品組合、湊川アルミ加工組合、湊川医療・看護師協同組合、湊川建設業組合、湊川製造業組合。いま申し上げた各組合は民自党に政治献金しています。それも規模に応じた限度額をです。また、各組合の幹部は、個人としても吉村泰二に寄付限度額の百五十万円を寄付しています」

「それがどうした」

産業組合が特定政党に寄付する行為は珍しくもない。個人の献金も当然合法だ。

「民自党への各組合からの寄付金が、そのままの額で吉村泰二に流れていると思われます。いわゆる紐付き献金です。政党から個人への政治献金に限度額がありませんので」

紐付き献金は禁じられているが、断定するのは至難の業《わざ》だ。よほどの証言や状況証拠が重ならない限り、立証は不可能に近い。

「さっきから何が言いたいんだよ」

「人手不足や原材料費の高騰で、各組合とも懐事情は厳しいはずです。なのに限度額を寄付しています」

鳥海は橋本をねめつけた。

「寄付元の懐事情がどうだろうと浄財には変わりねえし、吉村ほどの大物なら利権が絡んでんのさ。寄付元の幹部もおこぼれに与《あずか》ってるのかもしれん」

「徹底的に洗うべきではないでしょうか。利権構造が吉村への端緒に繋がるかもしれません」

橋本はこんなに骨太の奴だったのか。意外だ。

「お前の心意気は買う。けどな、吉村家を洗ってきたのは俺たちだけじゃねえ。特別刑事部が折々に調べてきた。ミナトを例にあげるまでもねえが、政治献金元の精査も含めて、色々と洗ってるんだ。今まで利権の尻尾は摑めなかったんだぞ。今更見つかるかよ」

ミナトは湊川市に本社を置く小売の大手企業で、長年にわたり、吉村に多額の献金をしている。

「らしくないのでは」と相川が割り込んできた。「やってみないと何も始まらない、が部長のモットーでしょう」

鳥海はゆっくりと腕組みをした。特捜部の事件でも一人の政治家の資金システムを追うのに、二十人体制で三ヵ月以上かかった。しかも押収書類があった上でだ。今回、マル湊建設以外のガサ入れもできていない。吉村側の人間も証拠もないのに、おいそれと口を割らないだろう。現状、秋元の話を受け入れる以外に本上に勝つ手段はない。

傍《はた》から見る奴は「慎平はこんな判断を望んでいない」と、さももっともらしく言うだろう。だったら教えてくれ。

他にどんな方法をとれば本上に勝ち、秋元の罠から抜け出せ、吉村泰二の首をとれる?

長年勤める組織の本分――悪人を罰する――を踏みにじるのは、確かにいい気持ちはしない。だが、吉村がいくら次期総理大臣候補だろうと所詮、バッジの一人に過ぎない。秋元の言う通り、バッジなら数百人いる。狙える首は他にもある。立件できない吉村にしがみつかずとも、既存の悪党を立件できるのだ。

ここで結果を出せなければ、本上にますます差を開けられ、他の同期とのレースにも敗れてしまいかねない。

鳥海は黙考を重ねる。俺は、橋本と相川の提案を言下に撥ねつけなかった。まだ迷っているのか? なぜ迷っている?

そうか。秋元との交渉が煮詰まっていないからだ。約束を反故《ほご》にされれば、いい面の皮だ。

「一日、いや、もう少し時間をもらう。検討させろ。相川は明日も聴取を続けろ。橋本は引き続き資金の流れを追え。青山も橋本を手伝え」

鳥海は会議を終わりにした。自室に戻るなり、電話が鳴った。本上だった。

「いまいいか。例のホステス二人が見つかったそうだな」

「地獄耳だな」

鳥海は報告を上げていない。谷川から伊勢の耳に入り、本上に伝わったのだろう。

「直接的な証言だったのか」

「いや、状況証拠止まりだ」と鳥海は正直に明かした。

「決定的な物証じゃないのに、合わせ技一本を狙うつもりか」

「察しがいいな。一日、二日で手を練りあげる。吉村本人じゃねえんだ。失敗しても傷は浅くすむ。お前もゴーサインを出しやすいだろ」

おい、と本上の声音が重たくなった。

「俺と検事正がいた席で、確たる証拠や証言が出るまではマル湊建設社長の逮捕を保留すると、方針を決めただろ」

「現場勘を失ってるな。局面は刻一刻と変わるんだよ。こいつは、待ってたらいつまで経っても動けない案件だ」

「組織としての傷は浅くても、お前の傷は深いぞ」

「いずれ挽回すりゃいい」

すぅっと本上が息を吸う音が漏れ聞こえた。

「もう何年も一緒に酒飲んでねえな」

「検事正の送別会があったじゃねえか」

「あんなもん、一緒に飲んだうちに入らねえよ。司法修習生の頃は毎日のように飲んだ。ああいうのを一緒に飲んだって言うんだ」

「上から俺を見下ろしたいのかよ。いいご趣味だな」

「そんなんじゃない。懐かしくなっただけだ」

「歳だな。もういいか、切るぞ」

通話を終えてから気づいた。検事任官以来、本上が電話をしてきたのは初めてだった。

午後八時、帰り支度をしていると、ドアがノックされた。入れ、と鳥海が声をかけると、ドアが薄く開いた。伊勢だった。

「お帰りの直前にすみません。少々よろしいでしょうか」

「本上の差し金か？」

「いえ。次席には何も命じられていません」

どうだかな、と鳥海は胸裏で呟いた。

「ふうん。用件は？　手短にな」

伊勢がドアを大きく開け、部長室に入ってきた。

「谷川さんはいかがでしたか」

「ああ、助かったよ。そのまま相川の仕事を手伝ってもらった」

「谷川さんは驚愕《きょうがく》していましたよ。例のホステス二人を発見しても、鳥海部長は顔色一つ変えなかった、と。さすが踏んできた場数が違う、と」

あの場にいると知っていただけだ。

「あれしきのことで、いちいち感情を出してどうする」

「おっしゃる通りですね。谷川さんは明日以降も、他に何かお手伝いすることはありますか」

「臨時立会事務官って形で引き続き、相川を手伝ってほしい。なんせ久保が事件に巻き込まれて、ベトナム人に殺されちまったからな」

「このタイミングで久保さんを失うのは、独自案件捜査にとっても痛手でしょうね」

「うちの事務官に、久保ほどのタマがいないのは承知してる。谷川なら及第点をつけられる」

「久保さんはさぞ無念だったことでしょう。大きな独自案件がまさにこれから佳境という時に……」

やるせなさそうだった。意外だ。伊勢は常に仏頂面なので、他者には何の感情も抱いていない奴だと思っていた。

「ほんと、馬鹿野郎だよ。久保と付き合いがあったのか」

「私も久保さんも長く湊川地検におりますので」

それもそうか。

「あの、教えてください」

「なんだよ」

「久保さんは馬鹿野郎ではないと思うのですが。以前、青山検事が『自分はあの手厳しい鳥海部長に馬鹿野郎と言われたことがない』とご自身の実力を自慢していた、と聞いた覚えもありまして」

立会事務官あたりが世間話として伊勢に伝えたのだろう。

「死人に鞭打つ言い方だと、気に障ったか？」

「いえ。部長は関西のご出身なので、『馬鹿』は『アホ』と違って相当強い非難の言葉ですよね」

よく気づいたな、と鳥海は内心で舌を巻いた。阪神・淡路大震災で亡くした親友の墓参りで、勝手に口から「馬鹿野郎」とこぼれた。以来、自分が認めた人間に対してはその一言を使ってしまう。別に伊勢に教える義務も義理もない。

「お前に何の関係がある?」

「失礼しました。引き上げます」

伊勢は来た時と同じように静かに出ていった。

鳥海は、久保の公家を彷彿させる顔つきを思い起こした。

久保は湊川市の〝海っかわ〟と呼ばれる地域で四名のベトナム人に襲われ、死亡した。ベトナム人は逮捕された当初、「久保が女性を暗がりに引きずり込もうとしていたから」と供述した。今は警察の取り調べに黙秘を貫いている。久保がそんな真似をする男とは鳥海にも思えない。ベトナム人側の弁護士が国選ではなく秋元法律事務所系という点も偶然が過ぎる。ベトナム人たちが、秋元法律事務所の評判を知っていたとも考えにくい。

ものはついでだ。探りを入れてみるか。相手の弱みを握ることにもなる。

外資系ホテルのロビーを歩いていると、ふと視線を感じた。さりげなく立ち止まり、鳥海は辺りを見回した。

見知った顔はなく、誰もこちらを見ていない。

秋元と会う後ろめたさが妙な緊張を生み、神経が過敏になりすぎているのだろう。

自分もまだまだ。鳥海は内心で首を振った。

事前に指定された部屋に赴き、秋元と向き合った。挨拶もそこそこに、鳥海は本題を切り出した。

「ホステス二人は確かに興味深い話をしましたよ」

「それはよかった」

「ですが、決定的な証拠にはなりませんね」

「ほう。立てられませんか」

立てる、とは検察用語で立件することを言う。元裁判官で、現役弁護士の秋元なら普通に知っている用語だ。

「現ナマを見ていないようでしてね。仮に現ナマを見ていれば、話は違いましたがね」

秋元が顎をさすった。

「明日以降、もう一度聴取できますか」

「ええ」と鳥海は短く答えた。

「局面が変わるでしょう」

「どっちに？」

「もちろん、いい方にです」

鳥海は上体を少々乗り出した。

「口では何とでも言えますよ。そちらにとって『いい方に転がる』だけでは、私は大損でしてね。こっちはホステスを聴取するという誠意を見せました。今度はそちらが誠意を見せてほしい」

「参考人を渡しただけでは不服ですか」

「釣り合いがとれませんよ。率直に申しましょう。秋元さんがいくら吉村家との仲が深かろうと、あなたは法律事務所の所長であって、議員事務所の人間ではない。こっちとしては、『政敵の弱みを掴めませんでした』としらを切られるリスクもあります。確約よりも先にブツが欲しいですね」

秋元が顎をさする手を止めた。

「ブツを渡したら、鳥海さんが口約束を反故にするリスクをこちらは抱えます」

鳥海は目の開きを狭めた。

「話を持ちかけてきたのは、秋元さんですよ。それにホステスの新証言を聞いて私が事件を立てなかったとしても、政敵の方はどうでしょう。秋元さんほどの実力者がイレギュラーな取引に持ち出してくるほどです。相応の精度とみられます。私は自分の立場において、そんな耳よりな情報を無視できないでしょう。少なくとも、そちらにとっては政敵の力を削げるメリットはあります」

「食わせ者ですね」と秋元が苦笑した。「いいでしょう。少々お待ちください」

秋元はソファーセットから立ち上がり、壁際に置かれたスーツケースを床に横置きにし、中から書類の束を取り出した。

どうぞ、と秋元が書類の束を差し出してきた。

「県三区選出の××議員の選挙違反記録です。買収先リストです」

受け取り、鳥海は目を落とした。吉村と同じ民自党の代議士だ。当選五回の実力者で、吉村とは対立関係にある派閥の次世代トップと目されている。雑誌などの『次に総理大臣になってほしいランキング』では常に上位にあがる。

リストは表にまとめられ、県議や市議の名前と三万円や十五万円といった渡した金額が三枚の紙に記されている。

鳥海は目を上げた。

「合点がいきませんね。彼は当選五回で、支持基盤は盤石です。今さら県議や市議を買収する必要がない。怪文書の類でしょう」

それでは本上に勝てない。ただ吉村側に使われるだけだ。

秋元が凄みのある笑みを浮かべた。

「彼の年の離れた妹が一昨年、県の参院補選で当選したのはご存じでしょう」

「ええ。野党候補と大接戦でしたね。差が千票もなかった」

報道でも大きく報じられていた。

「その時にばら撒《ま》いた金です。自分のためではなく、妹のための金ですよ」

「出所は？」

「資金元は党本部の大幹部です。こちらとは敵対する派閥を率いる大物です。年齢のせいか、影響力が弱まっているみたいでしてね。また、県議や市議の大半は現在、吉村家の指揮下にあります」

民自党では幹事長が金を一手に握っている。秋元の言う大幹部だ。幹事長と吉村の派閥との政争は、新聞や雑誌などで何度も報じられている。吉村派としては、金を握られている現状が面白くないだろう。ここで一気に形成逆転する腹づもりか。機を見るに敏な対立派閥の何者かからリストが吉村側にもたらされ、子飼いの県議や市議からも報告があったという流れか。

「県議や市議は金を受け取ったんですね」

「大抵の者は」

「では、これが本物の資料だとすると吉村議員の指揮下にある県議や市議が根こそぎ逮捕、起訴されますよ。吉村家の力も削ぐことになる」

「それはどうでしょう。地検から聴取の要請があれば、県議や市議は喜んで応じるでしょう。彼らは自ら求めたのではなく、金を押しつけられ、その場で返そうとしても受け付けてもらえず、いつでも返金できるように封筒ごと、どこかに保管してあるとか」

それが本当ならば逮捕されても、最終的には起訴猶予が妥当な線だ。おまけに県民の何割が県議選や市議選に興味があるだろうか。立候補すれば、再当選するのは間違いない。他方、××議員は逮捕、起訴を免れられない。

県議や市議を調べれば、金という実物が浮き上がってくる。リストが××議員を貶めるための偽物で、記されている県議や市議全員が口裏合わせで「買収された」と虚偽供述をしたとて、最後までその態度を貫くのは難しい。吉村側もそこまで彼らを信じていないだろう。つまり、リストは本物の可能性が高い。

ぞくっと鳥海は背筋が震えた。勝てる……。本上を逆転できる。

秋元が瞬きを止めた。

「こちらの本気度をご理解いただけましたか」

「充分に。ただ例の件に関し、逮捕起訴のタイミングなどはこちらに任せてもらいますよ」

「むろんです。それは地検のお仕事ですので」

「資料は預かっておいて構いませんね」

「ええ、どうぞ。出所はぼやかしてください。お互いのために」

脅しめいた一言だった。鳥海は軽く頷いた。

「ところで秋元法律事務所はいつから慈善事業に乗り出したんですか」

「どういう意味でしょうか」

「ウチに務めていた事務官がベトナム人に殺害された一件ですよ。おたくがベトナム人たちの私選弁護人です」

秋元がゆるゆると首を振る。

「勘ぐりすぎでしょう」

「ベトナム人にも秋元法律事務所の評判が轟いていると?」

「ネット検索すれば、この地方で最も有名な法律事務所は我々だと出ますので」

鳥海は腹に力を込めた。

「秋元さん、戯言《ざれごと》は結構。我々はもう同じ穴の狢《むじな》だ。これ以上、犠牲者を出す必要はない。そちらも余計な手間を省ける。特別刑事部の捜査は、私の差配次第でどうにでもなるんですよ」

「私ども秋元法律事務所は、ベトナム人に弁護を依頼されただけです」

互いにまじろぎもせず、目も逸らさなかった。

「鳥海さんがしかるべき措置をした後、色々なお話をしましょう。その時、我々は真に同じ穴の狢になります」

「楽しみですな。何を聞かせてもらえるのか」

「私も鳥海部長に教えてほしいことがありますので、楽しみです」

秋元は真顔だった。


ホテルを出ると、鳥海はタクシーを拾い、久保が刺された海っかわと呼ばれる地域の一角に向かった。あの辺りのベトナム人が秋元法律事務所を知っていたとは信じ難い。鳥海は一度も足を向けたことがない一角だ。空気を肌で感じておいた方がいい。普通なら部下に任せればいいが、今後も秋元との化かし合いは続く。現場に行ったのと行っていないのとでは、微妙な差が出てくる。微妙な差の積み重ねがいずれ大きな差になっていく。受験勉強やアスリートの練習と一緒だ。足元を疎かにしない者が最後には笑う。

大通りでタクシーを降り、小路に入った。報告書で読んだ通り、実に無国籍なエリアだった。ベトナム料理店やエスニック料理店といった飲食店のほか、台湾式マッサージや香港アカスリなど、けばけばしいネオン看板を掲げる怪しげな店も雑居ビルに軒を連ねていた。酒と色気を求める男がうろついている。火事に遭って、ママが重体のフィリピンパブ『美美』の跡地もあった。またネ、社長サン。どこかの店先で、片言の日本語でホステスに見送られている誰かがいる。

鳥海は額をハンカチで拭いた。やはりな、と納得がいく。

この辺りにたむろする外国人が、いくら日本通であっても秋元法律事務所の存在を知ってはいまい。日本人とて、普通は腕のいい弁護士事務所がどこかなんて皆目見当もつけられず、せいぜいネットで探すくらいが関の山だ。法律の世界と一般社会の間には高くて大きな壁がある。また、ネットで探したとしても、秋元法律事務所の手数料は高い。

社長サンたち、バイバイね。

鳥海の視界の隅でまた誰かが見送られていた。意識が引き寄せられる。目を向けると、大柄な男と白髪頭の男がアジア系の外国人ホステスに一礼している。

伊勢――。

伊勢たちは少し進むと、また別のパブに入った。イラッシャイマセ。ドアの隙間からまた片言の日本語が聞こえる。

あの男が外国人パブを飲み歩き？

いや。久保の死の真相に至るヒントをかき集めているのか。大柄な男も地検職員？

違う、見覚えがない。あれだけ大きければ庁舎内では確実に目立つ。他部でも目を引く。

何だっていいか。

鳥海は思考を戻した。自分が興味あるのは伊勢ではない。秋元を利用し、本上に勝つことだけだ。

4

――はい。菓子折りにお金が入っているのを見ました。

――前回お話を伺った際、そんなことは一言もおっしゃっていませんでしたよね。

相川が淡々とホステスに尋ねた。

――怖くて言えなかったんです。

――何が怖かったのでしょう。

――だって映画やドラマの世界の話ですもん。

――そんなお金の渡し方をする理由をご存じですか。

――いえ。やばいお金なのかな、とは思ってました。

ホステスは顔を伏せ、神妙な声音だった。

――渡したマル湊建設の社長に聞きましたか。

――まさか。怖くて聞けません。

ホステスが顔をあげ、小刻みに首を振る。

――前回、菓子折りを受け取った方をご存じないとおっしゃっていましたが、本当にご存じありませんか。

――はい。お店にいらっしゃったのは初めての方でした。

――最初に頼んだ参考人聴取をすっぽかしたのも、怖かったからですか。

――ごめんなさい。そうなんです。

――いくらくらいお金は入っていましたか。

――さぁ。一万円札は見えましたけど。

谷川が映像を停止させた。ホステス二人の承諾を得た上で聴取場面を撮影し、大会議室で確認していた。谷川のほか、会議室にいるのは退任間近の幣原、本上、鳥海、ホステスを聴取した相川だ。

部屋の灯りがともった。鳥海が面々を見回す。

「これで決まりでしょう。マル湊建設社長を逮捕すべく、バッジ側の人間を任意で引っ張ります」

マル湊建設社長は、ヤミ献金を渡した吉村の秘書名をあげている。吉村の地元事務所のトップだ。

「ホステス二人が同じ証言をしたのは進展と言える。だが、決定的な物証はまだないんだよな」

本上から疑問が飛んだ。幣原は腕を組み、だんまりを決め込んでいる。

「ええ。メモも発見されていません。バッジ側もどうせ否認するでしょう。すんなり認める可能性がゼロとは言いませんがね」

「否認されても逮捕する気なんだろ」

本上が眉根を寄せた。鳥海はまっすぐ見返した。

「むろんです」

「相手が吉村泰二となれば本来、東京地検特捜部が扱うべき案件だ。いくら秘書が相手とは言えな」

「私も次席も特捜部経験者だ。いまの特捜部が完璧な組織じゃないことは、よく知っているはずです。連中に頼らず、湊川だけで扱うべきでしょう」

本上がちらりと幣原を見た。幣原はなおも黙し、発言する気配はない。まもなく退官するため、意見を控えているのだろう。本上が続ける。

「下手に吉村陣営に触れれば、証拠を隠滅されかねない。一斉に関係各所をガサして、書類を押収するべきだ」

「徒労に終わるだけです。証拠隠滅なんて、とっくにされてますよ。おそらく昨年、石毛を逮捕した段階で。とはいえ、秘書を引っ張った日から県内の関係各所、東京の事務所を張っておく必要はあるでしょう。スーツケースかなにかで資料を持ち出す場面を現認できる望みもある」

「それくらいの手配なら現有戦力で賄《まかな》える。でもな、秘書だけならまだしも吉村本人に届きそうな証言が出れば、特捜部と合同で扱わないとならん。人員が足りない」

ええ、と鳥海は重々しく切り返した。

「次席に指摘されなくても承知してます。端緒を我々が摑み、証言や証拠を握り、吉村を法の世界に引っ張りこんだという流れが大事でしょう。じゃないと、ただ特捜部にネタを渡しただけで終わる。我々はガキの使いじゃないんだ」

「秘書の聴取を誰にやらすつもりだ？　また相川か？」

「いえ。橋本に」

「意外だな。正直、俺はまったく印象に残ってない」

俺もそうだったよ、という一言を鳥海は呑み込んだ。鳥海と相川の反りが合わない事実を、本上は伊勢を通じて知っているため、手柄に繋がらない聴取を橋本にさせるとでも思ったのだろう。

「橋本なら腰を据えて対峙《たいじ》できるさ」

「いつやる気だ」

鳥海が口を開きかけた時、今まで黙っていた幣原が口を開いた。

「二人ともちょっといいか」

どうぞ、と本上が促す。

幣原が本上と鳥海を等分に見た。

「私がいる間にけりをつけよう。少なくとも勝ち筋の目処《めど》をつけろ。報道なんかで吉村の名が外に出たら、特捜部は必ず文句を言ってくるが、私が報告を止めていたことにすればいい。盾がないと、二人とも下手すれば排斥される。君たちが組織の論理に潰される必要はない。次の検事正は赤レンガ派で、調整型の能吏タイプだ。何をするにも、高検や特捜部の意向を必ず確かめる流れになるぞ」

ただの腰掛け野郎というわけか。

幣原の目がぎろりと動いた。

「私にとっても、秋元は司法修習同期という因縁もある。最後に負け戦はごめんだぞ。やるからには勝て」

幣原は普段、好々爺《こうこうや》然とした佇まいだ。それがまるで違う好戦的な雰囲気で、こちらの方が本性だったのかもしれない。相手がバッジなので、検事の闘争心が最後まで燃え上がっているのか。

承知しました、と鳥海と本上の声がそろった。


――記憶にありません。

吉村の秘書、元木文武《もときふみたけ》はきっぱりと言った。四十代半ばで、湊川市出身だ。地元後援会のとりまとめなどを行っている。地元事務所のトップといえども東京から皇后こと須黒清美の指示を受けているのだろう。元木は任意聴取要請を、二つ返事で承諾した。映像を見る限り、構えた様子も感じられない。鳥海は画面を注視した。

では、と橋本が事務的な口調で続ける。

――マル湊建設の社長とお会いになった記憶はありますか。

――あの方は吉村先生を支持してくださっているので、何度もお目にかかっています。我々は毎年一度、主な支持団体の皆さんや個人と会うよう努めておりますので。

――パーティーとは別の場という解釈でいいですか。

――ええ。有権者の声をしっかり聞くためです。

利権の切り分けや管理のためだろう。

――お会いになった場所はどちらでしょうか。

――記憶にございません。

――日々のスケジュールを何かに残していらっしゃいますか。

――はい、手帳に。データだと消えてしまえば、それまでなので。ただし、突発的に入った用事などは記せていないケースも多いです。正直、そういう日は手帳に書いたり携帯にメモしたりする時間すらないので。

――お忙しいのですね。本日お話を伺った後、スケジュールが書かれた手帳を提出していただけませんか。

マル湊建設社長が「吉村の秘書と会った」と供述した日付をぶつけないのは、こちらの手の内を見せないためだ。手帳を強制的に提出させないのは、鳥海の秋元側への配慮でもある。押収する気になれば、何とでもなる。

元木は首をやや傾げた。

――今日は正式な聴取ではありませんよね？

――ええ。おっしゃる通りです。

――でしたら、承諾しかねます。手帳は我々秘書にとって、仕事に不可欠なものです。明日以降の予定が確認できなくなれば、業務に支障をきたします。

――こうしてお話を伺う間にコピーをとらせていただく形はどうでしょう。

元木は目元を引き締めた。

――お断りします。私だけではなく、手帳に記した皆様のプライバシーにも配慮しないとなりませんので。

――プライバシーには充分配慮しますので、昨年、一昨年など過去の分はいかがでしょう。毎年支持団体の皆様に会うのなら、昨年も会っているはずですよね。

――昨年の手帳ですか。どこにあるのか……。事務所に戻って探してみます。

鳥海は再生を止めた。この三時間、一人で三回見直した。聴取は一時間にわたり、元木は常に隙のない返答だった。

腕時計を見る。午後八時過ぎ。元木に谷川が同行し、昨年分の手帳を持ち帰ってきた。一昨年以前のものは事務所には置いていなかった。

橋本たちは手分けして、元木の手帳を分析している。手帳には一年分の面会記録などが記されていた。吉村泰二の首根っこを摑める、何らかの手がかりがあるかもしれない。

いや……あるわけがない。

過去の手帳に関して、提供に協力的すぎる。秋元に知恵をつけられ、裏帳簿ならぬ裏手帳的なものを用意しているに違いない。今年分については、まだ用意が追いついていないのか、秘書としての防衛本能が拒絶を選択したのか。

吉村側——秋元にしてみれば「さっさとマル湊建設社長を逮捕しろ」というのが本音だろう。個人的にもさっさと逮捕してしまいたい。最終的に事件が潰れても県三区選出議員の買収容疑のネタがある。

午後九時、専任チームの会議が始まった。

「お前らが手帳を分析する間、録画した聴取を見直した。あれを割るには、相応の物証なり証言なりが要る。橋本、担当としての感触は」

「手強い相手で、部長と同じ実感を持っています。頃合いを見て、マル湊建設社長が吐露した会合の日付について、あてる必要がありそうです」

「私の出番は遠いですね」

青山が言い、背もたれに寄りかかった。本丸を崩そうとする際、重要人物を自分が担当すると決め込んでいるのだろう。

「じゃあ引き継ぐか？」

「いえ。橋本さんを信じます」と青山は口をつぐんだ。

鳥海は相川に向け、顎をしゃくる。

「秘書の手帳はどうだった」

「手帳には吉村を支持する団体名や個人名の来訪記録などが記されてましたが、わたしの担当分にはマル湊建設に結びつく手がかりらしきものは何も。なにぶん、昨年のものですし、やはり今年分を入手しないとなりません。証言通り、記載がない日もありました」

私の方もです、と青山が続く。

私は……と橋本が言い淀んだ。

「おい、前にも言っただろ。気になることがあんなら、はっきり言え」

鳥海が促すと、橋本が口を開いた。

「私の担当分も、相川さんがおっしゃったように吉村支持者の企業名や団体名、その幹部や個人名が書き込まれていました。特に、湊川繊維加工組合の会長ら幹部とは複数回、それも二ヵ月間で七回も会っていました」

「太い支援者なんじゃねえのか」

「寄付金額の多寡という観点から言えば、建設業組合や製造業組合の方が繊維加工組合より多いはずです」

公職選挙法や政治資金規正法により、企業や各種団体の候補者個人への寄付は禁じられ、政党や政治資金団体への寄付のみが認められている。寄付金額は、資本金や組合員数などに応じて年間七百五十万円から一億円以内で段階的に定められている。

「繊維加工組合は中小企業の集まりです。企業としての寄付金も建設業界や製造業界に比べれば、著しく落ちます」

「建設業組合と製造業組合の幹部連中とは会ってねえのか」

「私の担当分にはありませんでした」と橋本が言った。

「相川と青山の方はどうだった」

二人が手元の紙をめくった。いつ、どこで、誰と元木が会ったのかを表にまとめさせている。鳥海の手元にも資料があるが、聞いた方が手っ取り早い。

「私の担当分だと」相川が顔を上げた。「昨年五月、建設業組合の会長、副会長と二度会っていますね」

「こっちは昨年九月と十月に製造業組合の理事と計三回会ってます」と青山が続いた。

どちらも年始年末の挨拶、暑中見舞いなどではない。陳情だとしても、地元業界の大物が何度も同じ秘書と会うことはあまり現実的ではない。秘書が地元事務所トップといえども所詮、須黒の操り人形だと各業界の大物だって百も承知のはず。面談相手が吉村本人や皇后ならともかく、橋本が指摘するように繊維加工組合の七回というのも妙に多い。しかし、裏手帳にヤミ献金に繋がる記録を残すだろうか……。頭を悩ます必要はない。三区選出の議員をいずれ挙げればいいのだ。

鳥海は腕を組んだ。

「三人ともとりあえず、繊維加工組合の金の流れを追え。組合員の会社についてもだ」

洗っても何も出てこないにしても、ここで指示を出さないのは不自然だろう。秋元と通じていることのカムフラージュになる指示でもある。

「引っかかる点が出てくれば、キーとなる組合員を三人同時に任意聴取するぞ」

「それまではマル湊建設社長の逮捕はせず、と?」

相川に聞かれ、鳥海は腕組みをほどいた。

「いつまでも待つ気はねえ。検事正からも発破をかけられた。検事正がいる間にケリをつけろとな」

定石としては無理筋でも、検事正の意向という名目で逮捕は押し切れる。橋本が妙な点を言い出さなければ、今日中に逮捕を決めるつもりだった。湊川繊維加工組合とマル湊建設とは直接関係はない。もっとも、表向きには吉村側の警戒心を呼ぶ行為を現段階では慎んだ方がいい。秋元との裏取引を周囲に微塵も気取られてはならない。鳥海はいささかほっとしている自分に気づいた。如才なく振る舞えているからか、あるいは――。内心でかぶりを振った。

「手帳の分析を終えた頃合いで、もう一度秘書を聴取する。その際、マル湊建設社長が供述した、秘書と会った日付をぶつけるかどうか検討しておく」

会議を終えると、橋本が歩み寄ってきた。

「面目ありません。私が秘書を割れていれば……」

「会議でも言った通りだ。ありゃ、なかなか割れん」

「すみません。部長のような人ですら、気を遣わざるをえない局面になってしまって」

「ああ？」

「これまでの部長なら、暴力も辞さずに割れと命じてきました」

秋元から渡された切り札があるしな。鳥海は胸中で独りごちた。

「普段は気を遣わない奴っていう皮肉かよ」

「半分は。もう半分は羨ましさでしょうか」

「俺は誰かに羨まれるような人間じゃねえぞ」

いえ、と橋本は言下にいった。

「ご存じの通り、私は熱心とは言えない検事でした。配点された事件を右から左に処理したい——とさえ思っていました。性分でしょう。学生時代だって、みんな、どうして一生懸命に勉強や部活に取り組むのか不思議でした」

「ふうん。検事になったくらいだ、勉強はできる方だったんだろ。やる気もないのに他人よりいい成績の奴なんて、嫌みなだけだぞ」

「おっしゃる通りです」橋本が苦笑する。「今から思えば」

「八方美人がいい生き方とは限らんさ。俺も方々と衝突してる」

「それです。鳥海部長は衝突を恐れず、進んでいけるんです。福岡地検時代、その熱量を目の当たりにし、圧倒されました。一生懸命というより、体中から炎を発して突進していくという感じで。検事の世界はどちらかといえば、頭で物事を捉える人が多い。でも、鳥海部長は体全体で進んでいるというか」

「単細胞の猪野郎って言いたいのか？」

鳥海はなかば冗談で凄んだ。

橋本が慌てて顔の前で手を左右に振る。

「滅相もない。人間として、生まれ持ったエネルギー量が違うって痛感したんですよ。部長の熱をまた浴びたくて、私は後を追うと決めた。部長の異動後、福岡地検でなんとか結果を出し、湊川地検特別刑事部に配属されたんです」

「そいつはご愁傷様。物好きにもほどがあるな」

鳥海が揶揄うと、橋本が肩を力なく上下させた。

「なのに、私が不甲斐《ふがい》ないばかりに、部長が檄《げき》を飛ばす気力すら湧かないのだと認識しております」

「馬鹿野郎。だったら結果を出せ」

「はい。このままでは負けてしまいますので。私の力不足のせいで、鳥海部長や相川検事、青山検事の経歴も傷つけてしまいます」

鳥海はみぞおちの辺りが痛んだ。負けという言葉が存外、ずしりと胸に響いた。

「あの、伺ってもよろしいでしょうか」

「ああ。何でも聞け」

「そんなに熱量を抱えていられる所以《ゆえん》を教えてください」

「簡単な話だ。負けたくないからだよ。もう一つ、友達との約束もあってな。そっちは誰にも言うつもりはないが」

自分を投げ捨てない——と。

「俺は部下だろうと誰だろうと、他人を励ます気はない。けどな、一つだけ言える。自分でも自分のためにしっかりやれ」

橋本も自分でも意外だった。指示でもなく、命令でもなく、檄でもない、こんな助言を部下にするのは初めてだ。

はい、と橋本が言った。

5

「あまり頻繁に会うのはどうでしょうね」

「秋元さんともあろう方が、びびってるんですか」

「用心しているだけですよ」

午後十時、鳥海は例のホテルの一室で秋元とまみえていた。橋本との予期せぬ会話を終えた後、やってきた。

秋元が演説でもするかのごとく、両手を軽く広げた。

「まあ、電話やデータでのやりとりは証拠が残ってしまいますから、会って話をするのが最も安全な方法ですがね。して、ご用とは？」

「吉村議員の秘書がマル湊建設の社長と会ったと認めませんでね。記憶もないそうで、認める気配もない。あえて今年分の手帳は預かりませんでしたがね」

「それはそれは」

秋元は事務的な調子だ。鳥海は瞬きを止めた。

「どうも互いにとって面白くない状況です」

「おっしゃる通りで。それで？」

「二人が会ったことを示す付箋などが、書類の山から出てきませんかね」

「いささか都合が良すぎるでしょう」

「膠着状態が打破される時なんて、そんなもんですよ。願いもしなかった幸運ってやつです。もしくは再度聴取した際、記憶が蘇るとか。何度も聴取するうち、忘れていたことを思い出す方も多い。しかるべき方法で手帳を押収するより、そちらにとっても都合がいいでしょう」

「なるほど。しかしながら、私は秋元法律事務所の人間です。吉村先生の事務所の者ではありません」

一蓮托生《いちれんたくしょう》だろうに、色よい返事ではない。秋元の影響力も、秘書までは届かないのか。

「秘書の元木氏とマル湊建設社長が会っていたからといって、吉村議員の足元は揺らがないはずでは？　でないと逮捕させようとはしませんよね」

視線をぶつけあった。秋元の口が動く気配はない。

「交換条件として、一足先に秋元さんがお知りになりたい件を話しましょうか。何をお知りになりたいので？」

秋元が目元を引き締めた。

「伊勢雅行の動向についてです」

「あいにく、私とは接点がない。伊勢が何をしたんです？」

海っかわで外国人パブを飲み歩いている姿が脳裡にちらつく。

「こちらにとって、目障りな動きを色々しているみたいでしてね」

「話したくても、話せる内容がありません。仕入れておきましょう」

伊勢の行動の真意がわからないのだ。言及すべきではない。

秋元が鷹揚《おうよう》に頷く。

「では、こちらも考えておきます。ぼんくらな部下を持つと苦労しますな。優秀な検事だったら、逮捕できる道筋を作り出すでしょうに」

アンタに部下についてつべこべ言われたくねえよ。橋本の申し訳なさそうな顔が瞼《まぶた》の裏をよぎり、腹の底からある一念もふっと浮かび上がった。

いくら本上や他の同期との出世レースに勝とうとも、秋元の軍門に降るのは負けではないのか。それは自分を投げ捨てることと同じではないのか。内心でそう認識しているからこそ、マル湊建設社長の逮捕を強引に進めなかったのではないのか。

だが――。

もう引き返せない。火中に飛び込んだのだ。誰も助けてくれない。

猫の記憶

1

橋本宗樹《むねき》は画面を見つめた。映像を流します、と谷川が言った。谷川は総務課に在籍しているが、久保の代わりに相川の立会事務官を臨時で務めている。

会議室の空気が引き締まった。橋本の視界には相川や青山の姿がある。鳥海も険しい顔つきで画面を見ているのだろう。

映像が流れ出した。

◆

「マル湊建設の社長さんは、本当に吉村議員の支援者なのでしょうか」

相川が尋ねた。参考人として聴取した、四十代半ばで吉村泰二の男性秘書、元木文武がいささか首を傾げる。元木は湊川市で主に活動している。前回は橋本が聴取担当だった。橋本が資料分析により力を注げるよう、取調官が相川に代わった。

「ええ。先日も申し上げた通り、そのように認識しております」

「献金記録には名前がありませんでした」

「左様ですか。吉村の支援者はたくさんいらっしゃいます。お一人お一人の支援内容までは把握しておりませんので」

元木は折り目正しい調子で言った。

では、と相川が柔らかな物腰で続ける。

「どのような点で、支援者のお一人だとお考えに？」

「湊川市で開かれるパーティーには毎回ご出席されています」

「過去にあった全パーティーの参加者名簿を提出していただけますか」

「政治資金規正法規定の保管期間の年数分しかありません」

「それで結構です」

「承りました。郵送すればいいですか」

元木が慇懃《いんぎん》に応じた。痛い腹を探られている節はない。

「名簿は東京の事務所にありますか？ それとも湊川に？」

「湊川の事務所にございます」

「では本日、お話を伺った後、私どもの職員が事務所にお邪魔します」

「承知しました」

「前回別の検事も質問しておりますが、今年、いつ、どこでマル湊建設社長とお会いになったのか、思い出されましたか」

相川が淡々と問う。

「はい。何度かお目にかかっているのを。陣中見舞いに来られた際などに」

「吉村議員の選挙期間中ですか？ 衆院選があったのは数年前ですよ。参院補選も一昨年ですし」

「吉村本人の選挙ではなく、隣市であった、市長死去に伴う市長選の時ですね。吉村は駆け出し議員ではないので実際のところ、選挙活動らしい活動をしません。奥様が支援者にご挨拶するくらいで。あとは平場にふらっと地元事務所においでになる時もあります」

「先方の会社や吉村議員の事務所以外で会ったご記憶はいかがでしょう」

相川が落ち着いた口調で切り込んだ。

元木が心持ち頷く。

「あります」

「前に話を伺った際は思い出せなかった、と？」

「ええ。急なことでしたので。あれから手帳も見返しました」

「ありがとうございます。手帳を見返して記憶が喚起されたということは、何か記載があったんですね」

「はい。おっしゃる通りです」

「今年の何月何日に会ったのかを確認していただけませんか」

「すぐにでも。今、しましょうか？」

お願いします、と相川が言った。元木は足元の鞄から手帳を取り出し、ページをめくっていく。都合、二度会っていた。一度目は市長選、二度目はマル湊建設社長が供述した日付だった。

「二度目の日付の際、どちらでお会いになっていますか」

「夜、居酒屋で食事後、『マリアージュ』というクラブに出向いています。もちろん割り勘ですよ」

「そうですか。先方は手ぶらでしたか」

「鞄はお持ちだったのではないでしょうか。細かくは憶えていません」

「手土産などは？」

「ちょっとお待ちください」

元木が再び手帳に目を落とし、顔をあげた。

「手帳に記した名前の横に、三角の印がありました。菓子折りをいただいた記号なので、私が個人的に頂戴していますね。それまでも何度かあったと思います。ご覧になりますか」

「いいんですか？　先方のプライバシーを守りたいのでは？」

元木がかすかに首を振る。

「前回と今回の検事さんのお話を総合すると、マル湊建設の社長さんが何かしらの罪を疑われていると、馬鹿でも察せられます。ありのままを検事さんにお話しすることが社長さんのためにもなるでしょう」

「手帳を拝見します。コピーも取っていいでしょうか」

「どうぞご自由に」

谷川が手帳を受け取り、相川に渡した。相川が手帳に目を落とし、顔を上げる。

「確かに名前の横に、三角の印がありますね」

「翌日、礼状をしたためるための記号です。忘れないためのの」

相川が真っ直ぐ秘書を見据えた。

「この時の菓子折りの中身は？」

「さすがに記憶にありません。よほど珍しいお菓子だったのなら憶えているでしょうが」

元木はしかつめらしい物言いだった。

「海苔《のり》巻きあられならぬ、金粉巻きあられとか？」

相川は真顔で切り込んだ。元木の表情は微塵も動かなかった。

「加賀《かが》の名物ですか？」

「いえ。わたしが適当に申し上げた冗談です」

「検事さんも冗談を言うんですね」

「もちろんです。検事も人間ですので。代議士のセンセイ方が人間であるのと一緒で、検事にも煩悩やライバルへの敵対心、嫉妬心だってありますよ。そういう面では、吉村議員だって人間ですよね？」

「どうですかね。政治家は人間離れしていますよ」

元木は含み笑いを浮かべた。

◆

映像が切れた。

「以上です」と相川が言う。

「上出来だ。政治家の秘書が『支援者から金をもらった』と白状するわけねえさ」

鳥海が口元を緩めた。橋本も同感だった。

鳥海が身を乗り出す。

「菓子折りを『マリアージュ』で受け取ったたってことの言質はとれたんだ」

橋本は首筋が強張った。マル湊建設社長を逮捕するのか……。会議室はしんとしていた。橋本や相川といった平検事は鳥海の次の言葉を待っている。

鳥海の目が鋭くなった。

「マル湊建設社長を逮捕する」

お待ちください、と相川が声を発した。

「さっき部長がおっしゃった通り、秘書からは『ヤミ献金だった』との言質を得ていません」

「だからどうした？　これ以上叩いても結果は一緒だ。相手は吉村一味だぞ」

橋本も挙手した。

「相川検事の意見に賛成です。明確な言質を得られずとも、相応の端緒を握ってからでないと公判で負けます。負けては元も子もありません」

「座して死を待つ気かよ」

「部長の経歴にも傷がつきます」

「ご親切にどうも。てめえらみたいな慎重論だと、よっぽどの運が微笑まない限り、吉村に手を出せねえぞ。せっかく贈賄側から『ヤミ献金した』って証言を得てるんだ。好機を逃すな」

そうはいっても、と相川が会話を引き取る。

「疑わしきは罰せずが原則です。吉村は犯罪者ではないという線を維持すべきかもしれません」

「正気か？　叩けば埃《ほこり》が出るに決まってんだろ」

「予断は禁物です」と相川も引かない。「次席がゴーサインを出しませんよ」

「本上なんて関係ねえよ。検事正も前のめりなんだ」

「上級庁と言い直しましょう。横槍が飛んできて、潰されます」

「だったら、文句なく逮捕できる案をひねり出してみろよ」

鳥海が檄を飛ばした。検事陣は黙した。橋本はそれとなく周囲を窺った。相川は思案を巡らせている。青山は我関せずの表情だ。

橋本は相川に与したものの、鳥海の言い分も理解できた。供述ができすぎているきらいはあるが、真実を明かしているのかもしれない。ならば、ここでマル湊建設社長を逮捕しないと、「正直に話しても無駄だな」と当人に捉えられかねない。そうなると、解明できる事件も解明できなくなってしまう。橋本は腕組みした。マル湊建設社長を逮捕しつつ、公判で齟齬《そご》が出ないようなうまい方法があるのだろうか。

会議室に沈黙が降り積もり、時計の針だけが動いていく。

政治資金規正法違反となれば、吉村側の犯罪立証も不可欠だ。事務所などにガサに入り、証拠を摑めればいいが、聴取映像を見る限り、裏金があったとしても決して表には出ない方式で管理しているはず。マル湊建設社長という一本の線で勝負すべきではないのか。

脳髄に電流が走った。

一つだけ方法がある。橋本はもう一度会議室の面々の様子を窺った。数分前と何も変わっていない。誰の頭にもまだないのか。

「よろしいでしょうか」

橋本は言った。鳥海が顎をしゃくる。

「何か案があんのか？」

「横領で逮捕しましょう。政治資金規正法と違い、吉村側の立証は不要です」

鳥海はにたりと笑った。

「おまえならひねり出すと思ってたぜ」

「法廷で社長がヤミ献金に言及するのも、いい一手になるかもしれません」

「四の五の言わず、吉村陣営の尻尾を摑め」

鳥海は自分が独走するだけでなく、次席を説得するためにも部下の提案がほしかったのだろう。うまく利用された恰好だが、別にいい。

「青山、おまえが事件をまとめろ。相川と橋本は引き続き、各自の任務にあたれ。特に橋本。望み通り、あちこちに動けるよう取調官から外してやったんだからな」

鳥海が指示した。

2

「また一人、ふけたんだ。補充してくれよ。これで三人目だ。欠員三はさすがにきつい。どっかにいるだろ。明日中に頭数が揃えばなんとかなる」

朝から電話の向こうで捲《ま》くし立てられ、上川克也《かみかわかつや》はため息をつきたくなった。

「村中《むらなか》さん、急には無理ですよ。人は空気から生まれるわけじゃない。あなたもかつては理事長だったんだ。事情はご存じでしょう」

「おいおい、馬鹿言うな。俺は粉骨砕身、組合員のために力を尽くしたぞ。こういう時のために、理事長は調整役として存在してるんだよ。上川サンこそよくご存じだろ」

上川は言葉に詰まった。数年前、村中に助けられた。納期直前に人員が減り、急遽補充の手続きをしてもらった。

「少し時間を下さい」

「ああ。頼むぞ。こっちはたっぷり金も払ってるんだ。〝溜まり〟を利用しない手はない」

通話を終え、上川は受話器を置いた。齢《よわい》五十を越えても、暮らしは楽にならない。むしろ面倒は増える一方だ。

上川と村中らは湊川繊維加工組合に所属し、加盟社の社長が持ち回りで理事と理事長を務めている。昨年から三年間、上川に理事長の順番が回ってきた。組合には湊川市内だけでなく、近隣市町にある衣料品加工業やタオル加工業などの繊維関係の中小企業が計五十社入っている。アパレル業といえば華やかな響きだ。実態はミシンや手縫いに従事する作業員が足りず、万年人材不足で喘《あえ》いでいる。

人手不足は繊維加工業だけではない。近年、製造業や加工業の現場に日本人の働き手はほとんど入ってこない、とニュースで報じられている。高卒、大卒の新入社員など皆無に近い。上川の会社にも、ここ十数年入っていない。

そこで大事になってくるのが、ベトナムからの技能実習生だ。日本で技術習得させて本国の発展に役立つ人材を育成する——という名目で彼らは来日する。上川らにしてみれば、建前はどうでもよく、安い労働力の確保に繋がっている。いまや外国人技能実習制度がないと経営が成り立たない中小企業は、全国各地に山ほど存在するはずだ。上川の会社も間違いなく、その一つになる。

技能実習生が従事できるのは事前に決められた業務のみ、と定められている。律儀に守る利用企業はどれほどあるのか。少なくとも、湊川繊維加工組合の加盟社にはない。書類上は『衣服の縫製』のために入ってきた実習生たちに、ハンカチの加工やタオルの製作をさせるのもザラだ。寮費と称して、手当を極限まで絞る加盟社もある。

上川は事務室の窓から作業場を眺めた。ベトナム人たちがミシンに向かっている。今日は何の作業だったか。衣服の縫製でないのは確かだ。

毎年、期待に目を輝かせて彼らはやってくる。その目の輝きは一ヵ月もしないうちに消えている。毎年、申し訳なさで胸が張り裂けそうになる。しかし上川にも家族がいて、社員にも家族がいて、全員が食っていかないとならない。綺麗事だけでは人間は生きていけない。

窓から見える技能実習生たちの顔も死んでいる。

上川は寮費で手当を減らすような真似はしないが、実習生の中には「手取りの給与が少なすぎる」「話が違う」と逃げてしまう者もいる。国がどう取り繕おうと、全国各地で起きている現実だ。

さっさと〝溜まり〟に連絡を入れよう。受話器を上げた。

＊

「地検に入って初めてですよ。日中、こんなに外の空気を吸う機会を持てているのは」

事務官の遠藤力夫《えんどうりきお》が青空を仰ぎ、深呼吸した。橋本の十歳下で、今後の地検を担っていく若手だ。見た目はどちらかといえば優男で、「いずれ名前に見合う体になるよう、筋トレしますよ」と本人は笑い飛ばしている。

「これが娑婆《しゃば》の空気ってやつかな」

「おお、娑婆ですか。なんだか普段、地検の庁舎で悪いことをしているみたいですね」

「違いない」

橋本も検事になって以来、これほど外の空気を吸う機会はなかった。庁舎で書類に向かったり、被告人と相対したり、裁判所で公判に出たりが日常だ。裁判所に赴くと言っても、全国のどの地検も大抵は外廊下で繋がっている。雨が降っても濡れずに執務室から法廷に行けるため、外に出たという気がしない。

「検事もどこか活き活きしていらっしゃいます」

「人を捜したり、手がかりを探したりって楽しいからね」

ひょっとすると検事に向いていないのかもしれない、と橋本は自己分析する。自分が検事になったのは憧れがあったわけでも、法律家になりたかったわけでもない。動機は不純……いや、むしろ純情だったがゆえだ。

動機の起源を遡ると、小学四年生の春休みまで遡《さかのぼ》る。

◇

当時、橋本は甲府市内の実家で両親と姉、黒ぶち柄の猫と暮らしていた。猫はネネという名前で、物心ついた頃からそばにいた。そのネネが家から逃げ出した。たびたび家を抜け出していたので、最初は橋本も二歳上の姉も両親も「またか」という感じだった。ネネはいつもならその日のうちに何食わぬ顔で戻ってきた。時にはネズミやスズメといったお土産を咥《くわ》えて。

この時は二日経っても、三日経っても戻ってこなかった。橋本と姉は放課後、手分けしてネネを捜した。近所の路地、公園、神社、お寺など。どこにもネネの姿はなかった。見つからぬまま一週間が経ち、橋本家は暗い雰囲気に包まれた。甲府盆地の冬は、とてつもなく寒い。三月末になって雪こそあまり降っていないが、またいつ大雪になってもおかしくない。猫も家族だ。橋本にとっては妹同然だった。父親は「もう諦めよう」と言ったが、橋本と姉は「絶対に嫌だ」と引き続き捜索にあたった。いつも口うるさい母親もこの時ばかりは子どもたちの味方をした。母親がビラを作り、近くの電柱やスーパーの壁に貼らせてもらった。

その日も橋本は路地や公園をあたっていた。公園のベンチの下を覗いていると、「はっしー」と声をかけられた。

同じクラスで隣の席に座っていた、みっちだった。彼女は二年前の四月に大阪から引っ越してきた。「女子も男子も気軽に『みっち』と呼んでください」と最初の自己紹介で述べたので、クラスの誰もがそう呼んでいる。みっちもクラスメイトのあだ名を瞬時に憶えた。橋本は『はっしー』と幼稚園からのあだ名で呼ばれている。みっちの父親は転勤族で、兄がいるそうだ。

「さっきから何してるの？　きょろきょろして。怪しさ満点だよ」

「猫を捜してるんだ」

橋本がかいつまんで事情を話すと、みっちはカラフルなマフラーをおもむろに巻き直した。

「手伝うよ」

「え？　習い事とか遊びの約束はないの」

クラスメイトの大半が毎日なんらかの習い事に通っている。週に一度だけ書道教室に通う橋本は少数派だ。それに、みっちは学校では常にクラスの中心にいる。習い事がなくても、遊びの誘いは引く手あまただろう。

「ないよ。みんな忙しいんだよ。だから散歩してた。転校生って実は孤独なんだよね。習い事だって続けられないし、みんなは小さい頃からずっと友達でしょ。輪に入るのはなかなか大変でさ。入ったら入ったで、気を遣わないといけないし」

やけに大人びた口ぶりだ。

「ふうん。だとしてもまずくないか？　一緒のとこを同級生に見られたら面倒だよ」

「ガキは放っておけばいいでしょ」

「俺たちもガキ」

「精神的に、って意味。はっしーは割と大人じゃん。グリンピースの恩もある」

「それを言うなら、トマトの恩で差し引きゼロだね」

みっちは大のトマト好きで、グリンピースが苦手だ。橋本は逆にグリンピースは得意で、トマトが嫌いだ。給食でトマトが出た時はみっちが、グリンピースが出た時は橋本が、担任に見つからぬよう相手の分も食べた。みっちは実においしそうにトマトを食べる。

「前から聞きたかったんだけど、トマトのどこが好きなんだ？」

「青臭くて甘いところ。グリンピースのどこが好きなの？」

「青臭くて甘いところ。ん？　感想は一緒なのに、味は全然違う。不思議だな」

「瑞々しさの差でしょ」みっちが眉をしかめる。「グリンピースの出現率の方が断然高かったよ。カレーにも、肉じゃがにも、シチューにも、何にでも入ってるじゃん。というわけで、その恩を返したいの」

「じゃあ、頼むよ」

目は多い方がいい。みっちは頭の回転も早く、橋本が見過ごす点にも気づいてくれそうだ。教室でも「あの子の体調が悪そうだ。保健室に連れていく」「先生、髭剃《ひげそ》りを替えたね」「来週あたり、抜き打ちの小テストがあるよ」などと、橋本はまるで察知できないことを、さんざん言い当てている。

「喜んで引き受けた」

みっちが胸を張った。

二人で引き続き公園や路地を見て回っていると、ジャンパーの袖を強く引っ張られた。

「人ん家《ち》の床下とか庭も見せてもらった方がいいんじゃない？」

「そりゃそうだけど、無理だよ」

「平気。任せて」

橋本の返事を聞かぬまま、みっちは庭の広い家のインターホンを押した。戸惑っていると、はい、と応答がある。

「甲府中央小学校四年一組の者です。飼っている猫が脱走してしまって、困っています。お庭を捜させてもらえないでしょうか」

みっちは懇願口調だった。たいした演技派だ。

「どうぞ、ちょっと待ってね」と返事があった。

みっちは涼しい顔で片目を瞑った。

「ね、大丈夫でしょ」

「みっち、すげえよ」

「子どもだから許可が得やすいと思ったんだ。自分の立場が利用できるなら、利用できるうちに目一杯使わないと。転勤族の子どもはしたたかになるの」

この家の庭にネネはいなかった。同じ要領で、十軒以上の民家の庭や床下も覗かせてもらった。やはりネネはいなかった。

「ちょっと休憩しよう。手伝ってくれるお礼にジュースかなんか奢《おご》るよ」

橋本は自動販売機でホットのミルクティーを二本買った。なけなしのお小遣いは減ったが、いいことをした気分だった。木漏れ陽が落ちる、公園のベンチに並んで腰掛けた。自分たちより年下の子ばかりが砂場やジャングルジムで遊んでいる。ネネがいなくなって不安なのに、みっちとの捜索は楽しい。予想外の方法をとったり、みっちの存在が気分を紛らわせてくれたりしているからだろう。ネネが見つかれば、言うことなしだ。

かじかんだ指先がホットミルクティーで温められる。

「ネネってどんな性格なの？」

「穏やかでおっとりしてる割に、好奇心があって、毎朝五時にお父さんを叩き起こすのを日課にしてる猫」

「ふうん」みっちがミルクティーを一口飲んだ。「家族がいないと寂しいよね」

だね、と橋本は返事した。公園の片隅では三毛猫が寝ている。橋本は街を歩いていても自然と猫に目がいく。

「はっしーはいいな、猫と暮らせて。わたしは転勤族だし、どこに行ってもペット禁止だからさ。猫、大好きなのに」

「なら、友達の家とかで猫と遊んだら？　あ、ダメか。なかなか輪に入れないんだよね」

「そう。もっぱら公園とかにいる猫と遊んでた。猫のいる場所ってどの土地でも、だいたい似てるんだ」

「ネネが見つかったら、ウチにおいでよ」

「……そうだね」

しまった、と橋本は顔が赤くなった。みっちは大人びている。小学生とはいえ、男子の家に遊びに行くのが嫌なのかもしれない。話を変えないと。

「俺、見当違いなとこを捜してないよね」

「大丈夫。猫がいそうなとこだよ。変なとこ捜すようなら教えてあげようと思ったけど、はっしーには余計なお世話だったみたい」

二人ほぼ同時にミルクティーを飲んだ。早くもぬくもりが薄れ始めている。

不意にみっちが橋本の目を真っ直ぐに見た。

「この地区にも猫が夕方に集会する場所はある？　お寺とか神社とか。大阪の前に住んでたとこには、色々あったんだよね」

「あるよ。猫山って呼ばれる空き地。もうちょっと山側にある。あと猫神社っていうのと、猫寺ってのもある。どっちも本当の名前は知らないけどさ」

「全部行ってみよう」

「なんで」

「秘策があるの」

みっちは人さし指をたて、にやりと笑った。

まず公園から一番近い猫山に向かった。道中、みっちは秘策とやらを教えてくれなかった。

「だってありがたみがなくなるでしょ」

橋本は背中を軽く叩かれた。

猫山にはひとけがなく、よく陽があたり、枯れた雑草が風にそよいでいた。猫の集会は夕方に開かれるので、ちらほらと猫の姿がある。ネネはいない。

「はっしー、ちょっとここで待機しよう」

二人は猫山の片隅に体育座りした。

みっちは真剣な面持ちで一匹一匹の猫の様子を注視している。しばらくして、大きなキジトラ猫がやってきた。

「行こう」

みっちがゆっくり立ち上がった。猫は人間の急な動きに敏感だ。さすが猫好きだけあって、機微をわきまえている。橋本もそろそろと続いた。

みっちはキジトラ猫にそっと近寄り、しずしずと両膝と両手をついた。キジトラ猫は逃げず、みっちをじっと見ている。橋本もキジトラ猫を刺激しないよう、動きに細心の注意を払った。

ねえ、とみっちはキジトラ猫に優しく語りかけた。

「君がこの山のボスでしょ。お願いがあるの。わたしと一緒にいる友達の猫が家に戻ってこないの。どこかで迷っているのかもしれないし、疲れて動けないのかもしれない」

キジトラ猫の耳がぴんと立った。みっちを見据えたままだ。

「お願い。今から特徴を言うから、見かけたら家に帰るように言って。迷っているようなら、ここに連れてきて。明日も、明後日も同じ時間に来るから」

キジトラ猫はみっちから目を逸らさない。

みっちがつらつらとネネの特徴を述べていく。一度話しただけなのに、ちゃんと憶えていることに橋本は驚いた。付け加える要素はまったくない。

「どうかお願いします」

みっちはキジトラ猫に手を合わせた。橋本も手を合わせた。キジトラ猫は口が裂けんばかりの大欠伸《おおあくび》をすると、目を瞑り、気持ちよさそうに眠り始めた。

続いて猫神社に行ってボスと思しき黒猫に同じお願いをし、猫寺でも明らかにボスの大きなサバトラ猫に懇願した。どちらの猫もみっちから逃げようともせず、耳を傾けていた。

猫寺を出ると、日が暮れかけていた。

「これできっと大丈夫だよ」

「なんで？」

「猫には猫のネットワークがあるんだってさ。前に住んでたとこで、近所のおばあちゃんに教えてもらった。ほんとは鳥とか花にも頼んだ方がいいらしい。でも、時間がないもんね。『動植物には人間とは違う意思疎通手段があるんだよ』っておばあちゃんが言ってた」

確かにもう家に帰らないといけない時間だ。大人だったらこの後、お礼も込めて食事に誘うのだろう。

「ネネが戻ってきたら、今まで以上にグリンピース食べるよ」

橋本が胸を叩くと、みっちは寂しそうに笑った。

「オーケー」

「あ。でもクラス替えか」

橋本たちが通う小学校は三年と五年への進級時にクラス替えがある。同じクラスになるとは限らない。

「また一緒のクラスになるといいな。トマトを食べてもらわないと」

「だね」

「違うクラスになっても、グリンピースを食べにいくよ」

「なんと頼もしい」

みっちが笑った。

翌朝、何食わぬ顔でネネが実家の庭先に戻ってきた。一家全員で涙を流して喜んだ。ネネはきょとんとし、みゃあ、と一声鳴いた。

橋本はネネと姉や母親の姿を横目に、電話の受話器を上げた。みっちに伝えないと、という一心だった。クラスの連絡網を見てプッシュボタンを押した。

おかけになった電話は現在――。

通じなかった。なんで？　橋本はスニーカーに足を突っ込み、家を飛び出した。みっちが住む集合住宅の場所は知っている。書道教室への道筋にある。

全力で走る。息が切れ、みぞおちの辺りが熱い。

到着すると、引っ越し業者のトラックが止まっていた。橋本より少し年上で中学生くらいの少年が建物から出てきた。彼は業者の人に頭を下げた。橋本は深呼吸を三度繰り返し、息を整え、少年に声をかけた。

「あの、どなたの引っ越しなのかご存じですか」

「ウチの引っ越しだよ。ん？　君はひょっとして妹の同級生かな」

「みっち……？」

「ああ、やっぱり。歳が同じくらいだからさ」

「みっちはいますか。昨日のお礼を言いたくて」

「そうか、君が猫の飼い主か。お礼ということは見つかったんだね」

「はい。みっちのおかげで今朝戻ってきたんです」

「それは何よりだ。妹も絶対に喜ぶよ」みっちの兄は遠くを見るような眼差しになった。「妹は昨晩のうちに母親と新しい家に引っ越したんだ。父親と僕は荷出し担当で、妹たちが受け取り担当でね」

橋本は絶句した。そんなことは一言もいってなかった。クラスメイトの誰も聞いていなかった。聞いていれば、お別れ会を誰かが開いたのに。

「妹は甲府が気に入ってたからね。いいクラスメイトに恵まれたらしい。引っ越しに慣れているとはいえ、寂しかったんだろう。昨日は夜七時に母親と出発する予定だったけど、『ぎりぎりまで一人で街を歩きたい』って家を出たんだ。『偶然友達と会って、猫を一緒に捜した。裏技を使ったから絶対に見つかるよ』と嬉しそうに話していたよ。君のおかげで妹は甲府最後の日、いい思い出ができたんだ。ありがとう」

橋本は目の奥が急に熱くなった。クラス替えで別々になるのは覚悟していた。でも、もう会えなくなるなんて……。

そういえば昨日、ウチに遊びにくるよう誘った時も、別れ際にクラス替えの話題を出した時も、みっちは歯切れの悪い返答だった。

「どこに引っ越すんですか」

「仙台。宮城県だよ」

「頻繁に引っ越すお仕事ってなんですか」

「父が検事でね。法律を扱う仕事なんだ」

みっちの兄は額にかかる髪をかき上げた。黒々とした髪が春の陽射しを浴び、白々と輝いている。

「そうだ、住所を教えるよ。良かったら妹に手紙をくれないか。猫が見つかったことを、君も自分で伝えたいだろ」

「お願いします。絶対に手紙を書きます。みっちにもそう伝えてください」

みっちの兄は建物に戻っていった。橋本は洟《はな》をすすった。今までも転校した友達はいたけど、これほど寂しくなったのは初めてだった。

みっちの兄が一枚の紙を持って出てきた。

「しばらくは僕の口からは猫が見つかったことは言わないでおこう」

ありがとうございます、と橋本は頭を下げ、家路についた。住所が記された紙は丁寧に折りたたみ、ズボンのポケットに入れた。

帰宅するとネネが足にすり寄ってきた。ネネを撫《な》で、部屋に戻ってベッドに寝転んだ。まだ手紙を書く気は起きなかった。

みっちも寂しかったのだ。だから別れの挨拶をしなかったのだろう。自分がみっちでも、言い出せなかったはずだ。そう推し量れても、何もする気が起きなかった。昼飯も食べず、ごろりと寝そべり、夜になった。ネネと遊び、おざなりに食事をし、風呂に入り、また寝た。

翌朝、パジャマから着替えている時、血の気が引いた。昨日、みっちの引っ越し先を書いてもらった紙をズボンに入れたままにした——。

庭先には洗濯物が干されていた。橋本は慌てて庭に出て、ズボンのポケットから紙を取り出した。

文字は滲んでしまい、もう読めなかった。

◇

大人となり、検事の世界に飛び込んだ今なら、仙台地検の官舎を調べるという方法をとっただろう。小学生の自分がそんな手を思いつくはずもない。恥ずかしくて教師にもみっちの転居先を聞けなかった。

「検事は昔、かくれんぼが得意だったとか？」

「そういや、得意だったかも」

「好きこそものの上手なれ――ですね」

「ちょっと違うかな。誰かを捜したり、何かを探したりしていると、忘れがたい経験が鮮明に蘇ってくるからだよ」

みっちとの思い出が胸で疼《うず》く。

3

「承りました。三名の補充ですね。明日、工場に入るよう手配します」

電話口で男性が言った。役所の窓口にいる公務員よりも事務的な声音だ。

「助かります」

「こちらはすべきことをするだけですので。ご用命は他にございますか」

「いえ、今のところはありません」

「左様ですか。では、失礼します。今後ともよろしくお願いします」

相手は最後まで平板な物言いだった。

なんとかなったな、と上川は独りごちつつ受話器を置いた。〝溜まり〟に連絡を入れると、逃げた技能実習生の穴を別のベトナム人で埋めてくれる。穴を埋めるベトナム人もどこかから逃げ出した元技能実習生なのだろう。〝溜まり〟にも派遣されてきた本人にも聞いていない。尋ねないことが了解事項だ。『深入りしない』というのが組合内でも暗黙の了解になっている。

どんな仕組みで穴を埋めるベトナム人を確保しているのだろうか。逃亡した元技能実習生もどうやって〝溜まり〟の存在を知るのだろうか。上川も歴代理事長も〝溜まり〟の電話番号は知っていても、どこに、誰にかかっているのかは知らない。〇九〇から始まるので誰か——もしくは法人が契約している携帯電話なのだろうが。

いや、と上川は口元を引き締める。あの金と無関係ではあるまい……。ぶるっと体が震えた。銀行通帳の記載が脳裡をよぎる。

不法行為をしているわけではないはずだ。理事長の引き継ぎでそう説明を受けている。それでもあまりいい気分ではない。

自分は元来、小心者だ。つつがなく毎日を過ごしたい。平凡な日々を過ごし、人生をまっとうしたい。そのために既存の制度を利用し、誰もが頼る〝溜まり〟を使っているだけだ。上川は自分にそう言い聞かせた。

組合の古株によると、〝溜まり〟は三十年くらい前から始まった制度だという。まだバブル崩壊前だ。上川は当時二十歳の大学生で、社会の仕組みや裏も何も知らなかった。毎晩湊川の繁華街にあったディスコに通い、派手な女の子に声をかけるのだけが楽しみだった。東京の芝浦や六本木に遠征したこともある。

あの頃の自分に言ってやりたい。せいぜい今のうちに目一杯楽しんでおけ、と。脳天気に毎日を過ごせるほど、世の中は甘くないのだから。

＊

「先方から申し込みがあれば、融資の検討はしますよ。ですが、このご時世、満額回答できないことには、我々としても忸怩《じくじ》たるもどかしさを抱えております」

湊川第一銀行の融資課長は淡々とした口ぶりだった。

橋本と遠藤は湊川市中心部にある本店応接室で、課長と対座していた。湊川繊維加工組合の金の流れを追うためだ。組合も加盟社も湊川第一銀行がメインバンクになる。捜査の目的を銀行側に悟られないため、湊川市内の各業界団体や加盟社の動向について質問し、取引記録を根こそぎ提供してもらう手はずになっている。真の目的を隠すためだ。橋本が繊維加工組合についても訊いたところだった。

「繊維加工業は先がないので、回収の見込みが薄いと？」

「いえ、そうではありません。繊維加工業の皆様は売り上げが減り、大手のほぼすべてが海外に製造拠点を移していますが、メイドインジャパンのネームバリューは国内外でやっぱり大きいですからね。それを下支えするのが加盟社の皆様です」

「でしたら、満額回答してもいいのでは？」

銀行員の目つきがビジネス臭を帯びた。

「いえ、無理なんです。いつ廃業してしまうかわからないので。需要はある、質もい、自転車操業でも回転はできる。設備である程度まではどうにかなるにせよ、最後は人です。人間の技術力が財産と言える業界なんです。肝心な技術面を担える人間は年々減り、作業の大部分を技能実習生が担っているのが実情なんです。作業の八割近くを彼らに任せる会社もあるほどで。技能実習生は任期を終えれば、帰国します。検事さんは外国人技能実習制度をご存じですか」

「ある程度は。湊川繊維加工組合全体でどれくらいの実習生を受け入れ、全従業員のうち割合はどれくらいなのでしょうか」

「ざっと見積もって、二百から三百人を受け入れ、人員の七割以上を彼らが占めていますよ」

「確かに、七割の人間が数年で入れ替わるとなると、技術継承は難しいですね。仮に七割が抜けてしまえば、業界全体も立ちゆかなくなる」

ええ、と銀行員がしたり顔で会話を継ぐ。

「日本は政府も国民も、移民政策には否定的です。それならそれでいい。けれど、実質的には外国人労働力がないと国のシステムが滞る段階に至っていると個人的には思います。どんな単純労働であろうと、多額の給与を得られるようにならないと、日本は衰退の一途を辿るでしょう。銀行だって淘汰《とうた》されます。なんとか各業界、各社が潰れないよう我が銀行も可能な範囲で最大限の支援をしている次第です」

「他の業種も技能実習生頼みなのでしょうか」

「繊維加工業に限らず、どこの業界も人材不足です。実習生に頼る中小企業はかなり存在します」

親方日の丸はいいですよね、と言外に含みを滲ませる発言だった。

「実習生の待遇はいいんですか」

「あまりいいとは言えないでしょう。なにせ国が作った制度ですから」銀行員は室内に三人しかいないのに声を潜めた。「ここだけの話ですが、実習期間中に逃亡する人も多いらしいです」

労働環境や待遇面の不満だろう。技能実習生が逃亡してしまう問題は、制度が始まった頃から指摘されている。

「最近逃げられた加盟社をご存じですか」

銀行は耳ざとい。担当行員が定期的に赴き、情報収集しているはずだ。

「最近のことは知りませんが、以前に逃亡されたところなら数社存じております」

ヒアリングを終えた頃、応接室がノックされた。どうぞ、と課長が応じると、両手に紙袋を提げた若手行員がぞろぞろと十人入ってきた。

中には大量の印刷物が入っている。繊維加工組合加盟社を始めとする、調査対象企業などのここ三年分の取引資料だ。根こそぎ提供を受けた恰好だ。

行員の助けも借り、ワゴン車に資料を積んだ。

遠藤の運転でまず地検に戻ることにした。

「今日はこのまま資料分析ですか」

「いや。資料分析は夜でもできるけど、各社への訪問は昼しかできない。書類を地検に置いたら、ベトナム人が逃げた会社に行こう。現場の状況も知りたいし、鉄は熱いうちに打てって言うし」

「ベトナム人技能実習生の労働事情にかなり詳しくなりましたよ」

「私もさ」

「検事の勘が当たるといいですね」

ああ、と橋本は答えた。「勘だからベトナム人の動向を調べていることは部長や他の検事には言うな」と遠藤には念を押している。遠藤も守っている。橋本に限らず、検事の勘は馬鹿にできない。勘が突破口を開くケースもままある。

「この数日間に蓄えた、ベトナム人実習生の知識を反芻しよう。五月雨《さみだれ》式に言うから、遠藤も振り返ってくれ」

「承知しました」

「まずはベトナム側について。そもそもベトナムは、国策として労働力を輸出している。年間約十万人が日本に技能実習生としてやってきて、ベトナムにとっては八百億円規模のビジネスになっている」

橋本は息継ぎした。

「技能実習生を日本に派遣する『送り出し機関』はベトナム政府公認だけで約四百社。非公認はそれ以上。ベトナムの法律では、一人あたり日本滞在三年間で約四十万円の事務手数料を技能実習生から徴収できる。実際には規定以上の額、たいてい八十万円から百万円を日本語学習の費用や手数料として受け取る。規定以上の額を受け取った機関が罰せられたケースはないそうだ」

はい、と遠藤が短い相槌を打つ。橋本は続ける。

「技能実習生の多くは借金して手数料などを払い、来日している。借金の返済が終わるまで、彼らは帰国できない。そのため、日本では長時間労働、パスポートの取り上げ、名目とは異なる仕事への従事などの問題が多発してきた。今後も起こるだろう」

ですね、と遠藤がまた簡潔な相槌を打つ。

「次は日本側」と橋本は頭の引き出しを開ける。「ベトナムの送り出し機関と契約するのは、監理団体だ。登録制で、国内に約三千団体がある。実習生を受け入れる企業は約五万。監理団体は技能実習生の日常生活を補佐し、何かあった場合などに受け入れ企業との調整役や交渉役を担う。実習先を定期的に訪れて、違反な扱いをしていないかチェックもする。当の監理団体の不正を管理する技能実習機構は全国に十三。従って不正を発見するのはほぼ不可能。違法行為を発見しても微罪で、不起訴のケースも多い」

橋本は息を継いだ。

「監理団体は非営利法人。企業から受け取る『監理費』が主な収入源になる。大抵、実習先企業から実習生一人当たり毎月約二万円の監理費を受け取り、日本語指導など実習生の面倒をみる契約も結び、監理費とあわせて月五、六万円を受け取っている。実質的には人材派遣業者と一緒だな」

「監理団体にもあたるべきでしょうね。けど、湊川市内だけで二十以上の監理団体があります。どんな順番でいきますか」

「さっき銀行で教えてもらった、技能実習生が最近逃げた企業に派遣したところからだよ。会話の接ぎ穂にもなる」

　地検に戻ると、裏口に特別刑事部の事務官が待っていた。遠藤があらかじめ電話を入れていた。その中に総務課長の伊勢雅行もいた。白髪なので目立つ。橋本は助手席から降り、伊勢や事務官に一礼した。

「一人二袋ずつお願いします」と遠藤が言った。

　各自が紙袋を手に持つ中、橋本は伊勢に歩み寄った。

「わざわざ伊勢さんまで？」

「たまたま相川検事の部屋にいた時、遠藤さんからの連絡があったので。こういう時、人手は多い方がいいですから」

「恐れ入ります」

「なんのこれしき」

　伊勢は紙袋を両手に提げ、庁舎に入っていった。

「話は理事長に聞いてくれ。忙しいんだ、ウチの組合は理事長が広報も兼ねているからさ」

「お時間は取りません」

橋本が言うと、村中は目を吊り上げた。

「ああ？　ふざけんなよ」

「なにもふざけていませんが」

村中が肩を大きく上下させる。

「検事さんはいいよな。誰かの話を聞いたり、法律に基づいた判断をしたりするだけで、勝手に金が入ってくるんだから。こっちは違う。汗水垂らして、頭下げて、経費の計算をして、仕入れと卸値に一喜一憂して、来月は社員に給与を払えるのかを心配して、来月は会社を存続できるのかに心を砕いて、毎日あっぷあっぷして生きてるんだ。いまアンタと話している一分、一秒がこっちにとっては死活問題に関わってくるんだよ」

「技能実習生が先月、逃亡したそうですね。先々月も逃亡したとか。人件費は減りましたか？　どうやって穴埋めするんですか？」

橋本はしれっと尋ねた。湊川第一銀行の行員が、村中の会社から技能実習生が逃げたと教えてくれた。

「こっちが窮地だと知ってんなら、さっさと帰ってくれ。人は足りねえし、納期が迫って、かつかつなんだ」

「納期はいつですか」

「明々後日」

村中は切りつけてくるような口調だった。

「では、お話を伺う時間は多少ありますね」

「人の話を聞いてるのか？　国家権力はか弱い一般人に嫌がらせをして楽しいのかよ」

「ならば、こちらに技能実習生を斡旋した監理団体を教えてください。それで引き上げます」

今日のところは、という一言は付け加えなかった。

「古屋《ふるや》さんのとこだよ。古屋さんが誰とか、事務所がどこにあるかとかは理事長に聞いてくれ」

橋本の鼻先でドアが閉まった。橋本は隣の遠藤に目配せした。

「もう一度ノックしても無駄だね」

「でしょうね。けんもほろろでした」

遠藤が小声で言い、二人できびすを返した。

「訪問するタイミングが悪かったみたいだ」

「人員が減って納期に間に合うんですかね。あの焦り具合を見る限り、簡単には補充できないようですし」

「残ったメンツで二十四時間稼働、特別手当を支払うとか方法はあるさ。どうにもならなければ、先方に泣きつくとか」

「特別手当を払うなら、はなから待遇を良くすればいいでしょうに」

「ごもっとも。組合の理事長の会社に行こうか」

＊

「そうか。明日には助っ人がくるか。助かる。それはそうと、そっちに検事が行くかもしれない。追い払う口実に理事長に聞けって言っちまったんだ」

電話口で村中に捲し立てられ、上川は受話器を握り締めた。

「刑事？　我々は逮捕されるようなことをしてませんよね」

「刑事じゃない。検事だよ、け、ん、じ。ニュースで東京地検とか特捜部とか耳にしたことくらいあるだろ」

「刑事が逮捕した人を裁くのが検事でしたっけ」

「そりゃ裁判官だろ。警察が逮捕した人間を罪に問うのが検事の仕事だよ」

「じゃあ、話をしても逮捕されるわけじゃないんですね」

「小心者だな。話をしたくらいじゃ逮捕されないさ」

その小心者に厄介事を押しつけたアンタこそ小心者じゃないか、と上川は言い返してやりたかった。憤りをぐっと堪《こら》え、質問を続ける。

「逮捕された人間について何か聞きたいことがあるっていうんですか？　逮捕されたのが実習生なんですか」

「さあ、知らないよ。ウチから逃げ出した実習生が事件を起こしたのかもしれん。いや、違うか。なら、最初から個人の名前を言うよな。逃げたうんぬんと言ってたけど、特定の誰かについて聞きたい感じじゃなかったな」

技能実習生全般について、何を知りたいのだろう。

「下手なことは喋《しゃべ》るなよ」

「下手ってなんです？」

「決まってんだろ。〝溜まり〟だよ。自助システムなんだ。探られて、なくなっちまったら、困るのは俺たちだ。適当に煙《けむ》に巻けばいいさ」

「適当って村中さん……」

「仕方ないだろ、今は上川サンが理事長なんだ。広報担当なんていない。理事長が対応するしかねえじゃねえか」

自分が理事長だったら、村中は副理事長か理事の誰かに押しつけたに違いない。

「古屋さんにも迷惑をかけるかもな。名前を言っちまったんだ。よろしくやっといてくれ」

「平気でしょう。別に古屋さんも悪いことをしているわけじゃない」

「だな。まずは自分たちのことを考えないとな。テレビや映画だと、検事も令状がない限りは強制的に調べられない。通帳が見たいと言われても絶対に出すな。そんな義務はない」

「〝溜まり〟を調べてるんでしょうか」

「さて。上川サンへの質問で感じ取れるんじゃないかな」

「だとしたら、どうすればいいんです」

村中が押し黙った。作業場からミシンの音がする。規則的なようでいて、実に不規則な響きだ。作業員の力量の違いが、変則的な音を生んでいる。上川が子どもの頃は熟練作業員ばかりで、心地よい響きしかしなかった。

「案ずるな。最後の最後は助けてくれるさ」

「誰がです？」

「みなまで言わせるなよ」

村中は低い声だった。

受話器を置くなり、上川は頭を抱えた。なんで自分が理事長の時にこんな面倒なことが起きるんだ……。どこかに外出するか？　だめだ。一時しのぎに過ぎない。日時を変え、またやってくるだけだろう。腹をくって、応対する以外にない。大丈夫だ。歴代の理事長がしてきたことを自分もしているだけなのだ。

約一時間後、社員が突然の来客を告げてきた。

＊

「繊維加工組合に疑いがかかっているとか、上川さんの会社や村中さんの会社がどうとかではありません。ある捜査に絡み、技能実習生およびベトナム人の働き方を伺いたいんです」

橋本はオブラートに包んだ質問をした。ベトナム人が働く企業とその資金繰りに関心がある、とストレートには言えない。ベトナムというキーワードに関しては、特別刑事部内でも話していないほどだ。

「具体的にはどんなご用件なんです？」

上川に問われ、橋本は銀行員から仕入れた湊川市の繊維業界の動向を話し、最後に付け加えた。

「技能実習生が何らかの事情で逃げた場合、どうやって納期までに製品を作るのでしょうか」

「三日間ぶっ通しで徹夜したというケースも耳にしています」

「足りない人員を時間で補うということですね」

「はい。人員は簡単には補充できません」

「監理団体に事情を伝えても？」

ええ、と上川が眉根を引き締めた。

「人が相手ですので。ベトナムから新たな技能実習生が来る日は決まっています。モノではないので追加で頼むわけにもいきません」

「なるほど。時間をかけても納期に間に合いそうにない時はどうされるんでしょう」

「組合の他の会社にヘルプしてもらう場合もあります。幸い、うちの社は未経験ですが」

「どちらにしても、特別手当とか助太刀料などを払わないといけませんね」

「手痛い出費にはなりますが、納期を破るよりマシです。信用を失うより、金銭を失う方が傷は浅く済みます」

　橋本は同感の意を込め、浅く頷いた。

「予定外の出費を楽々賄えるくらい、経営には余裕があるんですね」

「まさか」上川が顔の前で手を振った。「どこもカツカツです」

「だから臨時バイトを雇わないんですか」

「それはまた別問題です。金銭面というより、穴埋めできる技術を持つ人はごろごろいません。各地域、取り合いですよ」

「技能実習生は帰国してしまい、技術が伝承されないですもんね」

「まさに」

　直後、上川の頬がぴくりと動いた。橋本はそこに触れず、会話を継いだ。

「突き詰めてみれば、制度の理念はどうあれ、技能実習生自体がピンポイントの助っ人なんですもんね。助っ人の穴埋めを別の助っ人にしてもらわないのか、と気楽に質問した私が浅はかでした」

　上川の気配が一瞬だけ緩んだ。

「ご理解いただき、ありがとうございます」

「村中さんの会社に技能実習生を斡旋した監理団体を教えてください。古屋さんのところ、とおっしゃっていましたが」

「湊川繊維加工組合では長年お世話になっている監理団体です」

橋本は上川から連絡先や住所などを教えてもらい、遠藤がメモした。

「繊維加工組合に限らず、技能実習生の力に頼らざるを得ない業界の産業構造を立て直すには、どうすればいいのでしょうね」

話を聞けば聞くほど、日本の産業構造の先行きが不安になってくる……というよりも、腹が立ってくる。

「解決案を絞り出すのは政治家の仕事ですよ」

「陳情しないと政治家は動きませんよ。良くも悪くも反応がないと、彼らは現行制度が完璧だと捉えるのでは？　ただし、陳情するには上川さんたちがまずはしっかり案を練らないといけないでしょうね」

「そんな暇はありませんよ」

橋本には本心に聞こえた。

上川の工場を出ると、午後四時過ぎだった。監理団体への聞き取りも今日中にやってしまいたい。車で向かった。

「概《おおむ》ね、正直に話している印象だったな」

「概ね、ですか？」

「表情が変わった時があったよ」

「気づきませんでした」

「遠藤が察せられないほどなら、上川氏もうまく切り抜けたと思ってるね。私も何も言わなかったから」

赤信号で車は滑らかに止まった。

「疚《やま》しいところがあったんでしょうか」

「さて。少なくとも、触れられたくない面に触れられそうになったんだろう。だとすれば、相手が誤魔化せない要素を摑んだ上で質した方がいい」

「最後に言い添えていた陳情うんぬんですが、あれも勘に基づいた発言ですか？　いささか質問の毛色が違ったもので」

橋本はヘッドレストに頭を預けた。

「あれは情報収集のためというより、雑談の一種だよ。腹立たしさを吐き出したくてさ」

「本当に腹立たしいですよね。今回技能実習制度について聞き回るまで、現状を何も知りませんでした」

「私もだよ。だから腹立たしさは自分に向けたものでもある。何も変えようとしない政治家や官僚たちに対するものだけじゃなくてね」

空は雲に覆われていた。ひと雨きそうだ。

*

橋本たちが帰ると、上川は崩れ落ちるように椅子に腰を下ろした。

うまく回避できたのだろうか。うまく誤魔化せたのだろうか。危うい場面はあった。なんとか乗りきっただろう。検事もこちらの焦りに気づいた様子はなかった。

体が熱い。脳が痺れている。机の隅に転がる、生ぬるい栄養ドリンクを一気に飲んだ。最後、つい本音を吐き出してしまった。

あの検事の言う通りだ。産業構造がしっかりしていれば、繊維業界も他の業界も技能実習生に頼らない経営ができる。

どうしてこんな世の中になった？　誰がこんな継《つ》ぎ接《は》ぎシステムを構築した？　現場の身にもなってくれ。政治は——政治家は俺たちを助けてくれているのか？

机上で携帯電話が鳴った。妻の名前が液晶に表示されている。上川は一度深く息を吐き、咳払いしてから手を伸ばした。

「どうした？　憲和《のりかず》になにかあったのか」

「何も、ちゃんとご飯食べてるかなって心配になってさ」

「大丈夫だよ。子どもじゃないんだ。そっちはどうだ」

「仙台は晴天です。憲和も元気にボールを蹴ってる」

妻は二年前から一人息子の憲和と仙台で暮らしている。不仲による別居ではない。息子のためだ。憲和は小さい頃からサッカーボールを蹴り、湊川市のスポーツ少年団に入った。親の贔屓目《ひいきめ》があるにしても、上手だった。すいすいドリブルで相手を切り裂いていき、あっさりシュートを決めてしまう。いや、決して贔屓目ではない。事実、小学校三年の夏、活躍が仙台のクラブチーム関係者の目に止まった。そのチームはドイツやイングランドのプロリーグで活躍した選手を輩出している。見る目は確かだろう。

――中学卒業までウチのチームで面倒みさせてもらえませんか。憲和君はプロになれる素質があります。

憲和は「いきたい」と目を輝かせ、上川も妻も息子を全力で応援したかった。家族の総意で憲和が仙台のチームに入ることを決めた。さすがに一人暮らしはさせられず、寮も中学生からなので妻が一緒に仙台に行った。

「声に元気がなくない？　仕事大変なの？」

「いつも通りだよ。納期が迫ってて疲れてるだけだ」

「ふうん。ねえ、憲和がやってくれたよ。上級生を押しのけ、レギュラーになったの。背番号もなんと10」

「すごいな」

エースナンバーだ。上川は世代的に、アルゼンチンのマラドーナやイタリアのロベルト・バッジオを想起した。

上川は背筋が伸びた。息子と妻に心配はかけられない。ましてや会社は潰せない。スカウトされたといっても、所属料を払わないといけないし、学費やアパート代もある。憲和がプロになれなくてもいい。チャンスの芽を親が摘んではならないだけだ。息子は順調に実力を伸ばしているのだ。親として、できる限りのサポートを全力でしてやりたい。

金が要る。検事が何を探っていようと、〝溜まり〟を崩壊させるわけにはいかない。いまこの会社の……繊維加工組合の命綱なのだから。

＊

「受け入れ企業への聞き取りでは、きちんと事前の計画に基づいた仕事をさせていました。待遇も酷いものじゃありません。本人たちも不満を口にしていなかったです。技能実習生が逃げたのは、こちらに過失があったからではないですよ」

監理団体の古屋暁《あきら》は堂々としていた。三十代後半で、皮膚は明らかに日焼けサロン通いの黒さで、高級そうなスーツを着て、上質な革靴を履いている。湊川市繁華街の一等地に事務所を構え、腕時計も百万円はくだらない代物だ。ＩＴ企業の重役と会っていると錯覚しそうになる。

「日本語が話せない、なんてことはありませんよね」と橋本は尋ねた。

「なんでそんな疑問をお持ちで？」

「不満があっても口にできなかったかもしれないので」

「まさか。彼らはまず現地で学んできます。お金を払ってです。来日後も我々が指導します。そのために監理団体が存在していますので。滞在期間中、受け入れ先が技能実習生のすべてを支えるのは無理がありますからね。現地事情や文化面に詳しくなければなりませんし、様々なノウハウが要ります」

橋本は目つきを鋭くした。

「村中さんの会社からは以前も技能実習生が逃亡していますね」

「ええ。残念ながら、村中さんの会社に限らず、どこでも起きることです。村中さんの会社にしても、多くの技能実習生を受け入れてきています。村中さんが悪いとは思えません」

「消えた技能実習生をどうやって追うんですか」

古屋は顔の前で手の平をひらひらと振った。

「しませんし、できませんよ。我々は警察じゃない。もちろん、携帯に連絡を入れる程度はしますよ。出ないのが九割九分九厘、残り一厘も『ごめんなさい。すみません』と言うばかりで、いまどこにいるのかも教えてくれません」

「いずれ不法滞在者になってしまいますね」

「正規ルートを外れた人まで助けられないのが実情です」

「制度の建前はともかく、企業は労働力の頭数として技能実習生を見ていますよね。抜けてしまった穴は大きい。古屋さんが別の技能実習生を紹介するのは難しいと伺っていますが、実際はどうなんでしょうか」

「難しいというか、ほぼ不可能ですよ」

古屋は強い口調だった。

「絶対にない、と言わんばかりですね」

「ほぼ百パーセントないので。元来、我々監理団体は人材派遣会社じゃないんです。三ヵ月、半年と待ってもらえるなら、紹介できますよ。昨日技能実習生が逃げたので明日、明後日に補充する——というわけにはいきません。消えた実習生がひょっこり戻ってくる望みもあります。現実的には、穴を埋めるべく、企業努力や同業他社の協力で乗り切っていると聞いています」

上川の発言とも一致する。

「古屋さんは監理団体のほか、何か事業をされていますか」

「いえ。これ一本です。親の代は豆の輸入業をしていましたが、監理団体の方がやりがいを感じますので」

古屋の事務所を出て、駅に向かった。湊川市中心部の繁華街だけあって、人通りも多い。

遠藤が首を傾げた。

「非営利法人だし、儲かる事業でもないでしょうに、羽振りがいいみたいですね。親の遺産でしょうか」

「さてな」

「驚くほど技能実習制度に詳しくなりましたね」

「意訳すると、ここまで突っ込んで質問する必要があるのか、と言いたいんだね？」

「いえ、滅相もない」

「取り調べと一緒だよ。物事は一つの事実だけで成立しているんじゃない。周辺のあれこれが大事なんだ。何も知らないより、知りすぎている方がいい」

「肝に銘じておきます」

的確な疑問だよ、と橋本は遠藤に言ってやりたかった。自分が遠藤の立場だったら、同じ疑問を抱いた。実のところ、橋本も真意を掴みきれていない。

「地検に戻ろう。資料が我々を待っているぞ」

4

「検事、コーヒーです」

「サンキュー」

橋本はネクタイの結び目を緩め、眉根を揉み込んだ。時計に目をやる。午前零時過ぎ。ブツ読みを始めてからもう六時間になる。湊川第一銀行から提供を受けた資料を、つぶさに読み込んでいる。取引記録に不審な点はないのか、一目で不審と類推できずとも、別の何かを重ねるとそこに浮かび上がる何かはないのか。一文字たりとて疎かには読み飛ばせない。実に繊細な作業だ。読み落としがないように遠藤が読んだ分をもう一度橋本が、橋本が読んだ分を遠藤が読むダブルチェック方式をとっている。数字を目で追っていると、時間があっという間に過ぎていく。

橋本はすでに読み込んだ資料に目をやった。机の隅に積んである。湊川繊維加工組合の入金出金記録、村中と上川を始めとする加盟社のものだ。現時点で怪しい点はない。加盟社の分はあと十社分残っている。

「遠藤、今晩のタイムリミットは一時半にしよう」

「承知しました」

ブラックのままコーヒーをすする。かなり苦い。

「聞くに違わず、各社経営が厳しそうだな」

「ええ。これからはブランド名とか値段の安さじゃなく、できるかぎり日本製を買おうと心に決めました。じゃないと、中小零細企業に金が回っていきませんよ」

「奇遇だね。私もそう思った」

「大企業は今のままの方がいいのかもしれませんけどね。政治家は大企業が潤う方が献金を得やすいでしょうから」

「妙だよね」

「何がです？」

「組合も加盟社も資金面では、吉村に献金できるほどの余裕はない。精神面でも中小零細に厳しい状況を放置する政治家や与党を支援したいと思うはずもない。慈善行為の寄付ならいざしらず、政治献金には見返りを欲するのが普通だ。その見返りがないのに、加盟社は毎年限度額を民自党に寄付してる」

遠藤が腕を組んだ。

「言われてみれば、なんで献金してるんでしょうね。お付き合いだとしても、メリットがないですもん。建設業なら公共事業への口利き、飲食業なら事務所や支援者からの発注を期待できますけど。繊維加工業界は……。制服の受注とか？　でもあれって指定業者が大抵決まってますよ。新規参入は厳しそうです」

「相応の背景があるんだろう。献金資金を捻出するシステムと吉村――民自党を支持する何かが」

「今後のブツ読みで見えてきますかね」

「じゃないと困るよ」

橋本は苦笑した。

午前一時半まで二人で資料を精読したが、特に手がかりはなかった。先に遠藤を帰宅させ、橋本は椅子の背もたれに寄りかかった。机の引き出しを開け、豆菓子の袋を手に取った。中身はグリンピースだ。小腹が空いた時のために常備している。口に入れると、青臭くて懐かしい味が広がる。歯ごたえもいい。

ドアがノックされた。こんな時間に誰だ？　守衛さん？　どうぞ、と応じるとドアが開いた。

伊勢だった。

「遅くまでご苦労様です。少しだけお時間をよろしいでしょうか」

「ええ、お座りください」

伊勢は立会事務官席に座り、橋本の机を一瞥した。

「グリンピースですか」

「伊勢さんもいかがです？」

「お相伴に与ります」

ティッシュを事務官机に置き、その上で橋本は袋を振ると、十数粒のグリンピースがのった。伊勢がいつも通りのポーカーフェイスで一粒口に運ぶ。

「うまいですね」

「お口に合って何よりです」

「進捗はいかがです」

「ベトナム人の……というか技能実習生が置かれる現状については日々詳しくなっていますね」

日中に遠藤が放った台詞に似ているな、と橋本は思った。

ベトナムというキーワードを橋本に植え付けたのは伊勢だ。橋本が湊川繊維加工組合や他の業界団体について会議で発言した夜、伊勢が相川とこの部屋にやってきた。

遠藤は席を外していた。

◇

「橋本検事は、繊維加工組合などに引っかかる点があるとか」

「それは私の仕事であって、伊勢さんのお仕事ではありません」

「立場はわきまえておりますが、相川検事に伺ったもので」

橋本は伊勢の背後にいる相川と目を合わせた。相川が軽く頷く。

「別に派閥争いとは無関係です。わたしは本上次席派でも鳥海部長派でもありません」

「私もですよ。鳥海部長のもとでもう一度仕事をしたかったのは嘘偽りないですが、派閥なんてどうでもいい」

橋本は伊勢に視線を戻した。歴代次席の懐刀と称される男だ。次席に与しているのは間違いない。

「お二人同様、私も派閥争いには興味ありません」

口では何とでも言える。

伊勢の顔からさらに表情が消えた。かろうじて血の通っていた能面が無機物になった感じとでも言えばいいのか……。

「繊維加工組合などの業界団体、および加盟社の資金の流れを洗いますよね」

「ええ。それが何か」

「特にベトナム人が働く加盟社からの献金や金の流れを追っていただけませんか。湊川で働くベトナム人の半数以上、いえ、七割以上は技能実習生のようです。合わせて技能実習制度の現状も秘密裏に探っていただけると助かります」

いくら次席の懐刀とはいえ、特別刑事部の捜査方針に口を挟んでくるなんてどうかしている。しかも正式な会議の場ですらない。

相川は何も言わない。解せない態度だった。相川はきちんとした検事だ。橋本が見ても全国でも指折りの検事で、近いうちに東京か大阪の特捜部へ異動する人材だ。かなり深い事情があるのだろうか。言下に断るべきではない気もする。

「理由をお聞かせください」

「ご存じの通り、久保さんを殺害したのはベトナム人です。ミナトの東南アジア支社もベトナムにあります。また、東京のホテルでマル湊建設社長が言及したホステス二人を逃がした実行犯も、ベトナム人です」

「ホテル？　なんのことですか」

「わたしが説明します」

相川が割って入ってきた。

東京地検特捜部に応援に出た八潮検事が、ホステス二人の行方を突き止め、そこに伊勢が赴いた経緯などを、相川が手短に説明した。

「裏でそんなことを？　表から正々堂々と吉村と対峙すべきでしょうに」

「ごもっともです」伊勢は言った。「普通の相手ならば……一般的な政治家の汚職程度なら、橋本検事のご意見に賛同します」

「吉村は普通ではないと？」

「ええ。普通ではありません。彼が国のトップに立てば、多くの犠牲が生まれるでしょう」

伊勢の語勢は淡々としている。強調しているわけではないのに、胸にずしりと響く重みがある。検事と違って事務官、地検職員は勤務地に根を下ろす。湊川選出の国会議員の表も裏も耳に入るのだろう。

「だとしても、なぜ私が捜査とは別種の観点を持って洗わないといけないんです？」

「私の妹のためです」

橋本は絶句した。

◇

橋本は伊勢に昼間の成果を伝えた。本来なら特別刑事部が扱う独自案件については、伊勢といえども部外者なので話すことはない。だが――。

「なるほど。献金のメリットがあり、そのメリットが吉村の利権に繋がりそうですね」

「技能実習制度が肝なのでしょうか」

「吉村家はベトナムと深い結びつきがあり、多くのベトナム人が同制度で日本に来ているのは事実です。だからこそ、調べていただきたかった」

「率直に言って、私には伊勢さんの目的がまだ摑みきれません。本当に役立つのでしょうか。吉村の裏側が見えてきますかね」

「まだ何とも。ただ、気になる点はあります」

「参考にお聞かせください」

伊勢が腕時計を見て、顔を上げた。

「ものは試しです。三十分ほどご同行願えませんか」

「こんな時間に？　お酒ですか？　やっている店はあまりないですよ」

「いえ。いま伺った話の中で確かめたい点があったので」

なんだろう。橋本は腰を上げた。

「参りましょう」

「これはいただきます」

伊勢が残りのグリンピースを一気に口に入れた。力強く嚙み砕く音が、室内に響き渡った。

官用車を伊勢が運転し、昼間も訪れた村中の工場にやってきた。真っ暗だ。車を出た。当然、ミシンが稼働する音もしない。

「やはり」

伊勢が呟いた。

「何が『やはり』なんですか」

「納期が明々後日に迫っていると村中社長は言ったんですよね。日付が変わり、納期はもう明後日になります。なのに、工場は稼働していません」

「納期が迫っていても、たいした量ではなければ昼間だけで生産できるでしょう。私と遠藤を追い払う口実として使っただけでは？」

「そうかもしれませんし、違うかもしれません」

伊勢は曖昧《あいまい》に返答したというより、可能性を吟味する口ぶりだった。

橋本は顎をさすった。

「違うとすれば、村中社長にはあてがあるんでしょう。新入社員なのか、他の企業が助けてくれるのか。私も上川理事長の言動で気になる点がありました。技能実習生は帰国してしまうので、技術が伝承されないと指摘した時の反応です。取り調べなどでよくみる、触れてほしくない点に触れた時の反応でした」

「遠藤さんも気づきましたか?」

「いえ。彼へのフォローではありませんが、ほんの微細な反応でしたので。あれに気づけるのは、湊川地検では私か相川検事くらいでしょう」

「さすがです。細かいところに目が配れる方だと聞いておりました」

「どなたに?」

「おわかりでしょう」伊勢が半身になった。「車に戻りましょうか」

「明日の昼間、村中さんの会社を張った方がいいですね」

技能実習生絡みを洗う作業が何の役に立つか判然としないにしても、伊勢の抱いた疑問を解くにはそれが一番手っ取り早い。

「総務課で人員を手配します。というか、私がしましょう」

「わざわざ伊勢さん自らが?」

「他に手が空いている者がおりません。地検も人員不足です」

それだけが理由ではあるまい。橋本は湊川地検に赴任し、初めて伊勢と会った時のことを振り返った。

廊下を進んでいると、向こうから伊勢がやってきたのだ。

◇

「検事、ご無沙汰しております」

「え？　初対面でしょう」

若白髪で能面の男と会っていれば、嫌でも憶えている。

「いえ。大昔に一度、会っています。甲府で」

橋本は目を見開いた。頭の中で伊勢という苗字と結びついた。

「ひょっとして、みっち……美知《みち》さんのお兄さんですか？」

「はい」

「妹さんはお元気ですか」

橋本は前のめりで尋ねた。伊勢は少しだけ目を伏せた。

「事故で亡くなりました。残念ながら」

◇

深夜の幹線道路はすいていた。タクシーが数台走っているだけだ。

「妹さんは私のどの辺を見て、細かいところに目が配れると言っていたんですか」

「グリンピースです。毎月給食の献立が配られると、真っ先にグリンピースが入っていそうな品をチェックし、妹に教えてくれたそうですね」

「何度か給食に出た品なら、誰でも予想できますよ。単純に『するかしないか』の違いだけでしょう」

伊勢の運転でゆっくりと発車した。

「妹は感謝していました」

「給食では私も妹さんに助けられました」

「トマトですね。聞いています。妹は無類のトマト好きでした。妹の娘――私にとっての姪っ子もトマトが好きでした」

伊勢がみっちのトマト好きエピソードを続けた。旅行先の近くにトマト産地があれば足を運び、栽培環境や風土、農家の手のかけ方などを聞いて回るくらいだったという。

「そうですか。相当トマトに詳しくなったんでしょうね」

「橋本さん、トマトは食べられるように？」

「いつの間にか平気になりました。美知さんはどうでしたか、グリンピース」

「食べてましたね。酒のつまみに、グリンピースの豆菓子を好んで買ってたくらいです。『この青臭さがいい』って」

みっちはどんな顔をしてグリンピースを食べたのだろう。車が赤信号で止まった。他に車はないが、信号無視はできない。いきなり誰かが横断歩道に飛び出してくる恐れもある。道の端を一匹の猫が歩いていく。

「美知さんがウチの猫を見つけるのを手伝ってくれたのは、ご存じでしたよね」

「はい。妹に聞いていて。転居当日も橋本さんがウチに来て、猫が見つかったと教えてくれました」

「美知さんのおかげでした。『秘策がある』と言ってました。その秘策がずばり当たったんでしょう」

「秘策ですか。わが妹ながら、なかなかの大口ですね。仙台で猫が見つかったと伝えた時、妹はとても嬉しそうでしたよ」

猫が道路沿いの小径《こみち》に入り、橋本の視界から消えていく。

「出過ぎた真似だと承知していましたが、橋本さんからなかなか手紙がこないので、転居して半年後くらいに教えてしまいました」

「いえ。ありがとうございます」

「妹は橋本さんからの手紙を楽しみにしていました」

「伊勢さんからもらった、仙台の住所が書かれた紙をポケットに入れたまま、ズボンを洗ってしまったんです」

「そうでしたか。そんなご事情だろうと思っていました。妹に言ってたんですよ。美知から出してはどうかと。『なんか恥ずかしくてできない』と申していました。あるいは淡い恋心を抱いていたのかもしれません」

不意に胸の奥底がかき乱され、目の奥が熱くなった。橋本は伊勢に悟られぬよう、深呼吸した。フロントガラスの向こうに広がる夜を見据える。

検事になると決めたのは、みっちにもう一度会いたかったからだ。会って謝りたかった。伊勢に「手紙を絶対に書くと伝えてほしい」と頼んでおきながら、自分のミスで果たせなかった。伊勢という苗字はそう多くない。伊勢という先輩検事を見つければ、みっちの消息を摑めると踏んだのだ。だが、とっくに退官し、法務省に問い合わせても、「個人情報なので」と連絡先を聞き出せなかった。伊勢と会わなければ、自分はみっちの事故もいつまでも知らずにいたのだろう。

「ひとつ伺ってもいいですか。なんで私を引き入れようと？」

「簡単なことですよ」

伊勢はハンドルをきちんと十時十分の位置で握っている。

「私の目的を達成するべく、巻き込める方だからです。妹の墓前にいい報告をさせてください。今後ともどうかお力添えを。たとえ何のためにお願いしたのか定かでないことでも」

伊勢の語調は何ら変わらない。かえって真剣み、凄み、本気度が伝わってくる。

「地検に車を置いたら、私は飲みに行きます。橋本検事はどうされますか」

「私は帰宅します。こんな時間に開いている店があるんですか。チェーン店？」

「いえ。個人のお店です。海っかわにちらほら」

「お酒が好きなんですね」

「好きというほどではありません」

ならば今晩は止めておけばいいのに。もう遅い時間だ。伊勢のことだ。仕事を疎かにする心配はないが……。

「大丈夫ですか？　朝から村中の会社を張るんですよね」

信号が青になった。

「飲み過ぎないようにしますよ。官舎までお送りしましょう」

伊勢がアクセルを踏んだ。

5

朝一番で村中から電話がかかってきた。上川は用件に察しがついた。

「ちゃんと穴埋め要員が三人来た。これでなんとか間に合うよ。〝溜まり〟に連絡してくれてありがとな。ところで――」村中の声が小さくなった。「昨日、検事は来たか」

あんたがこっちに振ったんだろ。上川は喉までこみ上げた一言を呑み込んだ。

「ええ。なんとか追い返しました。何を探っているのかはよくわかりませんでしたが」

「ふうん。〝溜まり〟に手を出してこなければ、それでいいさ。俺たちの存続がかかってるんだ。今後も頼むぜ、上川理事長」

他人事にも聞こえる言いっぷりだ。

上川は受話器を置くと、大きく肩で息をついた。これで終わりならいい……。もう一度、昨日の検事と会ってみたい自分もいる。胸に引っかかっている一言があった。

産業構造を変えるための陳情。

なんであんなことを言ったのだろう。東京に陳情に出向いたとしても、組合や加盟社が置かれている状況が劇的に変化するとは思えない。かといって、何も訴えないままでは、悪くなる一方なのは確かだ。

憲和が大人になる頃、日本はどんな社会システムで動くようになっているのだろうか。少しでも暮らしやすくなっていてほしい。

＊

「おはようございます。村中氏の工場に三名の東南アジア系の人物が入りました。従来からいる実習生とは違うようです」

伊勢の口調はいつも通り淡々としている。午前八時過ぎ。酒が残っている様子はない。さすがだ。橋本は携帯電話を軽く握り直した。

「従来の実習生と違うと判断されたポイントは？」

「態度と雰囲気に加え、この三名だけ引率する者がいました。スーツ姿で、日本人のようです。写真は押さえています」

「人材派遣会社に依頼したんですかね。あるいは繊維加工組合からの助っ人か」

「今は何とも言えません」

伊勢の返答の通りだろう。

電話を切り、すでに出勤している遠藤にも伊勢からの一報を伝えた。遠藤が帰宅した直後、橋本が村中の発言に疑問を抱き、出向こうとした時、伊勢もまだ庁舎内にいて同行したという流れにした。

「なるほど。昨晩、同行できずに失礼しました」

「いや。急な思いつきだったから」

「いくら昨晩検事に同行した流れがあるとはいえ、伊勢課長が直々に朝から現場に出るなんて驚きです。なんせ次席の懐刀ですから」

無理もない感想だ。遠藤は伊勢の背景を知らない。

「地検も繊維加工業界と一緒で、慢性的に人が足りないのさ。誰か張り付けた方がいいって話になった時、自ら買って出てくれたんだ。伊勢さんは誰よりも、地検の内部事情をご存じだし。我々もすべきことをしよう」

始業時間前から橋本と遠藤はブツ読みに取りかかった。どこかに吉村と結びつく記録はないのか。

三時間、ブツ読みを続けた。繊維加工組合にも加盟社にも特段目につく記載はなかった。橋本は個人の記録に移ることにした。まずは上川の分から見てみよう。

経営する会社からの給与振り込み、公共料金の引き落とし、三万円、五万円といった引き出しの数々をチェックしていく。

目に留まる記録があった。

三百万円の振り込みだ。即日、引き出されている。橋本はブツ読みでチェックすべき点を記したメモを手に取った。

湊川繊維加工組合が民自党に政治献金した記録のある日と同日だった。

振り込まれた金を、そのまま献金したのだろうか。だとしたら、不自然だ。組合の口座に入金してもらい、それを民自党に献金すればいい。取引記録でもない。会社の取引なら専用の口座がある。わざわざ上川の個人口座を使った、この出入金記録はきな臭い。振り込みの名義は誰だ――。

『イマユカ』

個人名か、企業名か。いまいち判断できない。ただ、一度見ればなかなか頭から離れない名前だ。橋本は昨日今日のブツ読みで見た憶えはない。

「遠藤、『イマユカ』って名前の入出金記録を見たかい？」

の名前の」

「いえ。居間と床の意味じゃないでしょうし。個人ですかね。イマが苗字でユカが下の名前の」

　さあな、と橋本は応じるしかなかった。遠藤が立会事務官席のパソコンを叩く。

「井戸の井に動物の馬の井馬、十二支の亥に満たすの満で亥満。この二つの苗字は出てきました。イマユカという企業名はヒットしませんね。個人の名前らしいです」

　イマユカは口座間の入金ではなく、ATMでじかに取引していた。どの銀行のどの口座を使っているかが把握できれば、素性を追う手がかりになったが……。用意周到というか、注意深い行動というか。

　ドアがノックされた。どうぞ、と遠藤が返事すると、伊勢が入ってきた。

「お疲れさまです。橋本検事、いま少々よろしいですか」

「ええ。伊勢さんこそありがとうございました。例の写真ですね」

「はい。メール送信すれば早いのですが、検事の番号も遠藤君の番号も存じておりませんでした。伺ったとしても、誤って入力して写真を送ってしまうと厄介なので、直接参った次第です。あれから村中氏の工場に動きはありませんでした」

「今まで張り番を？」

「万一に備えて。あまりにも動きがないのでもういいかと判断し、引き上げました」

「どうぞ、お座りください」

足に疲労が蓄積しているはずだ。

ありがとうございます、と伊勢は参考人らが座るパイプ椅子に腰を下ろした。

湊川地検内で伊勢はある種サイボーグじみた扱いをされているが、れっきとした生身の人間だ。みっちの兄がサイボーグであるはずもない。兄がサイボーグなら、妹もサイボーグになってしまう。四十代半ばで半日張り番をすれば、足も疲れる。

伊勢は軽くふくらはぎを揉み、携帯を取り出すと、橋本の方に置いた。

「この男が三人の東南アジア系の人員を連れてきました」

橋本は携帯を手に取り、画面に目を落とした。

な……。

脳内にちらばっていたパーツが一気に一枚の絵になっていく。イマユカの正体と狙いも見えた。

携帯を伊勢に返し、橋本は遠藤に声をかけた。

「ブツ読みは一旦中止だ。行こう」

「どちらに？」

「キーパーソンを割りに」

「決定的な手がかりがあったんですか？」

「いや」と橋本はありのままに答えた。

「じゃあ、どうやって？」

「秘策があるのさ」

橋本は伊勢に目配せし、頷いた。伊勢が頷き返してくる。

「からくりがあるはずです。よろしくお願いします」

「叩き割ってきますよ」

みっちのために——。


「なんのことですか。イマユカ？　聞いたこともありませんよ」

監理団体の古屋は首を捻った。

橋本は古屋の目を見据えたまま、ゆっくり五秒数えた。検事の沈黙は相手を不安にさせる効果を持つ。

「本当にご存じありませんか」

「ありません」

古屋は言下に否定した。不自然なほどの素早い反応だった。橋本は目を逸らさない。古屋がコーヒーをすすり、ソーサに置いた。乱暴な手つきで雑な音が散る。古屋がこれみよがしに眉を寄せた。

「昨日の今日になんだっていうんです」

「まさに昨日の今日ですね。なぜ昨日は教えていただけなかったんでしょう」

「こちらの話を聞いてるんですか。知らないと申し上げたんですよ。教えるも何もないでしょう」

「あなたは昨日、技能実習生が逃げたからといって即座に人員を補充することはできない、という趣旨の発言をした。憶えていますか」

「ええ。事実ですので」

「脇が甘いですね」

橋本が手の平を隣の遠藤に向けると、何枚かＡ４用紙が置かれた。今朝、伊勢が撮影したデータをプリントアウトしたのだ。橋本はそれを古屋に差し出した。

「こちらをご覧ください。古屋さんが写っています。場所は村中さんの工場です。あなたが東南アジア系の人間を三名引き連れ、工場に入っていくまでの様子です」

古屋は体が硬直したのか、Ａ４用紙に手を伸ばさない。口も引き結んでいる。橋本はＡ４用紙を引っ込めた。

「こちらの三名はヘルプで入る方々ですよね。村中さんは納期が迫っているのに、人員不足で嘆いていた。あなたはどこから三名を集めたんです？」

古屋は意を決したように口を開いた。

「ＳＮＳで募集して……」

「いいんですか、調べれば簡単に事実か否か突きとめられますよ。そもそも、人材派遣会社とは違うとおっしゃったのはご自身でしょう。なんであなたが穴埋めをしないといけないんです？」

「全部が全部、何もしないわけではありませんので」

「だったら、昨日そうおっしゃればよかったんです。業務だったら隠す必要がない。つまり業務外のことなんじゃないですか」

「話さなくていいかと……」

古屋の声がかすかに震えた。

橋本は相手の目を射るように見据えた。

「隠さないといけないので話さなかっただけではないのですか。人員を補充した場合、追加で料金を取るんですか。その際は銀行振り込みですか、手渡しですか。帳簿に記録してありますか。『イマユカ』は専用口座の名前で、通常の口座と分けているのですか」

「いや…私は……」

「教えてください。調べますので」

古屋の喉仏が大きく動いた。生唾を呑み込んだのか。その口が動く。

「受け入れ企業をフォローすることが、そんなに悪いことですか」

「いえ。我々はあなたの発言に基づき、事実かどうかを調べるだけです。あなたの話と矛盾があれば、徹底的に洗います」

古屋が目を伏せる。頭を必死で回転させているのか、諦めたのか。明確な返答がないのは、明確にできない仔細があるからだろう。

橋本は畳みかける。

「あなたは嘘をついたのではないですか。今も嘘を貫こうとしているのではないですか。あなたは技能実習制度に基づいた監理業務をきちんとしてきましたか。上部団体が手薄なのをいいことに、手を抜いてきたんじゃないですか」

古屋が目を上げた。

「いや…それは……」

橋本は身を乗り出した。

「検事を舐《な》めないでください。我々はあなた方の上部団体とはわけが違います。検察は調べることが仕事です。しかも徹底的にです。あなたの家族、友人知人、仕事関係者、すべてを丸裸にするまで。当然、皆さんにも話を伺わないといけない。いまはこうしてあなたの事務所に来ましたが、地検に連日呼ぶことになるでしょう」

アンタの周りから誰もいなくなるぞ、アンタにその覚悟があるのか？　橋本は言外に問いかけた。

古屋の頬がぴくりと動いた。もう少しだ……。

橋本は喉に力を込めつつも、事務的な声色を心がけ、続けた。

「ひょっとすると、誰かが自分を守ってくれる、誰も自分を見捨てない——とあなたは高をくっているかもしれない。淡い期待は捨てた方がいい。自分の代わりなんていくらでもいるのが、現代社会の仕組みです。あなたも監理団体の代表として、よくご理解しているでしょう。誰かの代わりにまた誰かが来日するシステムを見ているんだ。おまけに誰かが逃げれば、誰かを補充する仕組みの一端まで担っている」

古屋の頬が明らかに引き攣《つ》った。

橋本は全身でぶつかる心持ちで、腰を浮かせた。

「『イマユカ』は簡単な言葉遊びですよね。ご自身の口からおっしゃった方がいい。

後々、心証がよくなります」

イマは今で古屋の古に対応し、ユカは床で古屋の屋――屋根に対応している。素人が使うような偽名だ。

橋本は黙し、古屋から目を逸らさなかった。遠藤も隣で身じろぎ一つせず、視線を古屋に浴びせている。

古屋の肩が落ちた。

「はい、私です」

橋本は腰を下ろした。

「『イマユカ』として湊川繊維加工組合の上川さんに振り込んだお金の原資はなんですか。組合加盟社から支払われる監理費から捻出したお金ですか。だとしたら、何のためのお金ですか。どうしてあなたはそんなに羽振りがいいのですか」

逃げ場はない、と観念させるべく、橋本は質問を矢継ぎ早に放った。

あれは、と古屋が声を絞り出す。

「現地からのお金です」

「ベトナムということですか？」

「はい」と古屋は短く答えた。

橋本は全身が震えそうになった。大きな意味を持つ証言だ。隣で遠藤が身を硬くしたのを感じる。

では、と橋本は興奮を悟られぬよう平板な語調で語りかけた。

「お金の流れをもう少し詳しく、ご説明ください」

古屋が大きく息を吸った。

「ベトナムの送り出し機関は日本の監理団体から契約をとるために、我々の要求のすべてにこたえるんです。たとえば、旅費、食費、宿泊費、遊興費。原資は技能実習生から集めた金です。こちらの採用人数に応じ、キックバックされる金もあるんです」

橋本は、技能実習制度の漆黒面を垣間見た気がした。

「キックバックの平均額は？」

「だいたい採用人数一人あたり、五万から十万円です」

百人を受け入れれば五百万から一千万円の、帳簿には載らない金が手に入るのか。どうりで古屋の羽振りがいいはずだ。国内に約三千もの監理団体があるのも納得できる。まさに濡れ手で粟ではないか。

「あなたは一年でどれくらいの技能実習生の受け入れを仲介するんですか」

「多い年で千から千五百人、平均で七、八百人といったところです。受け入れ企業には事欠きませんので」

「キックバックしても、現地の送り出し機関は採算がとれるんですね」

ええ、と古屋は堰を切ったように続ける。

「土日祝日も関係なく、毎日送り出し機関から営業の電話があります。どこを選ぶかにあたり、こちらも自然と条件を吟味するようになります」

「キックバックの多寡ですか」

「それだけではありません」

「というと？」

「技能実習生が失踪した場合、送り出し機関が一人あたり二十五万円の補償をするというオプションもあります。このオプション額が機関によって異なりますので」

「キックバックにしろ、オプションにしろ違法ですよね」

はい、と古屋は消え入りそうな声だった。

橋本は眉間の奥に力を込めた。

「現地送り出し機関からの表に出ない違法な金を、『イマユカ』名義で湊川繊維加工組合の上川さんに入金したんですね」

「はい。他の組合にも別名義で入金しています」

「それぞれの名義を教えてください」

「湊川革製品組合には『コオク』、湊川アルミ加工組合には……」

遠藤が書き留めていく。橋本は古屋の告白を聞きながら別の頭で、技能実習制度の暗部を考えていた。受け入れにしても、失踪にしても、人数が増えれば増えるほど利益が膨らんでいくわけだ。そしてその金が流れていく先……。

「……橋本検事、書き取りが終わりました」

遠藤の一声で橋本の思考は眼前の現実に戻った。遠藤のさりげないフォローだ。古屋が話し終えても数秒、何も言わない間が発生したのだろう。橋本は遠藤に目顔で礼をして、古屋に向き直った。

「『イマユカ』などの別名義での入金は何のための金ですか」

なかなか返答は予想できている。古屋はなかなか口を開こうとしない。この状況こそが雄弁な返答だ。

「いかがでしょうか」

「何とも言えません。用途は先方が決めることですので」

「私が聞いているのは、古屋さんが送金する理由です。数百万単位の送金なんです。理由もなく相手に送る単位のお金ではないでしょう」

古屋はぶるっと体を震わせた。

「答えられません」

「なにゆえですか」

「答えられません」

「答えたくないという意味ですか」

「はい」

「結構です。ここは法廷ではありません。真実を語らなくても罪には問われない。法廷に出ればそうはいきません。このままでは私はあなたを法廷に出廷させないといけなくなります。被告人としてなのか参考人としてなのかは、今後次第ですが」

古屋の顔が青白くなった。

「すみません。答えられないんです……」

「他にも腑に落ちない点があります。今朝、村中さんの工場に連れて行った三名です。あの三名は本当にＳＮＳで募集したのですか」

「……いえ」

「では、どうやって」

「私が募集したのではありません。連れていくよう、指示があっただけです」

「誰からの指示ですか」

古屋が再び言葉に窮している。自分の違法行為を赤裸々に語ってきたというのに、ここにきて二度のだんまりのわけは——。

言及すると何かを失うリスクがあるためだ。先ほど、古屋の周りから誰もいなくなる、と突いた時よりも大きな何かを。

古屋を巡って周辺縁者が取り調べられれば、人間関係はもとより、経済面も大きな打撃を受ける。それ以上、何を失うというのか。

橋本は顎を引いた。

人間関係や金は取り戻せるかもしれない。取り戻せないものといえば。

命。

本当に奪われるかどうかよりも、奪われるかもしれない、と思わせていることの方が大問題だろう。信じさせるだけの力、過去、振る舞いがある裏付けにもなる。

古屋が恐れる相手が誰なのかは、一考するまでもない。

橋本は奥歯を嚙み締めた。社会の裏側で何が起きているのかを見極めないといけない。事の行く末を見届けないといけない。古屋は誰に指図されたのか。現状のままでは、古屋は自らの口から明かすのをためらうばかりだろう。

みっち……。

つと橋本の脳に光が走った。まずは下準備がいる。今日明日で資料にあたり、ちりばめられた情報を統合しよう。

6

「どんなご用でしょうか」

上川は正面に座る検事に問いかけた。一昨日も来た橋本だ。午後一時。事務室の窓越しにミシンの音が今日も聞こえる。橋本は今日も恬然《てんぜん》とした雰囲気を醸し出していた。

「大事な点を確認しに参りました」

「なんでしょうか」

「〝溜まり〟についてです」

上川は首筋が強張った。なんで知っているんだ？　言及していいのだろうか。公になった時、会社は存続できるのだろうか。憲和はサッカーを続けられるのだろうか。

上川の頭にいくつもの疑問符が浮かんだ。

なんで自分が理事長の時に面倒が持ち上がるのか……。

「なんのことでしょうか」

「惚《とぼ》けなくて結構ですよ。複数の関係先から〝溜まり〟の存在を確認しております」

誰から？　喉から質問が出かかったものの、上川は堪えた。尋ねてしまえば、〝溜まり〟の存在を知っていることになってしまう。

「上川理事長、私は昨晩、村中さんの会社に現れた三名のベトナム人に聞いたんです。彼らは口を揃えました。『〝溜まり〟に言われ、ここに来た』と」

ならば古屋と村中も口を割ったということか。まずはウチよりあの二人から話を聞くのが筋だ。二人は認めたのだろうか。

「私が『複数の関係先から』と申し上げた点を踏まえよくよくお考えください」

「何をおっしゃりたいんですか」

「上川さんも複数の関係先の一つに過ぎないんです。私は決して皆さんの名前を使うつもりはありません」

橋本は真顔だった。検事が嘘をつくとも思えないが……。

「村中さんと古屋さんは何とおっしゃったんですか」

「私の口からは何も申し上げられません」

「お二人に話を聞いたんですよね」

「それも含め、何も申せません。皆さんに話を聞きながら、お前は何も言わないのかと罵られれば『はい』とお答えする以外にない。それが検事の仕事です。我々は情報を外には出しません」

村中から連絡がないのが、〝溜まり〟について検事に語ったことの間接的な証明かもしれない。単純に検事の訪問を突っぱねたのなら、以前のように理事長である自分に押しつけてくるだろう。探りも入れてくるはずだ。

しかし、橋本の説明を信じていいのだろうか。村中も古屋も言いくるめられただけではないのか。憲和は上級生を押しのけて、レギュラーになったのだ。ここで息子の将来を奪ってしまうことだけは絶対にしてはならない。こっちは家族の生活、人生がかかっている。

「いくら検事さんが配慮しても、裁判ではそうはいきませんよね。テレビや映画を観る限り、個人名や固有名詞も出ています。被告人や傍聴人がいる前で」

言ってから、しまった、と上川は歯嚙みした。知っていると認めているも同然だった。上川の内心を知ってか知らずか、橋本の佇まいに変化はない。

「近年、組織犯罪などでは証言者や参考人の安全を鑑み、充分に配慮した公判運営になっています。法廷で証言してもらう際はついたてを立て、傍聴席や被告人席からは絶対に姿が見えないようにしたり、声を変えたり。検面調書――我々検事が作成し、裁判官に提出する証拠書類の記述も相応の配慮をしております」

橋本は膝の上で手を組んだ。

「〝溜まり〟が何かを上川さんの口から教えてください」

「複数の関係先から聞いているんですよね。仮に私が知っていたとしても、同じことしか喋れないはずです。何の意味があるのですか」

「複数をできるだけ広げていくことが必要なんです。皆さんにとっても、我々にとってもメリットがある。我々としては証言の確度を上げられます。皆さんにとっては、点が面になっていくことで、〝溜まり〟の主からの攻撃を防げる。どんな人間だろうと多方面に犯罪の手を広げれば露見のリスクが増します」

上川は束の間思案を巡らせた。古屋と村中が口を割ったにしても、昨日今日の話だろう。今後、何が起きるか知れたものではない。やはり口をつぐんでおくべきだ。

橋本が軽く頷いた。

「黙っておいた方が得策、と結論づけられるのも無理はありません。お気持ちは理解できます。人間はとかく現状が変わることを好みません。殊に生活に関することなら尚更です。ご時世として、発展成長よりも、いかに現在の生活基盤を守るかに主眼を置く方が多い」

「当然でしょう。これだけ不景気が続き、人口も減り、国際競争力も落ち、懐に入るお金もまるで増えないんですから」

「ご不満のようですね」

「そりゃ不満ですよ」

「親方日の丸については、どう思いますか」

「羨ましいですよ。いくらなんでも国が潰れることはないでしょう」

上川は本音を隠さなかった。バックに絶対安泰の存在がついていれば、大胆な設備投資をする覚悟もできる。従業員をかき集め、事業を広げる算段もつく。金の心配さえなければ、ゆくゆくは憲和をサッカーで海外留学させられるかもしれない。はっきり言って、夢物語だ。

「おっしゃる通り、破綻《はたん》の心配はほぼない。ですが、我々の給与も物価や経済状況と連動していましてね。皆さんが儲からないと、上がりません」

「といっても、検事さんは高給取りでしょう」

「キャリア官僚並みといったところです。どこかの企業で顧問弁護士や渉外担当になった方が儲かりますよ」

「どっちにしろ、エリート様に変わりはない。我々庶民とは縁遠い存在です」

ミシンの音が聞こえる。このまま話が流れていけばいいのに。

橋本は心持ち首を振る。

「私はエリートではありません。法律のスペシャリストですよ。上川さんが繊維加工業のスペシャリストであるのと一緒です。社会は数々のスペシャリストの仕事が絡まって動くようにできています」

言われなくても承知している。

失敬、と橋本が咳払いした。

「本題に戻りましょう。あなたの個人口座に『イマユカ』という名義から三百万円が振り込まれています。『イマユカ』とはどんな関係で、なんのお金ですか」

上川は再び首筋が強張った。

「お金の話はしたくありません。苦労していますので」

「あなたが理事長になったのは昨年です。その年から『イマユカ』から振り込まれていますよね。以前は別の理事長の個人口座に振り込まれています」

この検事、どこまで調べたのだろう……。

「振り込まれた金を即日引き落としていますね。何に使いましたか」

「ですから、お金の話はしたくないんです」

「取引のお金ならそうおっしゃってください。取引先にいまここで確認の電話を入れますので」

　橋本が言うと、隣の男が携帯電話を鞄から取り出した。上川は一度唇を引き結び、口を開いた。

「何度も言わせないでください。お金の話はしたくありません」

　きつい語気で叩きつけたのに、橋本の表情は微塵も変わらない。

「上川さんの口座に『イマユカ』から三百万円が入金された日、あなたは同額を引き出している。また、同日に湊川繊維加工組合は民自党に献金しています。奇《く》しくも、三百万円を」

「偶然でしょう」

「組合からの献金はどなたが行っているのですか」

「理事長の私です。歴代の理事長もしています」

「そうですか。原資は加盟社から集めているのですか？　いつ？　どうやって？　今日中にお金の流れを確認するので教えてください」

村中は口を割ったのだろうか。そうでないとしても、歴代理事長の誰かが漏らさないとも限らない。くそ……。なんでこんな目に……。

「政党への献金記録は公開されています。政治資金規正法でそう決まっているんです。公開されているのは過去三年分ですが、我々は毎年データを蓄積していますので、制度が始まった年度まで遡れる。湊川繊維加工組合から民自党にいつ献金があったのかを銀行の取引記録を含め、調べました。いずれも理事長の個人名義の口座に三百万円が送金された日でした」

上川は頬を殴られた気分だった。代々、引き継がれてきた手順なのだ。万が一の流用を防ぐべく振り込まれた日に出金し、献金するべし——と。

「一度や二度なら上川さんのおっしゃる通り、偶然かもしれません。ですが、毎年同じ日となると、偶然と捉える方が無理筋でしょう」

上川は何も言えなかった。

おまけに、と橋本が続ける。

「上川さんや村中さんといった湊川繊維加工組合加盟社の各社長さんは毎年、個人としても吉村泰二議員に献金していますね。上限額の百五十万円を」

「はい」

「妙ですよね。上川さんは『お金に苦労されている』とおっしゃった。政治献金する余裕があるのでしょうか」

「個人の勝手じゃないですか」

「ごもっとも。上川さんは政治にかなりご興味があるんでしょう。いや、上川さんだけではありませんね。湊川繊維加工組合加盟社のすべての社長さんが」

「そういうことだってあるでしょう」

上川は膝がしらを握り締めていた。自分で肯定しておきながら、日本ではおそらくありえない。誰が政治に関心がある？

「ぜひご見解を教えてください。私は先ほど社会は数々のスペシャリストの仕事が絡まって動くと申し上げた。政治家——国会議員もスペシャリストの一つです。上川さんは現在の社会状況にご不満を抱いている。私には、社会状況を野放しに悪化させる元凶の何割かは国会議員だと思えます。上川さんはどうお考えですか」

「おっしゃる通りでしょうね。国会議員の先生方は国をよりよい方向に進めていくのがお仕事ですので」

「国がよりよい方向に変わってほしい、と私は思っています。上川さんはいかがです？」

「同感ですよ」

橋本は首を傾げた。

「でしたら、そんな国会議員に、殊に与党の民自党、その中心人物である吉村泰二に政治献金するのは合点がいきませんね。彼らの行動を支持している――と表明するも同然です。本来なら野党に献金すべきでしょう」

「それは……野党に期待できないからですよ。あなたも言ったはずです。日本人は現状維持を望む傾向が強いと」

「繊維加工業界は長らく従業員不足に悩まされ、技能実習生たちがなんとか労働力を補ってくれている。では、いまの状況を作ったのは一体誰ですか？　変えようとしないのは誰ですか？　彼らはなぜ変えようとしないんでしょう。上川さんたちが陳情していないとしても、どこかの繊維加工組合はしているはずです。皆さんの声は無視されているのでは？　そこに何か大きな理由があるのは間違いない。彼らのメリットになって、皆さんは苦しくなる一方の理由が」

深入りしない方がいい。理性が呼びかけてくる。上川は目を瞑り、耳を塞《ふさ》ぎ、うつむいてしまいたかった。

上川さん、と橋本の声が低くなった。

「あなたは政治に興味があるんじゃない。惰性とつきあいで金を払っているだけだ。こんな真似ができるのは、自分の腹が痛まないからではないですか」

息が詰まった。遠回りとみせかけ、嵌められたらしい……。

橋本の眼差しが鋭くなった。

「腹立たしくないんですか。あなたは利用されている。しかも自らが望む方向とは逆に進む国の舵取りに」

おまえに何がわかる。上川は声高に言いたかった。家族のために、憲和の夢のために生活を守らないといけないのだ。堪えろ。黙すのだ。余計なことは言うな。上川は呪文のように自らに言い聞かせた。

「『イマユカ』があなたの口座に送金した三百万円の原資をご存じですか」

「いえ」と上川は簡潔に答えた。

「何もお話ししていただけないのなら、今のご返答が真実かどうか私には判断できません。場合によっては、上川さんと法廷で対峙しないといけなくなります。理事長というポジションは重責です。我々が解明しようとしているお金の流れについて、あなたが首謀者かもしれませんので」

「ちょっと待ってくだ――」

橋本が手の平を上川に向け、ゆっくりと膝の上に戻した。

「現在の心証を申し上げます。私人としての私は上川さんも被害者だと見なしています。ですが、確証がないままだと、職業人としての私は上川さんを正式に聴取する運びになるでしょう。しばらく工場を閉めていただく必要が出るかもしれません」

聴取？　上川は絶句した。会社の評判は落ちる。取引先が逃げかねない。息子にも影響が出る。

そして、と橋本がなおも事務的に続ける。

「このままではあなたの息子さんも被害者になりますよ」

「どういう意味ですか」

「浄財に見せかけた悪貨《あっか》が善良な市民を呑み込んでいる、ということです。上川さんたちの証言が流れを変えられるかもしれない。私はそこに賭けています。自分のためでも、上川さんたちのためでもありません」

上川は瞬きを止めた。そうか……。息子が望み通り、プロサッカー選手になれればいい。なれなければ、工場の経営を引き継ぐと言い出すかもしれない。そうなれば、いま自分が直面する苦しみを憲和も味わうことになる。

橋本が身を乗り出した。

「私が一生懸命になれるのは、これが仕事だからではありません。事故で亡くなった友人一家のためなんです」

「検事さんにとって大切な方だったんですね」

「ええ。友人一家は悪貨の濁流に巻き込まれた。自分たちは何もしてないのに」

橋本の眼差しが柔らかくなった。

「私は同じ惨劇が別の家族に起きてほしくない。当然、上川さんのご一家にもです。だから証言を集めているのです。濁流を食い止め、大本を断つために」

上川は身を硬くした。橋本が瞬きを止めた。

「さあ、〝溜まり〟について教えてください。一緒に我々を取り巻く現状を変えましょう」

7

「理事長の上川氏が金の原資を知らないのは本当のようです。振込先を鑑みて、勘づいてはいても、古屋氏に尋ねない分別をお持ちでした。あえて深入りを避けていたのでしょう」

橋本は経緯を伝えた。午前零時過ぎ、自室にいた。立会事務官席に遠藤の姿はない。その代わり――。

伊勢が真顔のまま、ゆっくりと頷いた。

「鳥海部長をはじめとする、特別刑事部の皆さんが集まる場でお伝えを?」

「むろんです。金の流れは私と相川検事で早急に、かつ慎重に洗う方針です。鳥海部長は近日中に人員増のお願いを総務課にするとか」

「次席も検事正も期待されるでしょうね。青山検事は?」

「マル湊建設社長の容疑を固めるべく、刑事部と協力して調べを進める役回りです。ご存じでしょ?」

伊勢はとっくに相川や、その立会事務官を臨時に務める谷川から耳にしているはずだ。

「ええ」伊勢はさらりと言った。「監理団体の古屋氏といい、村中氏といい、湊川繊維加工組合の上川理事長といい、短い期間で立て続けに三名を割るなんてお見事ですね」

「みっちの……美知さんのおかげです」

「妹の?」

伊勢はポーカーフェイスのままだ。

「ええ。秘策ですよ」

「飼い猫を捜すべく地域猫に頼んだというやつですね。そこまでは察しがついていました。でもどう応用したかが、私にはさっぱりでして」

「美知さんは私の猫を捜すため、地域の猫に語りかけました。『猫の手を借りる』を地で行ったというか、『餅は餅屋』の変形バージョンとでも言いましょうか。今回、あの時の猫たちのように力を借りるべきは技能実習生であり、監理団体であり、湊川繊維加工組合でした」

「適当にあしらわれる恐れもありますよね。いくら橋本検事が優秀でも、まだ正式な取り調べではありません。参考人聴取ですらありません」

「はい。これもまた美知さんの教えを胸に実践したまでです」

伊勢は机に両手を置き、指を組んだ。

「というと？」

「自分の立場を存分に使うことです。私は検事という立場を最大限利用した。検事が発することで脅しに近くなる発言もしました。ありうる未来を告げたんです」

みっちは子どもという立場をしたたかに利用し、様々な家の軒先や床下を覗いた。

猫と接する際は真摯《しんし》に向き合った。

真心と計算。

みっちから学べた方法論だ。そもそも、みっちと出会っていなければ自分は検事を目指すこともなく、ここにいなかった。

「私はまず監理団体の古屋氏にあたった。伊勢さんが撮影した写真により、古屋氏がブツ読みで露見した不自然な金の流れに絡む『イマユカ』だと見当もつけていました。私は古屋氏から〝溜まり〟の存在を聞かされた。古屋氏が首謀者について頑なに口を開かない点を勘案し、相当な実力者だと確信しました。村中氏、その工場に現れた新たな三名のベトナム人にもあたりました。村中氏も口をつぐんだ。ベトナム人は現地の送り出し機関から〝溜まり〟に登録しておくよう耳打ちされたそうです」

「結局、〝溜まり〟とは何なのですか」

「ベトナム人技能実習生が受け入れ企業から逃げた際の、駆け込み先です。登録しておくと、別地域で同種の仕事に臨時で就けるシステムだ——と今回話を聞いた三名のベトナム人は口を揃えています」

伊勢が腕を組んだ。

「送り出し機関自らが〝溜まり〟に登録するよう、技能実習生に耳打ちした点は解せませんね。技能実習生たちにとっては一種のセーフティーネットになるとしても、彼らが逃亡すると、送り出し機関は一人あたり二十五万円を監理団体に支払わないといけない。どちらも違法という点はこの際、置いておきましょう」

「送り出し機関にも相応のメリットがあるはずです。つまり、現地政財界にも影響力を及ぼせる人物が裏で糸を引いている——と睨めるのでは？　私には該当者が一人しか思い浮かびませんよ」

「技能実習制度を民自党の部会で推進したのは、先代の吉村です」

伊勢が言い、橋本は深く息を吸った。

「なるほど。さらに確度が上がりました。吉村家は自給自足のような形で金を吸い上げているみたいだ。いわば一人勝ちです。各産業、各企業、各雇用主、各働き手、技能実習生の誰も得をしていない。産業構造はすかすかになり、企業の体力は削られ、雇用主は経費削減に追われ、働き手は給与が伸びず、技能実習生も法定外の金を支払わないとならない。どこかの団体が国会議員に陳情に出向いても、今の産業構造は変化しないでしょうね。吉村をはじめとする、技能実習制度に群がる連中は利権を失ってしまう」

「ええ、おっしゃる通りでしょう」

「いま私が申しあげた構図について、伊勢さんはとっくにお察しだったのでは？」

「と言いますと？」

「私がベトナム人の就労状況について、殊に技能実習制度を洗った発端が伊勢さんからのお願いだからですよ。久保さんを殺害したのはベトナム人。ミナトの東南アジア支社もベトナム。東京のホテルでマル湊建設社長が言及したホステス二人を逃がした実行犯も、ベトナム人。この三点で誰しもベトナムが鍵だと気づきますが、そこからさらに深い部分には至れません」

しかしながら、と橋本は続ける。

「吉村家の動向や政治実績を注視してきたはずの伊勢さんなら、同じ情報からでも一段深い洞察を得られる。だから私に探るよう言ったんです。何のアテもなく依頼できる内容ではありません。同じ時間を他の調査に充てれば、事件の真相に迫る望みだってあるんです」

「私は望んでもいないのに、吉村家の専門家になってしまった」

伊勢はいつも通りの顔色に、いつも通りの声音だった。偽らざる本音という面もあるだろうが、それ以上に吉村の動向を追うのが日常になったことを雄弁に物語っている。

「技能実習制度が始まった当初から伊勢さんは注目していたのですか。そこに吉村が絡むと睨んでいたのですか」

「いえ。何年か前、技能実習制度が国際機関に人身売買だとの指摘を受けています。その際、もしやと思ったんです」

吉村家の動向にアンテナを張っていれば、連中が主導した政策の評判や結末にも当然興味が向く。打倒吉村家のため、伊勢が蓄えている知識は膨大なのだ。

伊勢が大きく息を吸った。サイボーグじみて見られる男なのに珍しい。伊勢も昂ぶりを抑えきれないのか、別の何かが要因か。

「橋本検事のご活躍により、古屋氏や上川氏ら多数の関係者の証言があれば、吉村を政治資金規正法違反で起訴できる可能性が高くなりました」

「ええ。同法では外国人からの政治献金を禁じていますからね」

古屋が湊川繊維加工組合の上川に送金した三百万円の原資に言及した際、興奮で全身が震えそうになった。表面的には日本人からの献金であるものの、実質的にはベトナムの送り出し機関が出した金だ。迂回ルートとして日本人の口座が使用されているに過ぎず、公判でも勝てるだろう。だが――。

「微罪です。充分な社会的制裁を受けることもないでしょう。次の総裁選出馬を見送らせ、総理大臣就任を防げても、国民が忘れた頃、また吉村は虎視眈々《こしたんたん》と復権を狙いかねません。いや、国民が関心を持つかどうかも微妙です」

「橋本検事のご指摘の通りです。懸念点はもう一つあります」

にわかには思いつかなかった。

「なんでしょう」

「日本の各産業がパンクするリスクが高まることです。『技能実習制度の理念は美しい、されど、実態は利権まみれの悪制度』となれば、当然廃止論が起きる。誰もが世論に過敏に反応する時代です。もし廃止となれば、しわ寄せを食うのは現場です。廃止とならずとも、『しばらく中止して様子を見る』という措置がとられる線が濃厚です」

仕方ないのでは、と言いかけ、言葉を呑みこんだ。それでは過剰反応する輩と変わらない。招く結果は一緒なのだから。

まさに政治の仕事なのに、当の政治家たちの行動が招いた災難……。かといって、ここまで辿り着いた以上、手をつけないという選択肢はない。鳥海も本上も前のめりになっている。数日中に上級庁への報告もなされる。いくら相手が吉村でも、検察上層部が政治判断で捜査を見送ることも考えにくい。

橋本は居住まいを正した。

「我々は法律のスペシャリストとして、できることをするしかありませんよ。伊勢さん、決着の日は近いですよ。美知さんたちの墓前に報告できる日が」

伊勢は無言で天井を見上げた。

断

1

ホテルの従業員がドアを開け、須黒清美はパーティー会場に進んだ。メリケンベイホテルで最も広い『ダイヤモンドホール』だ。

会場には千人以上の支援者がいた。例年通り、盛況だ。吉村正親の命日に伴い、吉村泰二がお国入りし、毎年恒例の『吉村泰二を応援する会』が開かれている。一人一万円の参加費をとり、会場代は三百万円、諸経費が百万円なので、二時間弱のパーティーで六百万円の利益が出る。須黒は先ほどまで地元事務所にいて、東京の議員会館との連絡や他議員との会合日時調整などをした。国政の世界では何かと格が幅をきかせる。当選歴、大臣歴、党幹部歴など。秘書も同様だ。筆頭秘書じきじきに動くと話が早く進む。

須黒はホテルの従業員から紙ナプキンで包まれた水割りを受け取り、その場で会場を見回した。

入り口付近からさざなみのように沈黙が広がり、ざわめきが一瞬だけ完全に途切れる。いつものことだ。

皇后がきた——。

支援者の頭に広がる一文が予想できる。彼らは、須黒清美が吉村家の実権を握っていることを知っている。いくら吉村泰二が与党・民自党の次期総裁候補であっても、須黒に睨まれた時点で終わりなのだ。利権に食い込むことも、吉村家のバックアップを得ることもできなくなる。

誰も近寄ってこない。賢明な判断だ。下手にすり寄った挙げ句、嫌われてしまえば元も子もない。

遠くの方から場にざわめきが戻ってくる。沈黙しすぎては皇后に睨まれるかもしれない、と会話を再開したのだろう。これも例年通りだ。

須黒は自身の存在感に満足しつつ、水割りを一口飲んだ。

おいしくもまずくもない。水とウイスキーの無駄遣いだ。何かを作るからには、うまいものにしようという意志が感じられない。別にいい。ホテルのパーティー会場で上等な水割りを求める者はいない。いるとすれば、大馬鹿者だ。

一歩踏み出すと、また周囲から会話が消えた。自分が進む方向が常にしんとする。氷でも身にまとっている気分にさせられる。

最前列に進むと、吉村泰二が円卓に座っていた。支援者に取り囲まれ、色紙に書をしたためている。先代の正親は政治家らしい政治家だった。陰に陽に力を使い、時には危険な連中も自ら差配した。先々代の力を引き継ぎ、いっそう強固にしたといえる。頭が誰よりも切れ、度胸も腕っ節もあった。

三代目——吉村泰二は書をしたためたり、大臣署名用の花押《かおう》を作ったり、いきつけの赤坂の料亭を持ったりと、いかにも大物政治家めいた行動を好むものの、正親に仕えた須黒としてみれば、物足りない。政治家全員が小粒になったと結論づければそれまでだが、頭脳も腕力も胆力も先代とは比べものにならない。これで次期総裁候補の筆頭なのだ。日本の政治家の人材不足はかなり深刻だといえる。

吉村が顔を上げた。

「やっぱり須黒さんか。急に会場が静かになったんで妙だと思ったんだ」

「皆さん、奥ゆかしいのでしょう」

「よく言うね」

吉村は肩をすくめ、色紙に向き直った。

須黒は書き上がった色紙に目をやる。右側に為書き、中央に『安泰』、左側に自身の名前と八月吉日と縦書きで記されている。防衛大臣として初入閣した十二年前以来、嬉々として花押を記している。書をしたためる際、吉村は必ず『安泰』という文句を使う。泰二という自分の名前と同じ一字がある上、政治情勢の安定が国家の安泰を招くという意味合いからだ。致命的なほど字に味がない。機械的なのだ。指導マニュアル通りの字とでも言えばいいのか。人間的に成熟していないためだろう。それでも支援者はありがたそうに色紙を受け取っていく。

須黒さん、と背後から声がした。秋元だった。

「どうも。お目にかかるのは久しぶりですね」

「そうね。お元気？　控え室に行きましょうか。パーティー会場に私がいると、みんな気詰まりでしょう」

「はてさて」

秋元は言葉を濁した。自分の話し相手は秋元くらいしかいない。強面の秋元に話しかけてくる者も少ないはずだ。毎回、こうして皇后と会話を交わす場面をパーティーの参加者に見られている。

二人は会場を出て、隣にある無人の控え室に入った。長机と椅子が並べられているだけの簡素なしつらえだ。長机には、メリケンベイホテル名物のクラブハウスサンドイッチが山盛りで置かれている。

「例の件、どう？」

「伊勢の思惑はわからないままですが、他は順調に進んでいます。マル湊建設社長は、横領で逮捕される見通しです。地検側がヤミ献金をゴールに据えているのは明白でしょう」

「そう。山に囲っている坊やは？」

秋元の事務所にいた者だ。大手小売業ミナトとベトナム側が交わした書面に、吉村泰二の裏書きがあることを知られた。画像を地検職員に送信されたのだ。

「坊や……菊池の口をまだ割れていませんが、割った後の扱いもこちらに任せてもらいます」

「場所や手段は大丈夫なのね？」

「私はそっち方面には疎いので。別の手段を」

「随分と情けをかけるのね。優秀な人材だったとしても、裏切り者だし、職員の代えなんていくらでもいるでしょ。らしくないんじゃ？」

「実は――」

秋元は伊勢に牽制球を投げられた、と明かした。噂に違わず、伊勢は切れる。見抜いた秋元もそれなりだ。どこかの三代目には、こんなに深い読み合いはできない。どうやって国際舞台で海千山千の食わせ者と渡り合っていくつもりなのか。

「須黒さんも、ちょっかい無用でお願いします」

「念押ししなくても大丈夫。あなたを失うのは私にとっても手痛い。向こうは勝負をかけてきた。それに勝てば、相手は打つ手がなくなる。勝てばいいだけでしょ」

ドアがノックされた。どうぞ、と秋元が応じる。

顔を見せたのは、秋元法律事務所で直参と呼ばれる加藤だった。元々は吉村家の秘書をしていた男だ。

「ジャスミンが目を覚ましたと内々に連絡が入りました」

裏側に深く関わった女で、先代正親が愛人に産ませた子どもだ。弟はベトナムでミナトの事業担当部長を務めている。実際には人質も同然だ。ジャスミンにはフィリピンパブ『美美』を海っかわで経営させた。そこに地検の事務官が来た。ジャスミンがすべてを話す決意をした節を、須黒は店の盗聴器経由で察知した。そのため、ジャスミンごと店を燃やす決断をくだした。危険因子は排除しないといけない。凄腕のベトナム人が手がけたものの、ジャスミンは一命をとりとめた。入院先の病院にはこちらと通じるスタッフもいる。国会議員を三代続けると、地元の隅々に細胞がいる。

不法滞在のフィリピン人女性を雇用した件を警察に問い詰められると思った——と病室から逃亡して不自然ではない。

須黒は背筋を伸ばした。

「すぐに手配しないとね」

*

別府《べっぷ》直美《なおみ》は革張りの長椅子に腰掛け、頭を壁にもたせかけた。首が少し楽になった。最近肩の張りがひどい。

病院に足を踏み入れるのはいつ以来だろう。学生時代、部活で足の小指の骨を折った時が最後か。病院といってもあの時は街の整形外科で、こんな大きな総合病院に来るのは生まれて初めてだ。

——ちょっと手伝ってくれ。

所属先の法律事務所の所長、小野隆太郎《おのりゅうたろう》に指示され、病院にやってきた。所属する弁護士は別府と小野の二人、あとは事務員の高橋良子《たかはしりょうこ》がいるだけの、こぢんまりした事務所で居心地はいい。

大部屋と個室の入院患者が入るフロアの廊下は、森閑としている。誰がここに入院しているのかは定かでない。小野の知り合いだろうか。それとも依頼者？　依頼人の関係者？　尋ねても小野は肩をすくめるだけだった。

——別府は知らなくてもいい。高橋と病院にいるだけでいいんだ。

——伊勢さん絡みですか。

——さあな。

小野のことだ。何か考えがあるのだろう。世の中はシロとクロでは割り切れない。別府は初めて一人で弁護を手がけた公判で、伊勢と出会った際に痛感した。小野と伊勢は協力して何かをしている。別府は仲間には入れてもらっていない。弁護士となって一年と数ヵ月の自分では力量不足なのだろう。小野には検事として培ったキャリアもあるし、伊勢は湊川地検を陰で牛耳っているも同然だ。

長椅子は階段とエレベーターに近い場所にあり、病室も見渡せる絶妙の位置にあった。

別府のお腹が鳴った。

「ちょっと待ってね」

隣に座る高橋が大きな鞄に手を突っ込んだ。今日はやけにぶかぶかの服を着ている。動くと何かごわごわと音もする。日中、高橋が動いてもこんな音はしなかったはずだ。

高橋が大きな鞄をまさぐり、取り出したのは梅林庵の豆大福だった。裁判所の近くにある、和菓子の名店だ。

「小腹が空いたら、これに限るでしょ」

高橋の大好物で、『ちょっと仕入れてくるね』とよく買いに行く。先日も買いに行き、いつもは小一時間で戻ってくるのに三時間近くかかっていた。混んでいたにしても時間がかかりすぎだ。裁判所近くで知り合いにでも会ったのだろう。伊勢かもしれない。高橋は元々、湊川地検の職員だった。

いただきます、と別府は豆大福を受け取った。少し塩気のある豆、柔らかな餅、あんこの甘さ、バランスが絶妙だ。

「もう一個いる？」

「食べたいとこですけど、やめておきます。太っちゃうので」

もう午後十時前だ。甘いものは控えた方がいい。病院が設けた面会や来客の時間をとうに過ぎている。別府と高橋は特別許可を得ていた。

「高橋さんは、ここにわたしたちが何のためにいるのかをご存じですか」

「いや、なんにも」

どこかの病室で誰かが咳き込み、誰かがテレビを見ている。ほどなく各病室を看護師が回り、消灯時間を告げていった。別府と高橋はなおも長椅子に座っていた。看護師も会釈するだけで、何も言ってこない。師長や院長に言い含められているのだろう。

――何もなければ、別にいいんだ。ただ徹夜は覚悟しとけ。

小野に言われている。

「あの……、高橋さんが今日お召しの服、やけに大きくないですか」

サイズがいつもより二つは違う。

「大きい方が楽なんだよねえ」

屈託のない口調だ。消灯時間を過ぎているので、小声での会話だった。

午後十時半。救急車のサイレンがけたたましく鳴った。総合病院だけあって、救急搬送も受け入れている。二台目、三台目と救急車がやってきた。別府たちのいるフロアに変化はないけれど、空気にどこか慌ただしさが滲んでくる。不思議なものだ。医師や看護師、付き添いの人の心模様が溶け出しているのかもしれない。

「サイレンの音を聞くと、そわそわしてきますね」

「お医者さんも看護師さんも大変だよねえ」

「ええ、病院には昼も夜もないですもん」

「みんな元気になればいいね」

午後十一時過ぎ、階段を誰かが上ってくる音がした。床の掃除が行き届いているので、靴がこすれる甲高い音がやたらと響く。

上下黒い服を着た二人組の男が現れた。東南アジア系だろうか。顔の彫りが深く、肌は浅黒い。二人とも無表情だ。三十分ほど前に搬送された人の付き添い？　いや、だとすれば看護師がしかるべき場所に案内する。何者？

高橋が大きな鞄に再び手を突っ込んだ。勢いよく取り出したのは棒だった。

「これ使って」

「何ですか？」

「護身用のスタンガン。早く」

押しつけられる恰好で、別府はスタンガンを握った。高橋の手にはいつの間にかもう一本が握られている。

「人差し指があたるとこにあるボタンを押せば電流が流れる」

「なんでこんなものを？」

「所長の予想通り、何かあったね」

高橋は不敵に笑った。フロアに現れた二人はこちらの様子をうかがっている。目が鋭く、気配が剣呑《けんのん》になっている。

「スタンガンを使う時、躊躇《ちゅうちょ》したらダメだよ」

はい、と別府は頷いた。四の五の言っている空気ではない。

相手の二人も腰の後ろに手をやり、棒を構えた。先から火花が散る。スタンガンだ。絶対に急患の付き添いではない。別府は横目で高橋を一瞥した。わたしと高橋で対応できるのだろうか。高橋はまもなく五十歳で、機敏な動きは期待できない。

「叫んで助けを呼んだ方がよくないですか」

「このままで大丈夫」

高橋の声音は落ち着いている。肝が太いのか、鈍感なのか。あと三歩近づいてきたら、叫ぼう。別府は心に決めた。

相手が一歩、二歩とこちらに近づいた。高橋がいきなり前方に駆け出した。高橋の一撃があっさりかわされる。相手がスタンガンを突き出す。先端が高橋の腹部にあたる。

火花が散った。

「高橋さんッ」

力なく高橋がその場に倒れる。相手がこちらを見た。別府は体が硬直した。どうしよう……。叫び声も出ない。

「確保ッ」

数ヵ月前にも似た声を聞いた。病室や暗がりから十人近くが湧き出してきた。私服姿だけど、気配で素性が察せられる。

警官だ。彼らは一気に相手の二人組を取り囲んだ。二人は何語なのか判然としない言葉を述べ、スタンガンを足元に投げ捨て、両手を頭の上に挙げた。

「お疲れさん」

小野が隣に並んできた。

「どこにいたんですか、高橋さんが……」

「高橋なら大丈夫だ。ぶかぶかの服の下にゴム製の水着とゴム製の前掛けをしてる。万一、何かあってもここは病院だしな」

視界の端で高橋が手を突き、自力で立ち上がっている姿が見えた。怪我はなさそうだ。

「何ヵ月か前にも、こうやって悪人を嵌めたよな」

小野はなにげない口ぶりだ。弁護士のすることではないが、前回は別府も進んで加担したので何とも言えない。

「二人組は何者なんですか」

「悪者だよ」

「伊勢さん絡みの？」

「まあな」

高橋は知っていたのだ。だからスタンガン、前掛け、水着、おまけに小腹が空いた時のために豆大福も用意していた——。

「悪者の目的は何だったんです？」

「入院患者の誘拐。病院側にはお前と高橋は警察の協力者だと話をつけてる。警察側にも話はつけた。湊川中央署には話のわかる奴がいただろ。馬鹿と正義感は使いようなんだよ」

数ヵ月前、小野と悪人を嵌めた時にも話に乗ってきた所轄の刑事課長だ。この病院もあの所轄の担当地域だ。数ヵ月前は、伊勢が刑事課長らをマリオネットのように操った節もある。そして今回……。

「まずはこっちの読み通りだな」

小野が遠くを眺める目つきになった。

2

「失敗しました」

「もう無理そう?」

「ええ。病室付近に警察が常駐しています」

「了解。そっちはもういい。本筋をお願い」

通話を切ると、須黒はバスローブの紐をきつく締め直した。メリケンベイホテル最上階のスイートルームからは港が一望できる。漆黒の海が広がり、大型船が停泊している。

湊川に来た際は必ずこの部屋に宿泊する。たとえ一ヵ月に及ぶ連泊だろうと。湊川には実家があったが、土地ごと売ってしまった。親類との付き合いもない。

湊川でベトナム人関係を統括する者からの連絡だった。吉村の事務所にも、秋元の事務所にも所属していない。とはいえ、信用できる者でないとならず、吉村の地元事務所トップの秘書、元木の弟に仕切らせている。兄の元木はマル湊建設社長を巡り、何度か地検に呼び出され、参考人聴取を受けた。

――須黒さんから指示があった通り、表用の手帳を提出しました。

元木はしたり顔だった。マル湊建設社長と会った日時、場所も記してある。むろん、フェイクだ。地検側はどう出るのか。政治資金規正法違反を狙うのなら、元木をさらに参考人聴取する。まだ打診はない。

警察は今頃、確保した二人のベトナム人から動機や手がかりを得ようとしているはず。しかし不可能だ。彼らは目的を知らされていない。元木の弟にすら辿り着けないよう、口頭で指示した人間は、今朝の便でベトナムに帰国させた。

ジャスミン拉致は失敗した。こちらの動きを読まれていたわけだ。

伊勢だろう。あの男にもジャスミンが意識を取り戻したと知るだけの情報網がある。かなり手強い。しばらく東京に戻らず、湊川で指揮を執った方が良さそうだ。吉村泰二にとって、今が勝負時だ。だからこそ伊勢もなりふり構わぬ姿勢を見せているに違いない。

携帯電話が鳴った。秋元法律事務所の加藤からだった。

「地検の細胞から緊急連絡が入りました」

小物の細胞の管理は、加藤に任せている。一週間に一度の定期連絡では間に合わないほどの情報……。携帯を持つ指に力が入る。

「教えて」

「地検に技能実習生の献金ルートが摑まれた模様です。特別刑事部が動いており、会議で取り上げられたと」

実態解明にはまだ時間がかかる。ベトナムに人を派遣する余裕が地検にあるのだろうか。あったとしても、現地の人間が簡単に口を割るはずもない。彼らも生活や命がかかっている。地検の捜査が順調に進んだとしても一年から二年、こちらの粘り次第で三年以上に引き延ばせ、捜査中止に追い込める。検事は大抵二、三年で異動するためだ。彼らは時間のかかる事件の解明を嫌う。自分たちの得点にならず、むしろ『事件を解明できなかった』と失点になってしまう。彼らも人間であり、組織人である以上、本音では出世や望みの役目に就きたがっている。そのためには、先行き不透明の事件にかかずらうより、目先の簡単な事件、それも国会議員――バッジ絡みを立件した方がいい。

「連中はどうやって見抜いたの？」

「特別刑事部の検事がベトナムというキーワードで調べていたとか。事務官を襲ったのもベトナム人ですし、ミナトの東南アジア支社もベトナムにありますので」

「それだけじゃ無理でしょ。はなから背後に私たちの存在を感じていない限りはね。秋元事務所から流出した裏書きの件は会議にあがってないの？」

「細胞から報告はありません。耳にしていないのでしょう。書記係として常に会議に出ているようですが」

裏書きデータを受け取った地検職員が、正規の捜査ルートに乗せていないのか。となると、件の検事も伊勢ルートから情報を得たのだ。伊勢が検事を促したと見るのが妥当だろう。

「急報があったら、また連絡して」

通話を終え、ホテル備え付けの電話の受話器をあげた。

「メリケンベイホテル、フロント係でございます」

「一五〇一号室の須黒です。今日から二連泊の予定でしたが、延泊します」

しばらく湊川に留まり、伊勢と対した方がいい。自分以外、真っ向から伊勢と対峙できる人材はいない。地検側が表と裏の両面で攻めてくるとみていい。

「延泊の日数はお決まりですか」

「まだ何とも。先にいくらかの料金を支払った方がいいですか」

「いえ。須黒様でしたら、最終日にまとめてのご精算で結構です」

誰もが宿泊をうらやむ高級ホテルの常客になったのに、須黒の心は特に弾まない。一人で泊まっても面白くない。

最後に心が弾んだのはいつだろう。記憶がとうに霞《かす》んでいる。


翌朝、須黒が身支度をしていると秋元から電話が入った。

「個人的に抱える筋から一報が入りました。地検はやはり、マル湊建設社長を横領罪で近々逮捕します。ホステス二人の供述を証拠採用すべく、出廷を求める方針です」

「政治資金規正法違反の線はまだ出てないの？」

「はい。念頭には置いているでしょう。社長は『違法献金した』と供述しているんです。横領罪にしたのは、吉村先生側を調べずに事を進める腹積もりだからですよ。外堀を埋めた時点で、ガサをかけ、関係者が一斉聴取されると想定して間違いありません」

「ホステス二人が効いてくるわけね」

「ええ。杜撰《ずさん》な捜査が公になれば、検察の捜査が信用ならない——という流れに世論が動きます。特別刑事部がどんなに筋のいい捜査を進めていたとしても、上級庁がストップをかけます」

ジャスミン確保の失敗は悪い面ばかりではなさそうだ。件のホステス二人はジャスミンの店経由で海外に逃がす算段をした――という恰好をとっている。伊勢がこちらの目論見を読んでいたとしても、必ず潰さないといけない線だ。ジャスミンは、自分が密航の段取りをつける役割だったと吐露するだろう。この線も裏取りに相当な時間がかかる。ホステス二人にも『近いうちに海外に行かせる』と話をつけている。地検側を真相から遠ざける、大きな時間稼ぎになる。

「ところで、今日の午後一番くらいにそっちに顔を出すつもり。例の坊やの様子も知りたいし。誰か行ってるんでしょ」

「はい、北原君が二日おきに」

北原小夏――。胸が疼く。

「では、後ほど」

須黒は軽く化粧をしてホテルを出た。迎えのタクシーに乗り、高級住宅街の山手地区に向かう。道路は適度な交通量だった。何本か大通りを越え、坂を上っていく。

十五分後、タクシーを降りた。住宅街に目当ての喫茶店がひっそり佇んでいる。観光ガイドやグルメサイトには掲載されない、地域密着型の古くて小さな喫茶店だ。ドアを開けるとカウベルが鳴り、コーヒーとパンを焼く懐かしい匂いがした。長年通う喫茶店だ。先代のマスターは亡くなった。二代目の息子が継いでいる。

カウンターに座り、会釈を交わす。

「クラブハウスサンドセットを下さい」

須黒は穏やかに言った。ここのクラブハウスサンドは、メリケンベイホテルのものより数段上だ。地元住民の一部にしか知られていない。一見客を断り、店側が広まらないようにしているのだ。この店は世の中の実態を象徴している。真の実力者は表に出ない。出る必要がないからだ。須黒は政治の世界で嫌というほど見てきた。いま、自分もその一員となっている。

二代目マスターは須黒の素性をわかっていないだろう。だからこそリラックスできる。気持ちを放り出せる、数少ない場所だ。今朝も客は数人いるだけだ。いずれも須黒より年上で、雰囲気は落ち着いている。近所に住む人たちだろう。須黒は店に満ちる香りを深く吸い込んだ。この一時だけは、日々の暗闘や喧噪を忘れられる。

伊勢雅行――。不意にその名が浮かび、須黒は我知らず眉を寄せた。今は頭を使いたくないというのに。コーヒーの芳醇な香りに意識を向け、対する相手の存在を頭から追い払った。

クラブハウスサンドイッチとコーヒーを味わい、店を出た。伊勢のせいで、いつもよりも朝のひとときを楽しめなかった。初めての経験だ。

秋元法律事務所では、秋元自らが出迎えてくれた。

「電話では地検側が政治資金規正法違反を狙っている――と申しましたが、実は潰せる手を打ってあります」

「何が望み？」

「いまさら何も要りませんよ。ただの意地です」

私への対抗心だろう、と須黒は推し量った。秋元は出会った頃から、反発心というか、敵愾心を滲ませていた。

「さすが秋元所長。地検でかなりの立場の人なんでしょ」

「政敵も同時に潰せる手を打ちました」

「三区選出の××議員？　どんな手を？」

同じ民自党の代議士で、当選五回、吉村泰二とは対立関係にある派閥の次世代トップと目されている。

「選挙違反記録です。買収先リストを使いました」

元々、須黒が元木にまとめさせたリストだ。県議や市議に報告させている。秋元に管理を任せていた。須黒の脳がめまぐるしく回転する。

「誰が使っていいと？」

「これは異なことを。私に管理を任せたという以上、よき時に使ってもいいと解しておりました。今ほど使うにふさわしい場面もないでしょう」

秋元の口調はどこか勝ち誇っている。

「事後報告は嫌い。次からは事前に伝えて」

「承知しました」

須黒は胸中でほくそ笑んだ。こんなにも短いやりとりで、私を出し抜いた気分にさせられるなら楽なものだ。秋元ほどの実力者を飼い慣らすのは簡単ではない。しかるべき餌や、お預けが要る。獰猛《どうもう》な犬の調教と一緒だ。買収先リストもあらかじめ与えていた餌。秋元なら適切なタイミングで使うと踏んでいた。これで引き続き、太いリードに繋いでおける。

「××議員を潰す間、地検はこちらに手を出す余裕はないというわけね。伊勢はどうなの？　地検を陰で動かしているんでしょ」

「所詮は一介の事務官に過ぎません。政界汚職に手を突っ込むのは検事であって、事務官じゃない。あれほどの証拠があれば、次席も検事正も××議員を洗う方を選択します。吉村先生側の捜査は、マル湊建設社長の虚偽供述だった――という形で幕引きを図る以外にないでしょう」

「あとはどう伊勢を潰すかね。あなたのためにもいつもの手は使えないし」

「ご配慮、ありがとうございます」

荒っぽい手は失敗したばかりだ。伊勢も万一に備えている。さらに備えを充実させるはずだ。須黒は背もたれに寄りかかり、左手で右肘を押さえ、頬杖をついた。

いま考えうる、打てるだけの手を打たせ、すべてを潰し、再起を図れなくするのが最善手ではないのか。到底敵わない相手だ、と心をくじくのだ。

「北原小夏を呼んで」

かしこまりました、と秋元が部屋の隅にある電話の受話器を持ち上げた。

五分後、控えめなノックがあり、北原小夏と加藤が部屋に入ってきた。

「座るまでもないから、教えて。裏書きを流出させた坊やの様子は？」

「健康です。一昨日も所長に食べたいと要求した、豆大福を運びました。食欲も変わりなく、むしろゆっくり体を休めている感もあります」

「そう。あなたへの反感は？」

「さて。そこまでの話はしていません。話したくもないんでしょう」

須黒は加藤に目を向けた。加藤が口を開く。

「私も同席しましたが、北原の言う通りの状況です」

「解放したらどうなると思う？」

加藤が目を広げた。

「こちらが不利になる情報を地検側にもたらすのは確実です」

「裏書きとか、秋元法律事務所がしてきたこととか？」

「ええ」と加藤が短く言う。

「シンプルな返答ね。食い足りない」

加藤が口元を引き結んだ。

「あなたはどう思う？」と須黒は北原に話を振った。

「わたしも同感です」

北原は須黒の目を見据え、口を閉じた。

「その目つき、何か言いたそうね」

「いえ。出過ぎた真似はしたくないので」

「もう下がっていい」

北原と直参が一礼して、部屋を出ていった。

「秋元さん、トイレを借りるから」

須黒は部屋を出ると、四階に下りた。フロアに続くドアがわずかに開いている。かねてからの指示通りだ。秋元が吉村側を裏切るつもりなら、加藤にも北原にも核心を突いた発言をさせない。ただ、加藤は元々吉村側の人間で、いまも吉村泰二に忠誠を誓っている。いくつか合い言葉を決めている。『食い足りない』もその一つだ。須黒がそう言った日はこうして四階のドアを開けさせ、立ち聞きできるようにさせる。秋元から伝えてはならないと指示があった仔細を加藤がつぶやき、それを耳にする流れだ。電話でもできるものの、タイムラグがないうちに疑いを潰したい。秋元を問い質すこともできる。これまでは仕掛けを発動しても、特に秋元が隠していることはなかった。今日も念のために合い言葉を述べた。

北原、と加藤の声がする。

「相変わらずバチバチだな。目の敵にされるのはどんな気分だ」

「光栄ですね」

北原がこともなげに言う。

「君も相当なタマだな」

加藤は呆《あき》れたような口ぶりだ。加藤と北原小夏の会話はそれっきりだった。秋元は二人に対し、特に指示をしていないらしい。

須黒は五階に戻る階段に足をかけた。

思わず口元を緩めた。加藤の言う通りだ。北原小夏は自分から見ても、肝が据わり、頭も切れ、他の人間とはモノが違う。

*

「これでは筆跡はとれませんね」

八潮英介《えいすけ》は手元のコピーをしげしげと見つめた。

内閣の各大臣が署名した、閣議書だ。総理大臣以下、各々が戦国大名よろしく花押を用いている。閣議は非公開で閣議書も同様だが、とある捜査で必要になり、八潮が応援に出た東京地検特捜部にも一部写しがあった。

東京地検特捜部が入るフロアの、小会議室にいた。ちょうど昼休みで、仕事の手も空いている。伊勢は考えこむようにじっと閣議書の写しを見つめていた。

昨晩、用意しておいてほしい、と伊勢から連絡があり、湊川地検から一緒に派遣されている事務官の渡部加奈子《わたべかなこ》と、湊川地検にかつていた特捜部の副部長とともに資料庫から引っ張り出した。どの閣議書にも花押が並んでいる。内閣制度が始まった明治以来の慣習で、行政のデジタル化が進められても花押文化は生き残っている。いずれ大臣になる時のため、専門家に花押の作成を依頼し、就任依頼を待つ国会議員も多いらしい。

「わざわざ東京にいらしたのに、やはり無駄足になってしまいましたね」

──閣議書では筆跡は検証できません。画像で送りましょう。その方が手っ取り早いですよ。

朝一番で伊勢に伝えていた。菊池が三好《みよし》に送ったデータの署名が本人のものか、伊勢は確認したかったのだろう。

「いえ。朝もお伝えした通り、自分の目で見たかったので。別件で東京に用もありますし」

伊勢なら湊川市内で吉村の直筆書類か何かを手に入れられるはずだ。わざわざ東京に出てきて、閣議書を見たがるのが不思議だった。用事のついでだったのか。

「総務課の業務──というか、湊川地検の差配はいいので？」

「三好さんが一手に担ってくれています」

伊勢の宿願を知っているうちの一人だ。

ところで、と伊勢が顔を上げる。

「八潮検事は、吉村泰二の色紙をご覧になったことはありますか」

「いいえ。芸能人でもないのに色紙を?」

「花押も添えてますよ」

「むやみやたらと使っていいものなんですか」

「いいんでしょうね。花押は閣僚制度の所有物ではなく、個人のものなので」

八潮は吉村の花押に目を落とし、伊勢を見た。

「なんだか子どもみたいですね。中学生の頃、同級生たちが有名人やプロスポーツ選手になった場合に備え、サインを作り、躍起になって友人同士で使ってました。その光景と重なります」

「同感です。よほど嬉しいんでしょう。花押を使えるまで上り詰めたぞ、と」

政界は生き馬の目を抜く世界であり、全国から上昇志向の塊が集まってくる。

「ところで他に東京にどんな用が?」

「ハチの一刺しを用意しておこうかと」

謎かけじみている。重ねて訊いても、伊勢は明かさないだろう。

「何かお手伝いしましょうか」

伊勢の用向きとあれば、副部長も融通を利かせてくれる。東京地検上層部には他にも伊勢と通じる幹部もいる。特捜部の応援は激務とはいえ、時間を作れる。

「いえ。私一人でできることですので。八潮さん、お仕事もプライベートも順調に進むことを願っていますよ」

プライベートか。渡部加奈子との仲を言いたいのだろう。伊勢も朴念仁《ぼくねんじん》ではないのだ。

「神のみぞ知る、といった心境ですね。仕事もプライベートも」

「言い残したことはないので、そろそろ失礼しますね」

言い残したこと？　今生の別れでもあるまいし、と喉から出かけた言葉を八潮は慌てて呑み込んだ。

伊勢は相当な覚悟をしている。

＊

午後三時過ぎ、神田駅近くの古い喫茶店には会社員だけでなく、高齢の夫妻や小さな子ども連れの母親の姿もあった。沢村慎吾《さわむらしんご》は店の奥まった席で伊勢と向き合っていた。

伊勢が口を開く。

「昨晩は遅かったにもかかわらず電話に出ていただき、ありがとうございました。折り入って頼みがあるのは私なのに、お呼びたてする形になり恐縮です」

「構いませんよ。湊川では伊勢さんにお世話になりましたから」

東洋《とうよう》新聞記者として危機に陥った時、伊勢が救いの手を差し伸べてくれた。おかげで長年の希望をかなえ、東京本社の政治部に入れた。与党担当として一年近く総理番をし、いまは党三役の幹事長担当だ。幹事長が非公開の会合中なので、その会場から抜け出せた。緊急の幹事長会見があっても先輩記者に頼み込み、抜け出しただろう。なにせあの伊勢からの呼び出しだ。絶対に何かあるに決まっている。

「私は何もしていませんよ」伊勢はさらりと言った。「ご多忙でしょうし、早速本題に入ります。もしここ数ヵ月で私が死んだ場合、湊川地検特別刑事部の相川検事と橋本検事、総務課の三好事務官と連絡をとってください」

「お体の調子が悪いんですか」

「いえ。ぴんぴんしていますよ」

沢村は頭の芯が冷えていった。それでいて体は熱い。特ダネをものにした時に似た感覚だった。

「命の危険を感じた場面でもあったんですか」

「私なりの理由も腹積もりもありますが、明かす気はありません。勝手ばかり申し上げておりますが、すべてを話してしまっては沢村さんも面白くないでしょう。なんといっても、記者の醍醐味《だいごみ》は真相に迫っていくこと。東京で政治部の沢村さんが湊川に赴き、しかも地検の検事と話す役目でないのは充分に承知しています。しかしそれだけの価値があるはずですよ」

伊勢は相変わらずポーカーフェイスで、口ぶりも至って冷静だ。

「なんで私に？　湊川には優秀な記者がいますよ。私にとってはライバル社ですが」

「報日《ほうにち》新聞の来杉《きすぎ》さんですね」

「ええ。唯一認める同期です。あいつの原稿は読ませる。取材力もある。まだ湊川で遊軍記者ですので、私よりも自由に動けます」

伊勢が頷いた。

「実は昨晩、お会いしました。沢村さんへのお願いとまったく同じお願いをしたんです。沢村さんと会うことも伝えています」

「『じゃあ、明日、沢村が電話してきますね』とおっしゃっていました」

「来杉はなんて?」

「まさに電話しようと思っていましたよ」

沢村は苦笑した。伊勢がストローでアイスコーヒーを飲んだ。

「私がお願いしたからといって、沢村さんが絶対に動くとは思っていません。お忙しい上、お考えもあるでしょう」

「伊勢さんに言われて、動かない選択肢はないですよ。動かなくていい方が、私にとっても伊勢さんにとっても幸いなのは間違いないですが」

「おっしゃる通りです。私も死にたいわけではありません。ただ、いつでも人間は万一を想定して生きるべきかと。母や妹一家の死で得た教訓です」

「胸に刻んでおきます。今度私が湊川に行く機会があれば、来杉も交えて三人で飲みませんか。伊勢さんならいいお店をご存じでしょ?」

「いいですね。楽しみにしておきます」

意外な返事だった。湊川司法クラブに詰めていた頃、次席会見の時などを除けば、伊勢と接触する機会なんてほぼなかった。司法記者なら誰もがシロヌシに近づきたいと望む。伊勢は記者だけでなく、他人を一切寄せつけない雰囲気があり、実際、誰も寄せつけなかった。

伊勢が腕時計をちらりと見る。

「来杉さんとも連絡をとらないといけないですよね？　私はそろそろ失礼します。お願いを申し上げただけで何の手土産もなく、恐縮ですが」

「伊勢さんにはすでに大きな土産をもらっていますよ」

一緒に喫茶店を出て、神田駅のホームに消える伊勢を見送った。沢村は路地に入り、携帯電話を取り出した。

来杉はすぐに電話に出た。

「そろそろかかってくる頃だと待ってたよ。伊勢さんの話だろ」

「ああ。どう見る？　相川検事、橋本検事、三好事務官を知っているか？」

「まさか。会ったこともないし、名前を聞いたこともないよ。俺は街ネタ専門記者だぞ。司法記者だった沢村はどうなんだ？」

「正直、知らん。検察への取材には分厚い壁があるのは知ってるよな」

「ああ。それくらいはな。検事との接触は御法度。事務官も同様。なのに伊勢さんは三人に話を聞け、と言うんだ。三人は何か話してくれるんだろう」

なんだろうか。

「沢村はいま話を聞いたばかりだから、分析しきれてないだろ？　俺は一晩あれこれ検討してみたんだ」

「興味深いな。教えてくれ」

「伊勢さんが俺たちに何を摑ませようとしているのかは脇に置いておく。考えたってどうせ知るよしもない。ただ、どんな状況を作りたいのかは想像がつく。俺にしろ沢村にしろ、どちらか一方に話した場合、東洋か報日の一社が特ダネを報じる」

「まさにそれこそ特ダネだ」

「ああ。ゆえに、後追い記事の扱いは小さくなる。伊勢さんはそれを避けようとしているんじゃないのかな。東洋と報日で特ダネを出し合えば、大きな扱いの記事が連日どっちかの紙面に載る」

沢村は喉の奥でうなった。

「なるほど。俺と来杉の実力を鑑み、計算したわけか。実際、伊勢さんの意図通りに進むだろうな」

「だな。なあ」来杉が声を低くした。「万一の時、俺は伊勢さんに乗るぞ。恩がある」

「俺もだ」

沢村も言下にいった。

湊川市中心部にある吉村の地元事務所で東京との連絡や、明日以降のスケジュール調整を行い、須黒はホテルに戻った。

――なんだ、須黒さんは帰京しないのか。

吉村はどこか嬉しそうで、羽を伸ばせるとでも言いたげだった。別に締めつけているつもりはない。口うるさくもない。次期総裁候補なのだから、どっしり構え、不満があれば言ってくれればいい。受け入れるかどうかは、こちらの判断になる。

携帯電話が鳴った。加藤からだった。

「Kラインです。伊勢は日帰りで東京に行った模様です。また、地検特別刑事部では明日、大事な聴取を行うとか。ジャスミンでしょうね」

「伊勢は何をしに東京へ？」

「東京地検特捜部で検事と会い、顔見知りの記者とも接触したと」

「何のため？」

「そこは定かではありません。伊勢もはぐらかしたそうです」

「電話で聞いたの？　直接？」

「電話です」

伊勢もさすがにぺらぺらと内容までは話さないか。電話で話す内容でもないのだろう。

Kライン——北原小夏がもたらす伊勢に関する情報を称している。伊勢は定期的に北原小夏と連絡をとりあい、情報交換している。

伊勢は、北原小夏が自分の側にいると安心しきっているのだ。実際には吉村側だというのに。だからこそ、ベトナム現地との書面を流出させた男を確保できた。

伊勢が北原小夏の本性に勘づいた気配はない。彼女の母親が吉村家の手にかかって殺されたことを知っており、本性を見抜けていないのだ。さすがの伊勢も、こと北原小夏に関する限りは目が曇っている。こちらにとって、彼女は太いパイプだ。伊勢は最近、とみに情報をもたらしてくる。

「伊勢は吉村先生の筆跡がほしいようです。北原君に入手してほしい、と電話で頼んできました。ベトナム側との書面にある、先生の裏書きと照らし合わせたいのでしょう」

妥当な動き方だ。自分が伊勢でも同じ方策をとる。

「了解。色紙を流す」

「いいんですか。筆跡鑑定されますが……」

「吉村泰二の直筆色紙なんて世の中に溢《あふ》れているでしょ。ここで渡さなくても、どうせ伊勢はどこかで調達する」

「なるほど。北原君が渡せば、鑑定結果を探るのにかこつけ、他の諸々も探りやすくなりますな。ますます伊勢は北原君を信用しますしね」

もう一つ狙いがある。須黒は加藤に言うつもりはなかった。

「色紙なら持ってる。北原小夏に取りに来させて。この部屋で待ってるから」

「いいんですか」

あなたは北原小夏を嫌っているのにいいんですか、と言いたいのだ。

「あなたよりマシでしょ。男を部屋に入れたくない」

「かしこまりました。向かわせます」

誰もお前を襲わないさ、と加藤は言外に滲ませている。

一時間後、北原小夏がこざっぱりした服装でホテルの部屋にやってきた。見た瞬間に忘れるような目立たないパンツスーツだ。

須黒は用意しておいた色紙をテーブルに置いた。吉村泰二の名前、安泰の二文字、日付、花押が記されたおなじみの色紙だ。

「持っていって」

「ありがとうございます。いつも用意されているのですか」

「支援者の急な願いに対応するのも秘書の役目。色紙なんて何枚も用意してる。かさばるけど、お金はかからない」

「さすがです」

それはこっちの台詞だ、と須黒は思った。皇后と二人きりになり、臆せずに会話できる者は数少ない。須黒の素性を知らない者は別として。

「恋人だったんでしょ。裏書きを流出させた坊やは」

「はい。誰にも話していないのに、なにゆえおわかりに？」

「金庫を漁ると知っていないと、あんな行動はとれない。坊やだって馬鹿じゃない。話す相手は限られてくる。心を許す者。坊やは伊勢の手駒だったんでしょうが、あなたは違う。ふりをしていることを明かすはずもない。だったら、恋人しか可能性はない」

「重ね重ねさすがです」

須黒は顔の前で手をひらひらと振った。

「やめて。少し頭が回れば誰でも見当がつく。秋元所長も直参も導き出せるはずなのに、そこまで頭を使ってないから至ってないだけ」

「考えられるということが特別なのではないでしょうか」

どこぞの三代目に聞かせてやりたい。

「あなた、大きくなったね。子どもの頃に、二度会ってる」

「わたしも憶えています。須黒さんとお目にかかった時を」

「そう。昔から記憶力がよかったものね」

「印象が強かっただけです」

「いつ色紙を伊勢に渡すの」

「今日中には」

「なら、早く行きなさい」

失礼します、と北原小夏が部屋を出て行った。

須黒は椅子の背もたれに寄りかかり、高級メゾンの腕時計を見た。子どもの頃、父親が買ってくれた。いまも大切に使っている。当時は新品だったが、世間ではアンティークと呼ばれるまでの年数が経った。私自身もアンティークになったというわけか。

半生の記憶にしばし身を置こう。

◇

一人娘として、過不足ない少女時代だった。いや。世間一般の基準で言えば、過不足ないどころか、かなり恵まれた家庭で生まれ、育った。

父は船乗りで、海外航路の船長として欧州や米国を行ったり来たりした。戦争中は否応なく軍属となり、一人の若き乗組員として太平洋を航行したという。一方、母親もさる大名家の血筋を引き、顔立ちは上品で、やや封建的な考え方をする以外は新しもの好きで、ビートルズよりローリング・ストーンズに熱狂した。昭和四十年代には珍しかった、舶来ものの洋服や靴、お酒、タバコ、お菓子などが家に溢れていた。家も湊川市の山手地区に建つ、大きな洋館だ。須黒が生まれる前、兄と姉がいたそうだが、いずれも病弱で亡くなった。須黒は両親にとってはある程度歳を重ねてからの子どもだった。

須黒は無事に育ち、小学校から名門女子校に通った。

「今から一流品を身に着けなさい。一流の審美眼を持てば、人を見る目も確かになる」

父親の教育方針により、須黒は小学生にしてオーダーの革靴を履き、高級メゾンの腕時計を手首に巻いた。制服ともマッチし、教師陣も「お似合いですよ」と言ってくれた。教師が生徒にも丁寧に語りかける校風で、自然と須黒たちの口調も校内では穏やかになった。土曜の昼下がり、学校から帰ってくると、父行きつけの喫茶店でクラブハウスサンドイッチを家族三人で食べるのが習慣だった。

行儀作法を厳しく注意された以外はおおらかに育てられ、両親と喧嘩らしい喧嘩もなく、何不自由なく中学、高校と進んだ。同級生もみな素直で、羽目を外すといっても喫茶店に行くとか、公園に行くとか、こっそり煙草を吸うとか他愛ないことだった。女子校特有の仲間外れなどはたまに起きたが、簡単に回避できた。逆に仕掛けてきた生徒を徹底的に仲間外れにした。彼女は次の学期に転校した。高校の卒業式後、物足りなさを覚えた。自分の内にある何かを持て余している気がした。

東京の私立大学に入学しても、須黒は周囲が幼く見えた。かたや周りは須黒を大人として扱った。両親の教育方針で体の芯まで染みた雰囲気が、そうさせたのだろう。文学部でフランス文学を学び、サークル活動はしなかった。ままごとのように思えたからだ。

十九歳の夏休み、湊川に帰省した。誰も彼も子どもみたい、と父親に述べた。

「ふむ。無事に育ったな。何よりだ」

「どういうこと？」

父親がパイプを吸い、煙がふわりと漂う。

「敗戦直後の日本人には、『時流や貧しさに負けるものか』と歯を食いしばれる強さがあった。お父さんにもお母さんにもね。まさにゼロからのスタートだった。一致団結し、物事にあたれる強さも日本人にはあった。ただし、何事にも両面がある。お父さんはよく海外に行くだろ。そこで彼らと日本人との違いを痛感した。彼らは良くも悪くも、団体としてより、個人としての意見があり、そちらに重きを置く。自分の中に確固たる審美眼があるから、とお父さんはみた」

「それで私に子どもの頃から一流品を身に着けさせたの？」

「ああ。歴史を紐解けば、欧州にも例外はある。近年ではドイツとイタリアは他人に頭を預けた時期があるだろ。他方、日本は江戸時代からずっと続いている、とお父さんは分析してるんだ。清美はその呪縛から逃れられた。周囲に同調せず、自分を貫ける」

父親は満足そうにパイプに口をつけた。

「でも、私は自分が何をしたいのかちんぷんかんぷん」

「のんびり見つければいいさ。そうだ、土産がある」

父親が海外の煙草のカートンをテーブルに置いた。金色のパッケージだ。

「どうせ東京で吸ってるんだろ」

「知ってたの？」

「いや。清美なら吸ってると予想しただけだ。日本製の煙草は、まだ海外製のものに敵わない。吸ってごらん」

本当に味が違った。煙がふくよかでありつつ、鋭い。

翌日、朝から一人で父親行きつけの喫茶店に赴いた。年配のマスターは気さくに迎えてくれた。珍しく客はいない。テーブル席を一人で独占し、クラブハウスサンドイッチとホットコーヒーの朝食をとっていると、ドアが開き、カウベルが鳴った。

中年の男性が入ってきた。男性は須黒を見ると、「おっ」という顔をした。男性は須黒の席に歩み寄ってきた。

「失礼、須黒さんの娘さんでは？　吉村正親と申します。国会議員をしており、父上にはお世話になっておりましてね。長年吉村家を支援してくれています」

「どうして私をご存じで？」

「何年か前、須黒さんご一家が街のレストランで食事されているのをお見かけし、声をかけたことがありました。あなたがきっちりとご挨拶されたのが印象に残っていましてね。老いも若きも、ろくに挨拶もできない者が多くなっていますので」

そういえば、そんな出来事があった。月に一度、一家三人で古くからのステーキ店やイタリア料理店に行く。湊川はさすがに国際的な港街だけあって、東京にもまだ少ないイタリアンやフレンチレストランも多い。

「左様ですか。こちらこそ平素より父がお世話になっております」

「席をご一緒しても構いませんか。若い人と会話する機会もめっきりなくて。様々な方からご意見を伺うのも我々の仕事なんです」

面倒くさいのが正直なところだった。そうはいっても父親と付き合いがあるのなら、邪険には扱えない。どうぞ、と正面の席を手で示した。須黒は名乗り、大学生だと言い足した。

「いま大学生としての時間をもてて何よりですね。十年前なら、学生紛争で勉強どころではなかったでしょう」

「名残はキャンパスのあちこちにありますよ。立て看があって。『目を覚ませ、学生諸君』とか『打倒、既成学生制度』とか」

「それは看板としても失格ですね。効果的な文言ではない。第一、景観も損ねる」

おや、と須黒は内心で目を大きくした。政治家は粗雑で乱暴で下品という印象だ。その点、吉村正親は夏だというのにスーツを着こなし、汗ひとつかいていない。

あれは、と吉村正親が続ける。

「平気で立ち小便する輩が作ってるんでしょう。おっと、失礼。女性の前ではしたない言葉を使ってしまった」

「構いませんよ」須黒は微笑みかけた。そこまでうぶではない。「事実、優美さの欠片もありません。醜い景観は悪でしょう。心を荒《すさ》ませます」

「嘆かわしい限りです。東大でも京大でも、学生紛争に参加したほとんどの人間は卒業後、一流会社に就職した。彼らは批判した側に嬉々として飛び込んでいったんです。何かを変えたいという心意気は買います。が、方法がまるでなっていない」

「同感です」

「清美さんが当時大学生で、既成のシステムを変革したいと望んだ場合、どのような方法をとりましたか」

「体制に抵抗するための暴力や籠城、ピケ運動なんて無意味でしょう」

ほう、と吉村正親は相槌を打った。

須黒はコーヒーを一口飲み、カップをソーサに戻す。

「本気で社会システム、学校制度を変革したいのなら、体制側に入り込み、偉くなるか、偉い人の意思を左右できる立場につき、トップダウンで有無を言わさずに実行すればいいんです」

「卓見ですね。一流会社に就職した連中で、そんな志を持った者が一体どれくらい存在するのか」

「もしいるのなら死に物狂いで、社内でのし上がろうとするでしょうから、そろそろ変革があちこちで起きるはずです。あと数年のうちに何も起きなければ、志を貫徹する人はいなかった証明になります」

吉村正親が目を細めた。

「面白いお嬢さんだ。東京でも定期的に意見交換をさせてください」

父親との間柄を悪くしないためにも、須黒は了承した。

東京で三ヵ月に一度、会うことになった。吉村正親は都度、須黒が一人暮らしする部屋の黒電話に日時と場所を告げてきた。何度目かの定例会で、須黒は尋ねた。

「先生は何のために政治家をされているのですか」

「自分の欲を満たすためです。物欲、出世欲、性欲、食欲、支配欲などなど」

「利己的に聞こえますね」

「利己的の何が悪いんです？」

「それは――」

須黒は即座に答えられなかった。吉村が鷹揚に頷く。

「自分勝手にも様々な種類があります。周りを振り回し、迷惑ばかりをかける自分勝手もあれば、一人山にこもって誰にも迷惑をかけずに生きる自分勝手もある」

「先生の場合は？」

「政治家が利己的に生きようとすれば、周囲を納得させるだけの力と実績が必要です。『あの議員はいざという時に頼りになる』と心服させてないといけない。有権者の利益にかなう判断をし、国の舵取りを行った積み重ねがないと、見向きもされずに落選するんです。私はいま、利己的に生きている。つまり力も実績もある」

「楽な道ではなさそうですね」

「楽である必要がありますか？　私はそんなに柔ではありませんよ」

吉村正親は歯を見せて笑った。

大学三年の時、父が急死した。風呂場で倒れ、数時間後に亡くなった。航行中ではなかったのは、不幸中の幸いだった。

いた。

——形見分けしてくれないか。

親類が葬儀に集まってきて、母親に頼んだ。良家の血筋ゆえか母親は頼まれるがまま、「みんなにいつまでも憶えておいてほしいから」と父の腕時計や衣類、使用していたアンティークのデスクやソファーまで与えた。須黒が顔を見たこともない親類もいた。

——あまり形見分けしすぎない方がいいんじゃない？

——お父さんが慕われていた証明だし、断りきれないでしょ。

母親は泣き笑いのような顔で、か細い声を発した。

葬儀が終わって一ヵ月後、家と土地を売却するよう、母親に迫る者がいた。母親も会ったことのない、父方の親戚だった。

——いま売れば大儲けできる。一生遊んで暮らせるよ。清美ちゃんの将来のためにも。私への手数料は三パーセントでいいから。他の親戚には口外するな。金欲しさにどんどん寄ってくるから。

金が欲しいのはあなたもだろ、と須黒は口に出かけたが、母親は提案に心を引かれていた。当時、歳を重ねた女が働きに出る場は少なく、あっても稼ぎはたかがしれていた。母親には就業経験はなく、家柄の良さゆえ、娘から見ても働きに出てうまくいくとは思えなかった。母親はこれからどうやって生活していくか悩んでいた。貯蓄と父親の死による保険金があるとはいえ、大病などをすれば、あっという間に金は消える。須黒にとっても他人事ではない。大学は卒業できるだろうが、その後だ。友人の先輩らの話を総合すると、就職したところで女というだけでたいした仕事はできない。「雑用をこなせない者に大きな仕事は任せられない」という方針なら納得もできるが、単純に「女だから任せられない」という発想で、給与水準も低い。

女二人なので今後の不安に襲われている、と家の売却を持ちかけてきた親類は見越したに違いない。

吉村正親だった。母親が印鑑をリビングに持ってきた時、来客があった。

須黒の家を出た。書類はいったんしまわれ、親類は「コーヒーでも飲んでくる」と須黒の家を出た。母親と須黒で吉村に応対した。吉村正親はお悔やみの言葉を述べ、白木の位牌に手を合わせた。お茶をどうぞ、と母親が促し、リビングのソファーセットで対座した。

「生前、旦那様は心配があるとおっしゃっていました。自分が死んだら親類縁者がハイエナのように奥様――というか須黒家の財産に群がるのではないかと」

須黒と母親は顔を見合わせた。初耳だった。父親の懸念は正しかったのだ。母親がうつむき、口をつぐんだ。自分が情けなくなったに違いない。

「実は——」と須黒が実情を話した。吉村正親と話し慣れており、世間の知恵を貸してほしかった。

吉村正親は憤然と鼻から荒い息を吐いた。

「ご親族の方に対する物言いではないのを承知の上で申し上げます。言語道断です。私は利己的な人間ですが、火事場泥棒や他人様の死に付け入る真似はしません。父上に長年お世話になった私が防波堤になりましょう。以後、即座に私の事務所にご連絡ください。私か秘書が直ちに対応します。まずは私が参る直前にいらしたご親族の対応ですが——」

吉村正親は事務所から秘書を呼び、戻ってきた親類をあしらうわけでもなく、売却を諦めさせた。この日以降、形見分け目当てに来た者の対応をしてくれた。のみならず、形見分けした品のうち、高級腕時計やアンティークのソファー、デスクなどを取り戻してくれた。

大学三年生になって卒業単位に目処がたつと、須黒は議員会館の事務所に手伝いに行くようになった。社会勉強になりますよ、と吉村正親から誘いがあったのだ。

「清美君は大学を卒業したらどうする気だい？　希望の会社があるなら後押しするよ。吉村正親の名もなかなか使い勝手がいい」

「まだ何とも」

焦りはあった。胸に潜む、持て余す何か。その正体も判然としないまま、老いて死んでいくのだろうか——と。父親は生前、のんびりやりたいことを探せばいいと言ったが、手がかりすらない。フランス文学は面白いものの、一生をかけて研究しようとは思わない。かといって一般企業に就職したところで先はない。

ある時、事務所に行くと初めて見る女性と二人だけになった。年齢は吉村正親よりも二十歳くらい上で、髪は真っ白、どっしりとした体型だ。秘書という雰囲気ではない。数少ない女性秘書もパンツスーツが基本なのに、ジーンズにウインドブレーカーを羽織り、議員会館という場所にそぐわない服装だ。掃除の人？　女性は秘書の机上にある書類を手に取って軽く目を通し、戻すことも繰り返している。まさか陳情の人が勝手に入り込んでいる？　だとすると、かなりまずい。秘書たちがいつ戻ってくるか定かでない。

「どちらさまですか」と須黒は柔らかに声をかけた。

「なに？」

女性は鋭い眼差しだ。人を射殺せそうなほど尖っている。

「秘書の方ではないですよね。事務所でお見かけしたことがないので」

「だとすれば？」

「陳情の方ですか？　ご用件を承ります」

「この事務所は陳情に来た人間が勝手に資料をあされるほど、間抜け揃いだと？」

女性の目つきには相変わらず殺気がこもり、声は落ち着いている。

「まさか、そんなことはありません」

「なら、私も違うんじゃない？　あなたの論理は破綻してる」

「世の中は論理だけで動いてるわけではないので」

女性の右眉だけが動いた。

「そう言えるだけの実体験があったの？」

「いえ、違います。私は文学部の学生なのですが、自分が面白いと感じた小説ほど、登場人物が非論理的な行動をしたり、本筋から外れたストーリーが展開したりするので。より人間らしさを感じるというか」

ふうん、と女性が目元を緩めた。

「悪くない答えね。残念。お仕着せの綺麗事や能書きを垂れるだけなら、とっちめてやれたのに」

ドアが開き、吉村正親と筆頭秘書が入ってきた。吉村が女性に足早に近寄る。

「おカアさん、いらしてたんですか。あらかじめ連絡を頂ければ、出迎えたのに」

「あなたに出迎えられても、別に嬉しくないからね」

女性はぴしゃりと言った。吉村正親が公の場で実母に『お母さん』と言うはずもない。義理の母か。

「正親さん、こちらのお嬢さんはどなた？」

「亡くなった支援者の娘さんです。しっかりしたお嬢さんなので、社会勉強を兼ねてたまに事務所に来てもらっています」

「なかなか見所がある子ね」

「同感です」

吉村正親の義理の母が筆頭秘書を一瞥した。

「よっぽど彼女の方がましね」

「面目ありません」と筆頭秘書が頭を下げた。

「ちょっとこの子を借りるよ」吉村正親の義理の母親が須黒を見た。「ついてらっしゃい」

吉村正親を見ると、頷かれた。須黒は彼女の後に続き、議員会館を出た。国会へ至る路上に黒い車が停車していて、彼女は近くで立ち番をしている若い警察官に手を挙げた。

「お疲れ様。見てくれてありがとう」

警察官が吉村正親の義母に会釈した。彼女は運転席のドアに手をかけた。

「あなたは助手席に」

須黒は言われた通りにした。革張りのシートで乗り心地が良かった。普段利用する公共バスとはまるで違う。車が滑らかに発進する。

「楽にして。ドライブしましょう。事務所の人間はアタシを大奥方と呼んでる」

「吉村議員とはどのようなご関係で？」

「あなたなら会話でぴんときたと思うけど、義理の母。元々は初代のご近所さん。アタシの方が一個上だから、姉代わりね。御年六十三の高齢者よ。湊川と東京を行ったり来たりしてる、戦後は初代と色々支え合って生きた。初代が国政選挙に出る時はおおわらわでね。全力で手伝った。粉骨砕身ってああいう時に用いるべき熟語なんでしょう。正親さんが生まれた頃から知ってるわけ。おしめも換えたし、初代の奥さんの代わりにご飯も作った。政治家の妻も何かと忙しいから、子どもに構っている暇がないの」

日比谷公園前から半蔵門方面に車は向かう。

「初代は初代で結婚し、アタシはアタシで結婚した。娘ができ、初代の息子である正親さんと結婚した。孫はいない。国会議員の世襲について何か意見は？」

「能力次第ではないでしょうか」

「その通り。正親さんも出色の政治家。じきに総理大臣にもなれる器。だからアタシは、正親さんも全力で支える。初代、正親さんとアタシは私設秘書のトップを務めてる。実質的には筆頭秘書よりも上。だから誰もアタシに頭が上がらない。頭が上がらない理由は他にもあるんだけど」

最後、大奥方の声にひやりとした。発言の奥に潜む何かに、本能が反応したように感じられた。

「秘書の役目ってなんだかわかる？」

「書類の整理とか、スケジュール調整とか、会合に誰を呼ぶのかを決めるとか」

「それは表の仕事。私は裏を担ってる。腕と頭と度胸のある政治家がいるなら、どんどん仕事をさせた方がいい。そのためには金が必要。表の金だろうと違法な金だろうと稼ぐ方策をひねりだし、邪魔者を退け、いざという時には盾になる。それがアタシの役目」

大奥方はさらりと言った。裏の金。政治家には色々な金が流れ込んでくる……いや、集めるのか。

「なんでそんな大事なことを部外者の私に？」

「見込みがあるからに決まってるでしょ。アタシに睨まれても平然としてるなんて、並大抵の肝っ玉じゃない」

「鈍感なだけかもしれません」

「それも才能。あなた、どんな仕事に就きたいの？」

「まだ決まっていません」

「じゃあ、決まりね。アタシの下につきなさい。社会に出ても、女ってだけでどうせ何もできないんだから。口惜しいでしょ、そんなの」

「具体的には何をするんですか」

「権謀術数。あなたも、もう罠にかかっているかもよ」

ぞくっとした。さむけ？　違う。武者震いだ。わくわくする自分がいる。女子校時代から持て余していた何かが反応している？　確かめたい――。

大奥方はおもむろにタバコを咥え、火を点けた。

「タバコはやっぱり外国産ね」

「私も吸っていいですか？」

「ご自由に」大奥方はにやりと笑った。「アタシの目に狂いはない。最初に言っておく。正親さんはあなたを気に入っている。いずれ男女の関係を求めてくる。あれは女好きだからね。今も愛人が何人かいる。アタシが知っている限り、五人。価値観は時代とともに変化するから何十年先は違うかもしれないけど、現段階では政治家はそれくらいの精力がないとやっていけないと割り切ってる」

「娘さんが奥様なんですよね。いいんですか」

「構わない。娘の手前、おおっぴらには言えないけどさ。誰が、どれだけ正親さんと寝ようといい。でもね、子どもができた時は別。財産分与とか地盤継承とか色んな面倒事が持ち上がるでしょ。もっとも、娘との間に子どもができる可能性は低いね」

翌日、吉村正親に小声で囁かれた。

「色々と吹き込まれたんだろ？　須黒さんは魅力的だが、手を出す気はない。手放したくないからね。君はやっぱり逸材だった。おカアさんはなかなか他人を認めない」

大学卒業前、母親に不安視された。

「吉村さんはいい人だけど、政界って血腥《ちなまぐさ》いんでしょ。お嫁のもらい手がなくなるよ。出会いはあるの？」

「別に誰かにもらってほしくないし、そもそも私はモノじゃない」

「もっと楽な道もあるでしょう」

「私はそんなに柔じゃない」

いつかの吉村正親の台詞を借りた。

大奥方直属のスタッフとして、吉村正親事務所に入った。公共事業に乗じたヤミ献金の受け取り方、各業界の利権への食い込み方、裏社会との付き合い方などを目の前で学んだ。嫌悪感はなかった。世の中の仕組みについて、むしろ感心した。

「本当にいいのは、制度を作って常時金が入るシステムを構築すること。国会議員なんだから、できるはず。けど、アタシはまだ実現できてない。なかなかハードルが高くてね。年齢的にも厳しいでしょう」

大奥方は悔しそうだった。

「私が引き継ぎます」

須黒は言った。

三年目には、吉村正親も加わる、超党派議員団による東南アジア各国の歴訪にも須黒は秘書団の一員として同行した。大奥方の意向だ。大奥方は病気がちで、須黒が裏の業務をほぼ代行していた。吉村正親以外、他の秘書にもその事実も病気のことも伝えていない。

東南アジア訪問は、先の戦争で傷ついた各国との関係改善、旧日本兵や現地人の戦死者の慰問などが目的だ。初代吉村が東南アジア戦線に立った関係もあり、現地との関係を築き、正親がその再確認をする意味もある。

フィリピン、タイ、ビルマ、インドネシア、そしてベトナム。戦争で傷つき、社会主義陣営でもあるベトナムは他国とは根本的に雰囲気が異なっていた。

昼間の慰霊祭や現地高官との会合を終え、夜は宴会となった。須黒は宴会後、街に繰り出した議員団や秘書たちを見送り、ホテルを出て、迎えの車に乗った。

――ベトナムに面白い人がいるの。せっかくだから会ってきて。

大奥方に言われていた。迎車を運転するのは半袖短パンで、無表情な男だ。薄闇でも腕が傷だらけなのが見てとれる。ハノイの繁華街を抜け、街灯もない物寂しい一角に入った。コンクリート造りのやや大きな三階建ての建物前で止まった。建物のドア前にはいかめしい男が三人立っていて、右側の一人が後部座席のドアを開けた。顎をしゃくられ、下りるよう促された。ボディチェックこそなかったが、前後左右を屈強な男に挟まれ、ビロード敷の階段で三階にあがった。政府高官の応接室にもなかった重厚な机とソファーセットが置かれた部屋で、初老の男が両手を広げた。

「ようこそ。地獄を見た土地へ」

日本語だった。須黒は腰を折った。

「須黒清美と申します。田中《たなか》さん……もとい、グエンさんとお呼びした方がいいですか」

「どちらでも構わんよ。どうせ誰も聞いていない。せっかくだ。久しぶりに田中と呼んでくれないかね。耳に懐かしい響きだった」

「かしこまりました。紹介状を取り出しますので、鞄に手を入れます。拳銃を出すわけではありませんので襲いかかってこないよう、ドア前のお二人に念押ししていただけますか」

「オーケー」

田中は微笑み、現地の言葉で何か指示をした。須黒が大奥方からの紹介状を渡すと、田中は斜め読みしてすぐ脇に置いた。

「彼女も元気そうでなによりだよ。吉村大尉が亡くなってからだいぶ経つね。彼と銃弾をくぐり抜けた日がつい昨日のようだ」

「伺っております」

――田中中佐は戦争時、先代の上官だったそうよ。相当な切れ者で、中佐のおかげで部隊が何度も命拾いしたらしいの。敗戦後も中佐は現地に留まることを選ばれた。

復員の日、姿を消したんだって。先代の戦友が政府の遺骨収集団に参加し、現地の協力者に中佐がいらっしゃった。以来、主なメンバーで連絡を取り合っている。色々と協力してくれてる。

——ベトナムから協力？

——中佐の交友関係は広いから。

大奥方はほのめかすように言っていた。

「君もいい度胸をしている。見知らぬ土地で見知らぬ者がよこした車に、女性一人で乗り込むだなんて」

「恐れ入ります。戦火をくぐり抜けた田中さんや大奥方には到底及びません。ただ、近づきたいなとは思っています」須黒は姿勢を正した。「大奥方より、ご意見を賜るよう言われております。今後のベトナム、日本の行く末についてです」

ふむ、と田中は一つ頷いた。

「まずベトナムについて。しばらくは戦争の傷跡から抜け出せないだろう。日本が復活できたのは欧米各国——特に米国との関係で朝鮮戦争とベトナム戦争で潤った点が大きい。日本のような劇的な経済発展は難しい。つまり産業が生まれない。なら、どうするか。人間を使う以外にない。安価な労働力の輸出さ。高官にもそう言ってるんだよ」

田中はベトナム政府高官にも食い込んでいる。

「では、日本は？」

「発展し続けるなんて不可能だ。いずれ頭打ちになる。そもそも土地が少ないのに、人口が増え続けるわけもない。いずれ減少傾向に入る。あと数年ってとこかな。対策は……知らんよ。勝手にしてくれ。吉村大尉の息子さんたち次第さ」

「今後も引き続き、ご指導をお願いします」

「もちろんだ。他ならぬ吉村大尉との関係もある」田中は手を叩き、ベトナム語でドアの向こうに声をかけた。「人を紹介しよう」

丁重なノックの後、ドアが開いた。まだ若い男だった。

「ニャン。この若さで政府高官の相談役だ。あまり表に出るのを好まない性格なので、今後も陰で政府を支え続けるだろう。日本語は私が教えた」

「はじめまして」

流暢《りゅうちょう》な日本語だった。

ニャンを交え、しばらく当たり障りない会話をかわした。

「技能実習制度はいずれ日本、ベトナムにとって重要な制度になるだろう。互いにと

って の弱点を補完できる」

「田中さんからもご意見を頂戴した、と伺っております」

吉村正親が陰に陽に進めた政策だ。いずれ日本の労働力不足を解消する一助になる。

「私はたいしたアドバイスはしていないよ。ときに、軍曹は元気かね」

田中の部隊にいた元兵士だ。大奥方と吉村正親との会話で何度か名前が出た。詳しい間柄は知らない。

「私はお目にかかっておりませんが、最近は大奥方もお会いになっていないようです」

「平和でなによりだよ」

よく理解できない返答だった。

帰国後、大奥方に田中とのやりとりを伝えた。

「そう。アタシじゃなく、やっぱりあなたの役割になりそうね。例のシステム作りの話」

「望むところです。じっくり策を講じます。ところで、私は軍曹とはお目にかからなくていいのでしょうか」

「嫌でもいずれ顔を合わせる時がくる。会わないなら、その方がいい人だしね」

田中も似たニュアンスの発言をしていた。

半年後、須黒は軍曹の仕事を思い知らされた。須黒が街で、幼児を乳母車に乗せた女性に声をかけられたことが発端だった。

「間違っていたらごめんなさい。吉村正親議員の秘書の方ではありませんか」

見覚えのない女性だった。須黒は表舞台にはあまり立たないものの、主な支援者の顔を憶えている。とはいえ、全員を記憶するのは不可能だ。陳情かもしれない。

「おっしゃる通りです。大変失礼ですが、どこかでお目にかかったのでしょうか」

「いえ。何度か吉村議員やお母様とご一緒にいるところを、レストランなどで一方的にお見かけしただけです」

「それだけでよく私が秘書だとおわかりになりましたね」

「実は、吉村議員に伺っていたもので。聡明な若い女性が事務所に加わったと」女性が声を潜めた。「個人的に吉村議員のお世話になっている者です。北原春江《はるえ》と申します」

ぴんと来た。愛人だ。この子どもはまさか――。

女性が眉を寄せた。

「先日、気になることを耳にしました。吉村議員がお世話してくださる部屋に、東京専従の秘書の方、二名が議員を訪ねていらしたんです。『大奥方が口を挟まれるのは金輪際ごめんだ。なんとかしてほしい』と。議員は承諾せず、トイレに立った時です。秘書のお二人が『こうなったら消すしかない』とおっしゃって……。あれから怖くて怖くて。事務所内の人間関係は見当がつきませんし、議員の耳に直接入れると、お心を乱してしまいそうで。私の立場上、電話なり事務所に出向くなりするのも控えないとなりません。誰にも言えなかったところ、あなたをお見かけした次第です」

「私は反大奥方派ではないと？」

「はい。議員から大奥方の腹心だと伺っています」

かなり深い面も話しているみたいだ。脇が甘いのか、吉村正親はこの女性を信頼しているのか。どちらだとしても、偶然に感謝しないといけない。

「情報提供、ありがとうございました。お子様について、大奥方に暴言を吐いた秘書二人は承知しているのですか」

「……ええ。お二人だけはご存じです。暗にばらすぞ、という脅しめいた文句も吉村議員に投げつけています。議員は受け流していましたが」

「どういった経緯で二人はお子様のことを知ったんです？」

「住まいは湊川なんですが、東京で病院を手配してくれました。湊川で出産するより、会いにいきやすいと議員もおっしゃって」

東京専従の二人は来たるべき日――大奥方に反旗を翻す時に備え、子どもの存在を自分たちだけで止めていたのだ。反大奥方派が、子どもをてこに吉村正親を動かすために。

吉村正親としても大奥方には言えない。当然私にも明かせない、と須黒は納得した。大奥方との関係が近すぎる。

「利発そうなお子様ですね。私は見なかったことにします」

「ご配慮、恐れ入ります」

誰から仕入れた話なのかは明かさず、東京の秘書が妙な動きをしているらしい、とだけ大奥方に伝えた。大奥方が作業場や資料置き場として契約した借家に、高齢の男が出入りするようになり、それが軍曹だった。須黒は大奥方付として借家にも同行したので、軍曹の対応にも同席した。

「東京は交通事故が多発するからなあ」

軍曹は好々爺然と言った。

三日後、秘書二人が交通事故に遭い、死亡したと東京から連絡があった。大奥方からも、軍曹本人からもそれと伝えられたわけではないが、タイミングが良すぎる。

「しっかり二人の穴を埋めていきましょう」

大奥方は事務所に現れると、平板な調子で言った。


二年後、須黒は大奥方の冷酷さを再び目の当たりにした。吉村正親の愛人――北原春江が通り魔に襲われ、殺害された。娘も一緒だったという。北原春江は娘に覆いかぶさり、庇うような姿で殺された。北原春江には恩があった。大奥方にしっかり伝えた方が良かったのだろうか。しかし、伝えればあの時点で北原春江に災難が降りかかった……。

吉村は憔悴《しょうすい》していた。

「やっぱり君に言い寄らないでよかったよ。何もしなければ、万が一もない」

「あれは大奥方と軍曹なんですね。お子様がいずれ吉村家に入り、地盤を奪われる懸念を抱いたのでしょうか」

「間違いない。私が悪かった。行き着けの店で『将来、地盤を継ぐかもね』と冗談を言ってしまった。どこからか大奥方の耳に入ったんだろう」

「お子様ができた後、別れなかったのですか」

大奥方は、愛人関係自体は大目に見ても、子どもができた時は、話は別だと言った。吉村正親も大奥方の方針を知らないはずがない。

「表向きは別れたが、娘は可愛い。大奥方が東京にいて、私が湊川に戻った時には、こっそり会っていた。共感してくれとは言わんが、理解してくれ」

「代わりに葬儀に行って参ります」

「頼む。北原家には親類がいない。寺の者に世話を頼んであるが、何かあったら君も手伝ってくれないか」

かしこまりました、と応じると、吉村正親が頭を垂れた。いつもエネルギッシュな吉村が初めて垣間見せた弱々しさだった。

告別式の親族席にはまだ幼い娘がちょこんと一人で座っていた。二年前は乳母車にいた子どもが大きくなっている。須黒は彼女と目が合った。娘は大人びたしぐさで、頭を下げた。須黒は頭を下げ返した。寺の関係者は彼女の背後に控え、娘に時折声をかけている。須黒は骨上げにも同行した。娘は、灰になった母親の骨をたどたどしい箸使いで拾った。この子は今後、どうやって生きていくのだろう。かといって、自分にしてやれることはない。

翌日、須黒は意を決して大奥方に問うた。

「あそこまでしないといけなかったのでしょうか」

「アタシは湊川を出ていくよう説得したんだ。恩もある。何年か前の秘書の件、あなたの情報源は北原春江でしょ？　出ていけば、矛を収めるつもりだった。向こうは聞く耳を持たなかった。憂いは根幹から断つという以外に選択肢がなくなったんだ。耳に入ってしまった以上、示しをつけないといけない」

　大奥方は平然としていた。

　翌年、吉村正親は養子をとった。実力のある県議の弟だ。大奥方と相談の上での判断だった。人選は吉村正親本人が行った。大奥方は賛成も反対もしなかったという。

　数日後、大奥方が倒れた。

「アタシはそろそろお迎えがくる。自分の体は自分が一番わかる。裏側はこのままあなたが仕切りなさい。あなたにしかできない」

「お任せください」

「あと数日もすれば、アタシは話もできなくなるでしょう。今のうちに教えておく。最初に会った時、権謀術数の罠にあなたもはまっているかも、と言ったのを憶えてる？」

「ええ、はっきりと」

「正親さんに『いい子がいる』とあなたの存在を聞いていた。だから、事務所に引き入れるため、恩を売っておこうと思った。アタシを継ぐ資質がなければ、別の仕事をさせればいいだけだしね。うちの娘はぼんくらだし、他の秘書たちもダメだった。あなたの家に親類が群がるのは予想できた。アタシはそこを利用した。最後、母親も顔を知らない親類が来たでしょ。あれはうちの手の者。弱みにつけ込んだの」

須黒は目を見開いた。

「幻滅した？　吉村事務所を潰す？　あなたなら潰せる。裏を知り尽くしているから」

「いえ。感動しています。大奥方にも吉村先生にも」

大奥方の頭脳はもとより、吉村正親も凄まじい。当時、須黒家の親類を火事場泥棒だと批判した。自分はそんな真似はしないとも言った。真っ赤な嘘だったのだ。裏返せば、自分の目的のために堂々と嘘をつける胆力がある。本物の利己的な人間だ。吉村と大奥方の利己心によって、実家には財産も戻ってきた。結果的に誰かのためになった。

他方で、大奥方と吉村正親の利己心は北原春江の命を奪ったとも言える。紙一重なのだ。自分はその綱渡りをこれから一人でしていかねばならない。

大奥方は頬を緩めた。

「それはよかった。あとは任せる。養子の泰二がどうしようもない愚物なら、あなたがなんとかしてちょうだい」

「ご心配には及びません」

「取って代わってもいいから」

二日後、大奥方は亡くなった。

大奥方の死後、俄然《がぜん》忙しくなった。裏金作りだけでなく、軍曹とのやりとりも須黒の役目となった。他の秘書たちは表向き、須黒とも今まで通りに接した。けれど、「自分たちの方が経験も能力も上だ」「所詮《しょせん》、おまえは大奥方の手伝い役だろ」「大奥方ならいざしらず、永田町で女に何ができる」という感情が、彼らの語調や顔つきに現れていた。

とある企業幹部と話していると、「実は……」と囁かれた。筆頭秘書に裏金を要求されたという。企業幹部は数十万円を渡していた。須黒に報告はなかった。筆頭秘書は懐に入れたのだ。

翌日、須黒は筆頭秘書を質した。筆頭秘書は何食わぬ顔だった。

「ああ、受け取ったよ。須黒君も大奥方のおかげで、いい目にあってきたんだろ。少しはこちらにも甘い蜜を吸わせなよ」

「私も大奥方も懐に入れたことはありません」

「どうだかね」

筆頭秘書は鼻で嗤った。他の秘書たちは周囲にいなかったが、同様のやっかみを抱いているに違いない。放っておけば、第二、第三の事例も生まれてしまう。事務所運営にも支障が出る。以前から自分たちも甘い蜜を吸うべきだと、愚痴を言い合ったに違いない。筆頭秘書は他の秘書にも懐に入れた件について話しているはずだ。あの女はちょろい。そう軽んじられたら最後だ。須黒は腹を括った。

一週間後、筆頭秘書が交通事故に遭い、死亡した。

以降、須黒が事務所に入ると空気がひりついた。大奥方がいた時と、まったく同じ空気感になった。この世界、決して侮られてはいけないのだと改めて痛感した。

月日は慌ただしく過ぎた。大奥方から引き継ぎ、いっそう強化した情報網に聞き捨てならない話が引っかかった。湊川地検が吉村正親の周辺を調べているという。いずれ自分にも手が伸びてくるかもしれない。なにしろ、吉村正親の裏側をすべて知っている。秘書を何人か絞りあげれば、すぐに須黒清美という存在に至るだろう。

どうするべきか。一週間、一人で頭を悩ませた。結論は出なかった。

「君に任せる。君ならなんとかするだろ」

吉村正親にはそう言われた。

ほぼ同時に、別の問題も持ち上がった。吉村正親の愛人が子どもの認知を迫ってきたのだ。泰二がいる以上、地盤維持という面では別に構わない。ただし、地検が吉村周辺を調べているとなると、話は別だ。弱みになりかねない。北原春江が死んだ際、吉村正親は憔悴した。女性への愛情が弱点になる人なのだ。吉村正親は政界を生きる猛者とはいえ、万一もある。弱点を突かれると、あっけなく崩れてしまいかねない。たとえ一パーセントでも、可能性があること自体がよくない。

また、泰二も難色を示している。「吉村家の地盤を狙う者は多い。いずれ実子を担いで、私の排除を目論む輩が出てきかねない」と戦国大名のお家騒動じみた懸念を抱いている。正親も息子の手前、認知できず、「何か手を講じてくれ」と須黒に丸投げしてきた。正親の愛人はその一人だけになっていた。

須黒は頭の整理と神頼みめいた気持ちもあり、大奥方の墓へ赴いた。ちょうど月命日だった。

一人の少女が大奥方の墓前に立っていた。周囲に大人はいない。子どもが遊び場にするような墓場でもない。目を凝らすと、横顔に見覚えがあった。輪郭も顔立ちも大人になりかけているものの、面影がある。あれは――。

須黒の足音は聞こえているだろうに、少女はじっと墓を見つめている。ぶつぶつと何か言っている。

……せん。……しません。わたしは……。

断片的に少女が呪文のごとく繰り返す言葉が聞こえてくる。あと数歩の位置までくると、はっきりと少女の言葉が耳に入った。

「わたしはあなたを許しません」

須黒は息を止めた。声に力が入らないよう、喉の力を抜いた。

「こんにちは。ここで何をしているの？」

少女がこちらを見た。黒目が大きな眼だ。

「本心を述べていたんです。亡くなった方に敬意を払うことにもなると思うので」

「許さないとか聞こえたけど」

少女は一瞬だけ、目のあたりに力を入れた。

「間違っていたらごめんなさい。母の葬儀に来てくれた方ではないですか」

「あなた、お名前は？」

「北原小夏です」

やはり……。この子は母親の死は大奥方が仕向けたせいだと気づいている？

「ええ。北原春江さんの葬儀に参列した。よく憶えているね」

「記憶力はいい方です。ああいう死に方でしたし。事件前後のことは一生忘れないように全部憶えておこうと心に決めたのも要因でしょう。あの、母とのご関係を教えていただけませんか」

「簡単に言えば、知人。骨上げまで参加する気はなかったんだけど、人数が少なかったから行った方がいいと思ったの。結局、小さなあなたがすべて拾った」

「お寺の人にも手助けしてもらいました」

「ここが誰のお墓だか知っているの？」

「母の仇《かたき》です」

「お母様を襲った犯人は逮捕されたでしょ？」

須黒はもの柔らかに尋ねた。

「生前、母に言われていたんです。不慮の事故とか事件に巻き込まれて死ぬとすれば、吉村正親議員の母親の仕業だよ、って。幼かったわたしの耳には衝撃的な言葉すぎて、心に刻み込まれています」

予感はあったわけか。

「お墓の場所は誰に聞いたの？」

「何年か前、新聞に訃報が載っていたので。それをツテに新聞社の人とか役所の人に聞いてもらったんです。子どもだと調べきれないだろうからって、皆さん親切にしてくれました」

子どもである面をしたたかに利用したらしい。なかなか頭も切れる。

「仇だと思う人の墓に参っているのはなんで？」

「恨みを忘れないため、月命日に来ているんです。施設から近いので。あなたはどうしてこの墓に？」

「あなたが仇だと思う人は、私にとっては恩人でもある」

出会わなければ、世の中の仕組みやら慣習に不満を抱えたままの人生だったに違いない。

北原小夏の目つきが一瞬険しくなった。少女がこんな眼差しになれるのか、と内心で驚くほどだった。

「吉村議員の関係者なんですね。墓の人はどんな方でしたか」

「議員を全力で支える人だった」

あなたのお父さんをね、と須黒は心の中で付け加えた。

「母はなぜ殺されたんでしょうか」

「私に聞かないで。事件を解明するのは警察と検察の仕事だから。捜査機関が犯人を逮捕して、法律で裁いた。真相はもう明らかになっているんじゃ？」

「私は通り魔が偶然母を襲ったという単純な構図が信じられないんです。母は嘘をつく人じゃありませんし」

「警察には仇うんぬんの話をしたの？」

「誰も取り合ってくれませんでした。幼い子どもの被害妄想と見なしたのか、母の被害妄想と判断したんでしょう」

取り合ったとしても、捜査は頓挫したのだ。軍曹にすら行き着かなかっただろう。犯行に及んだ人間の口を閉ざすため、当人と家族の一生を保証した。当人は刑務所内で病死している。軍曹が関与したかどうかは定かでない。刑務所内で暴力団員や関係者が、収監された敵対組織の人間に殺害されるケースは耳にする。

「恨みなんて一秒でも早く忘れた方がいい。あなたの心にもよくない。のびのびと楽しく生きたらどう？」

「できません」

「一生恨みを抱えたまま生きていくの？」

「先のことは何とも言えません。わたしはまだ子どもです。理解できない事情もあったんでしょう。いずれ自分なりの意見を持ちたいと考えています」

十二歳の言葉ではなかった。人は想像を絶する境遇に追い込まれると、一気に大人になるのかもしれない。

北原小夏がふっと表情を緩めた。

「自分でも説明できないんですが、凄いと感心してもいるんです。母が言った通りだとすれば、この方は――」北原小夏が墓を一瞥する。「警察や地検の目も騙したことになります。それだけの手を使えるという証明が、母の死なんです」

「なんで私に話すの？」

「自分でも説明できません。今までこんな会話をできなかったからか、心の奥底で何かを感じたのか。二度と誰かに話す機会もないんでしょう」

「いい人生が送れればいいね」

「そのためにすべてを投げ打とうと覚悟しています」

凍りつくような声で、須黒は背筋がひやりとした。大奥方と初めて向き合った時と同じ感覚だった。この子……。

「あなたはどうですか。いい人生ですか？」

須黒はいったん口を閉じ、微笑みかけた。

「利己的に生きようと思ってる」

今後の人生の目標が定まった瞬間だった。生涯を賭してみよう。それを実現させるためには吉村正親を守らないといけない――。

地検を退ける方策が、瞬く間に須黒の脳内で組み立てられた。事務所に戻り、今後の対応を差配した。

地検内に細胞はいない。政界ルートを使うのも控えた方がいい。どこから悪評が立ち上るか知れたものではない。優秀な検事であればあるほど、肝を摑もうとしてくる。大奥方が生きていれば、大奥方への接触を試みたはずだ。幸い、事務所外では自分の存在はまだ大奥方ほど広まっていない。

読み通り、須黒ではなく筆頭秘書が地検に呼ばれた。裏については知らぬ存ぜぬで通すよう、きつく命じた。卑しくも政治家の筆頭秘書なら、一日くらいは保《も》つ。

「伊勢という名前の検事でした」

須黒はそう報告を受けた。筆頭検事を調べたのだ。捜査の中心にいる人物だろう。

「向こうの狙いは？」

「判然としません。ただ、やはり金の流れを探られました。私は自分が把握している表の金の動きを堂々と伝えました」

地検はしばらくその裏取りに走る。時間は稼げた。須黒は軍曹に連絡をとった。かなり高齢ながら、まだ力は保持したままでいる。

「相手は相応の立場にいます。まずは穏便に対処してください」

「まずは、ね。承知した」

嗄《しやが》れた声だった。

「お体の調子が悪いので？」

「もう歳だ。今回のヤマが最後だな」

異動を繰り返す検事は官舎住まいだ。場所はとっくに特定している。軍曹は伊勢の官舎に嫌がらせの手紙や、支援者の声として吉村正親の功績を詳細に書き記した文書を何十通と毎日送った。また、家にヤクザを押しかけさせたり、鞄をひったくったり、家族がすれ違いざまに襲われたりと、暴力的な脅しもしたという。

捜査が始まった途端の嫌がらせとなれば、吉村正親側の仕掛けだと地検側は嫌でも察するはずだ。もう止まれない。勝つまでやめない。須黒は断固とした決意だった。最終的に自分さえ口を割らなければ、吉村正親の裏側は誰も摑めない。証拠は頭の中にあるのだから。

十日経っても、地検側の捜査は止まらなかった。再び筆頭秘書が呼ばれた。近いうちに愛人も聴取されるに違いない。吉村正親の弱みは女だ。須黒は動いた。

愛人の君島紗代《きみしまさよ》宅に赴いた。湊川の大型マンションの一室だ。吉村正親が金を出し、借りている。須黒が金の都合をしている。

「海外に飛んでください。吉村正親とあなた方――母娘のためです。渡航の段取りはこちらでつけます。パスポートも不要です」

「認知はどうなったんですか」

娘は隣の部屋で寝ているので、小声での話し合いだった。

「あなたは海外で別人になります。認知もなにもありません」

「承知できません」

「以前、吉村正親の愛人が通り魔に襲われました。偶然とはいえ、怖くないですか。私はあなた方に哀しい目にあってほしくない」

弱みを弱みのまま放っておくわけにはいかない。君島紗代が肯《がえ》んじなかった場合、とるべき手段は一つとなる。

それは、と君島紗代は声を震わせた。

「脅しですか」

「協力のお願いです。海外で吉村正親のために働いてほしいんです。折々、国内にも戻ってこられます。あなたは吉村正親を慕っているのでしょ？　全力で支えようとは思わないのですか。あなたは吉村正親のおかげで生活できている。恩を返す番です。あなたも娘さんも生きられ、吉村正親とも会えます。二度と会えなくなるのと、どちらが賢明な判断でしょうか」

翌日、君島母娘を船に乗せた。かつては須黒の父親が担った役を、いまは別の人間が行っている。父親は大奥方の命を受け、密航や密輸を請け負っていたのだ。

君島母娘が無事に出国でき、須黒は安堵した。北原母娘の件があり、君島母娘を助けたかった。北原春江には借りがある。これで彼女への借りを返せたわけではないが、何も手を打たないよりかは心が多少軽くなる。

地検の捜査は止まらなかった。伊勢という検事は骨太らしい。捜査から外れる気配もない。家族に災難が降りかかり、内心は揺れているだろうに。

一週間後、軍曹から連絡があった。

「どうする？　別の手を打つか？」

「別の検事にも同じ揺さぶりをかけてください」

「効かなかったら？」

「任せます」

「よし。ちょっと別の揺さぶりも試してみよう」

地検が捜査している、と耳にしてから約一ヵ月後、伊勢の妻が交通事故に遭った。病院に運ばれたが、ほぼ即死状態だった。

まだ最終手段を使う段階ではない――。須黒は腹の底がカッと熱くなった。軍曹の自宅に乗り込んだ。

「どういうつもりですか」

「面目ない。こちらのミスだ。うまく指示が伝わっていなかった」

「伊勢検事の性根を勘案すれば、かえって逆効果になりかねないタイミングです」

「ぐうの音も出んよ」

挽回のため、須黒は他の手も次々に打ち続けた。証人となりうる人物を国内外に行かせ、地検の捜査が及ばないようにした。

一ヵ月後、秘書や支援者への地検側の接触が完全に途絶えた。捜査を中止したと判断して良さそうだ。須黒は充実感を覚えた。ただ一点を除けば。

軍曹の自宅に赴いた。

「今後のことはあんたに任すよ。動かし方は簡単だ。相手に連絡をとり、意思を伝え、金を払うだけだ。名簿はここにある」

軍曹は和テーブルの上にある紙の束に手を置いた。老けたと評するのが不相応なくらい、容姿は変わり果てていた。眼窩《がんか》は窪《くぼ》み、痩せ、頭髪も抜け落ちている。指示伝達ミスは、軍曹自身のミスなのか……。他人に任せるより、自分がやった方がいい。軍曹に後釜はいない。須黒は名簿を受け取り、鞄にしまった。

「長い間、お世話になりました」

「達者でな」

須黒はその夜、名簿の相手に軍曹の名前を告げた。翌日、軍曹は心筋梗塞《しんきんこうそく》で死んでいた。

一九九五年、吉村正親の死去に伴い、泰二が地盤を継ぎ、補選にも勝利した。須黒も着々と影響力を強め、いつしか〝湊川の皇后〟と呼ばれるようになった。

「若先生はどんな政治家になりたいの？」

「国のために、国民のために役立てる政治家に」

何も言っていないに等しい返事だった。須黒はあえて掘り下げなかった。二世だろうが、三世だろうが、族議員だろうが、政治的な結果をきちんと出せば、誰でもいい。肝心なのはこれからだ。

吉村正親と最後に交わした会話が胸に蘇った。

――あとは清美の好きにしたらいい。最後まで私のそばにいてくれた女はお前だった。最後に手を握ってくれないか。

吉村正親は柔らかい手をしていた。あの時、吉村正親に抱いた淡い恋心が久しぶりに蘇った。

自分にとって吉村正親と大奥方は、第二の両親と言える。湊川の皇后は、あの二人なしではできあがらなかった。

吉村泰二は当選を重ね、二〇〇五年には初めて党幹部となった。もはや吉村の名前があれば、選挙で敗北する恐れはない。あとは上り詰めるだけだ。そして――。

須黒は長年温めた案を結実させるべき時期がきたと悟った。吉村泰二の名を売り、実績作りにももってこいだ。

泰二に断りを入れ、ベトナムに飛んだ。ニャンはますます政府高官に食い込んでいる。政府にとっては陰の一本柱とも言える存在になっていた。

「まずご本名を聞かせてください」

「ジャスミン・ガルシア・サントス――」ジャスミンは深く息を吸った。「――こと、君島明奈《あきな》です」

「君島紗代さんの娘さんですか」

「はい。そうです」

久保に聞かせたかった返事だ。久保は二十五年前、吉村正親を洗う捜査に参加した。君島紗代は地検の聴取直前、娘とともに姿を消した。久保は『美美』でジャスミンと顔を合わせ、君島紗代を想起し、身元を探り、ベトナム人に襲われ、命を落とした。

相川の斜向かいでは臨時立会事務官の谷川が紙にメモを取っている。パソコンを使うと、キーボードを叩く音で集中が乱れてしまう。

「お店が火事になった件だけではなく、それ以前のことについてもお聞かせください」と相川はもの柔らかに続けた。「火事の数日前、湊川地検の者がお店を訪れていますか」

「はい。久保さんです。もう一人は白髪の方で、名前は知りません。あと、熊谷《くまがい》さんという方もいらっしゃいました」

ここまでは本部係検事の熊谷修《おさむ》も明らかにしていた。本部係検事とは警察が捜査本部を立てるような殺人や強盗殺人事件が発生した際、初動から捜査に加わる役職だ。熊谷は久保の事件でも動いていた。

いざ勝負だ、と相川は腹の底に力を込める。

「久保さんはあなたに何を聞きましたか」

「私の素性やお店の役割についてです」

「お店の役割とは？」

「密航の橋渡しです。吉村議員関連で話が持ち込まれ、湊川海運の朝倉《あさくら》さんに仲介する役目を担っています。母の代からです。母は吉村正親――わたしの父のために日本の戸籍を捨て、フィリピン人になりました」

吉村。我知らず、相川は背筋が伸びる。伊勢の宿願を知ってしまった以上、いやが上にも力が入ってしまう。

「今回も――」とジャスミンは市内のクラブ『マリアージュ』のホステス二人の橋渡しをするよう依頼があった、と明かした。すでに二人からは話を聞いている。

「お母様の話になりますが、故吉村正親氏がフィリピンに行くよう指示したのでしょうか」

「父ではないそうです。母は、誰に言われたのかは何も言いません。助けられた、とは言っていました。父と助けてくれた人のため、フィリピン人になったということだけ明かしてくれました」

「どんな方を、何のために密航させるかご存じですか」

「特定の立場に限るわけではありません。ホステスや会社員など、色々な方が日本を離れたり、帰国したりしています。目的は知りません。教えられていないので」

「吉村議員関連だと言える証拠はあります？」

「モノはわかりませんが、母からも連絡役からもそう聞いています。連絡役を介して、『今度誰それが店に行くので、朝倉さんと接触してくれ』と言われるんです」

「連絡役は誰ですか」

「ベトナムにいるニャンという人物から伝えられた〝コールセンター〟です。ニャンは政治家でも官僚でもないですが、政府の中枢にいる男だと母に教えられました」

「〝コールセンター〟とニャン氏との関係をご存じですか」

いいえ、とジャスミンは口惜しそうだった。

「〝コールセンター〟がどこの誰だかわかりますか。複数いるのでしょうか」

「いいえ。応対に出るのは特定の女性です。声を聞けばわかります。番号は日本の携帯電話のものです」

「番号を教えてください。憶えていらっしゃいますか」

「登録してあった携帯電話が燃えてしまいました。でも、通話履歴を確認してもらえば割り出せるはずです」

ジャスミンの番号を聞き、谷川が素早くメモした。通信会社に照会すれば、ものの数分で判明する。

「『美美』の出火原因に心当たりは？」

「あの時間、火は使っていません。〝コールセンター〟から店に出るよう言われ、待機していました」

消防などによると、最も激しく燃えた箇所がドア付近だったことを鑑みると、コンセントからの出火なども考えにくいという。

「何のために待機しろと？」

「説明はありません。いつもそうなんです。理由は教えられませんし、探るなとも言われています」

「ニャン氏の連絡先も教えてください」

「いつも一方的に電話がかかってくるんです。非通知設定で」

海外からの通話でも非通知設定にはできる。

「『美美』を訪れた久保さんが事件に巻き込まれたことは、ご存じですか」

「……はい。熊谷さんに伺いました」

「四名のベトナム人が実行犯として逮捕されています。ニャン氏と関係があるのでしょうか」

「どこかで繋がると思います」ジャスミンが力なく目を伏せ、上げた。「久保さんが二度目にいらした際、〝コールセンター〟に電話をかけました。捜査機関から接触があった際はそうするようきつく指示されていたので……」

なるほど、と相川は軽く頷いた。

ジャスミンは体を引き攣らせるように息を吸う。

「久保さんが帰るまで時間を稼ぐよう言われ、水割りを勧めました。三十分近くは足止めしたかと」

その間に〝コールセンター〟が手を回したに違いない。逮捕された四名のベトナム人は口を割らないだろう。話す気なら、とっくに割れている。〝コールセンター〟の正体を突き止める以外にない。

「弟さんが大手スーパー・ミナトのASEAN支社の事業担当部長だそうですね。あなたは二十四歳ですから、弟さんはもっとお若いはず。どういった経緯でそんな重たい役職に就くことになったのでしょう」

「突然決まったんです。ニャンから接触があり、母と弟に通達があったみたいです。わたしはその場にいなかったので……」

「弟さんはミナトへの就職を希望されていたのですか」

「いいえ。支社はハノイにあるのですが、弟はフィリピンにいることを希望していました。まだ二十歳です。学校の教師になりたかったんです。諦めるしかありませんでした。ニャンに暗に脅されたんです。『断れば、お母さんとお姉さんが困ることになる。困るだけならいいけどな』と。弟は受け入れる以外の選択肢がありませんでした」

ジャスミンは首をゆるゆると振った。

「ニャンは現地の裏社会とも繋がっているはずです。弟は裏社会への人質という面もあるのでしょう。ミナトやニャンが裏社会の利益を大きく損ねることがないように。どこかで契約書が保管されているはずです」

吉村泰二の裏書きのある書類……。

「弟さんの就職に、吉村議員は関係していますか？」

「断定はできませんが、結びつくのでしょう。わたしの一生は吉村家にめちゃくちゃにされたんです」

吉村泰二の裏書きがある書類の存在を、ジャスミンは把握していないのだ。ここまで赤裸々に語っているのに、明かさないはずがない。菊池が三好に送ってきたデータでは証拠にはならない。原本を正式に押収しないと。

「お話を伺う限り、吉村議員を憎まれているようですね。なにゆえ警察では何もおっしゃらなかったんです？」

ジャスミンは本当の素性はおろか、他の点についても警察には一切話していない。聴取前、ジャスミンを担当した警官から『何も聞き出せませんでした』と報告を受けている。

「久保さんのために、検察ですべてを話そうと決めたからです」

「どういうことでしょうか」

「久保さんはわたしに身分を明かした後、検察で、すべてを話すようおっしゃった。久保さんは三十三年前に通り魔に殺された女性のためにわたしを説得しようとされたんです。わたしはその事情を聞く前に〝コールセンター〟に連絡を入れてしまいました。店で話すこともできなかった。どこに盗聴器があるか、わたしにも見当がつかないからです」

久保が蒔いた種がここで芽吹いたのか。相川は感慨を噛み締めた。久保さん、あなたの行動は無駄じゃなかったですよ——。

聴取を終えてジャスミンを病院に戻した後、谷川が通信会社に問い合わせてくれた。〝コールセンター〟の番号は五年前に海外移住した人物名義で、連絡がとれなかった。夜、相川が自室に一人でいると、ノックがあり、伊勢が入ってきた。

「伊勢さん、筆跡鑑定はできそうですか」

「ええ。吉村泰二の色紙を入手しました。他県の専門家に依頼します。湊川や県内の専門家には吉村の息がかかっている恐れもありますので」

「ですね」と相川は応じる。

「聴取はいかがでしたか」

相川は成果を簡潔に伝えた。

「助けられた……」

伊勢が呟いた。

「どうやって裏書きの原本を入手しましょう。伊勢さん？　どうかしましたか」

「いえ。少し考えごとをしていました」

「原本がないと、法では何もできません。我々は法律家である以上、法律で吉村家を罰しないといけませんから」

「法律家らしいご意見で」

「お知恵を拝借できますか」

「いろいろ検討してはいるのですが、いい手はなかなか」

さすがの伊勢でも難しいか。

相川検事、と伊勢が言う。

「特別刑事部の会議はいかがでした」

「ジャスミンから証言が出た以上、契約書を探すべきだと提案しました。珍しく鳥海部長が反対されています。押し相撲が持ち味の部長にしてはらしくないですね」

そうですか、と伊勢は静かに言った。

「伊勢さんは色紙をどのルートから入手したんですか」

「最も確かなルートです」

伊勢は言い切った。

＊

須黒は通話を終えると、窓際のソファーに腰を下ろした。加藤からの報告だった。地検に飼う細胞からの一報だ。意識を取り戻したジャスミンこと君島明奈が自身の境遇を語ることは想定内だった。身柄を取り戻せなかったのなら、利用すればいいだけだ。弟に関するミナトとの契約書の存在も推測として話したという。菊池が地検関係者に送ったデータを勘案すれば、連中が入手に躍起になるのは目に見えている。

しかし、どこで入手する？

ベトナムのミナト支社に行ったところで、契約書はない。秋元法律事務所にガサ入れするにも名目がない。そもそも秋元が鳥海を抑えている。原本入手に動くことすらないかもしれない。

伊勢はどう出るだろう。自分が伊勢なら打つ手は一つ――。

携帯電話が鳴った。北原小夏からだった。須黒が必要だと判断した時のみ、ごく稀に直接やりとりしている。秋元にも知らせていない。

もしもし、と須黒は応じた。

報告内容は加藤のルートと同じだった。肝心なのは、今後の伊勢の動きだ。

「あなたには何か働きかけがあったの」

「いえ。今のところは。先日の色紙のみです」

「私の読みでは、近いうちに『菊池が流出させた書類の原本を見たい』と言ってくるはず。伊勢の駒では、あなたが一番近い立場にいる」

菊池が自由に動けるのなら、菊池に促したかもしれない。さすがの伊勢も吉村泰二事務所内には協力者を作れていない。もしいるのなら、吉村泰二を潰すべく、とっくに何らかの動きを見せている。情報網作りにおいては私の方が上だ。

須黒は携帯電話を軽く握り直した。

「秋元所長には言わず、例の書類を渡していい」

「盗めと？」

「公に持ち出す機会が近々にあるはず。坊やの一件があり、秋元はあなたを信頼しているから、その役目を任されるでしょう。私が促すまでもなくね」

「近々何があるんでしょうか」

「いずれ嫌でもわかる」

「渡してしまうと、金庫に戻せと言われた時に対応できなくなりますが」

「大丈夫。ほとぼりが冷めるまで時間が要る。その頃、伊勢に言って取り戻せばいい。無用の長物に成り果ててるから、どうせあっさり戻ってくる」

「得心がいきました。でも、本当に相手に渡していいんですか」

「構わない。伊勢に今まで以上にあなたを信じさせるために」

真の意図は別にある。誰にも伝えるつもりはない。

「といっても、伊勢の依頼があってから行動して。あなたが率先して持ち出すのはなし」

「かしこまりました」

通話を終えると、須黒は別の番号にも電話を入れた。少々遅い時間ながらも、相手は数コールで出た。須黒が用件を告げると、相手は即応した。

「お任せください」

数年後には国政選挙に立候補する野心を持つ、検事だ。何年か前、総理大臣主催のパーティーで知り合った。彼は現在、湊川地検の上部官庁にあたる、高検の幹部を務めている。

須黒はほくそえんだ。これでよし。

5

午前十時。会議が始まるなり、本上は検事正の幣原に提案した。

「ガサをかけるべきです」

おい、と鳥海の荒っぽい声が飛んでくる。

「ふざけんなよ。まずはマル湊建設一本でいくべきだ。手を広げすぎても人員が足りなくなるだけだ」

「無理は承知さ。勝負時なんだ。吉村に至る道が他にもあるなら、その道を確保しておくべきでもある」

「名目はどうすんだよ。書類といったって、あるとすりゃ吉村泰二の事務所か秋元法律事務所だろ。相手が相手だ。ガサをかければ大事になる。マスコミは嗅ぎつけてくる。こっそりってわけにはいかない」

鳥海はけんか腰だった。

本上は鳥海を睨みつけた。

「名目ならある。マル湊建設社長を逮捕すれば、違法献金の供述があった以上、秋元法律事務所も吉村事務所も関係先の一つになる」

「それが大事になるって言ってんだよ」鳥海が唾を飛ばす。「お前もバカじゃねえんだ。こんくらいとっくに悟ってるはずだ。だいたい、証拠になりそうなめぼしい証拠なんて、とっくに処分されるか、どっかに移動してるかに決まってんだろ」

「だとしても、やるべきだ。それが検事の仕事だ」

いつもと立場があべこべだな、と本上は思った。突出は鳥海の十八番。もっともらしい口実で反対しているが、根本にあるのは次席である本上への敵対心や対抗心だろう。

「今やるなら、私の一存にできるぞ」と幣原が割って入ってきた。「異例だが、高検には事後報告という形で伝えればいい」

いいえ、と鳥海が目を見開いた。

「それはなりません。以前、検事正の意向を伺った際は納得もしましたが、吉村が相手となれば、事前に高検に伝えないわけにはいきません。検事正が一人で責任をかぶれる範疇《はんちゅう》の相手ではない。私と本上にも火の粉は降りかかってきます」

「そんなに我が身が可愛いのかよ」と本上は言った。

「体を張るにも、確証がなさすぎるって話だよ」

会議は膠着し、二時間後、一旦休憩となった。本上は次席検事室に伊勢を呼び、成り行きを伝えた。

「なるほど。鳥海部長はいつになく頑なですね」

「ああ。正論だけに厄介だ」

「一つ手があります。ガサの対象先を絞ってはいかがでしょうか」

「吉村の事務所か秋元のとこのどっちかに？」

「どちらか、というよりは秋元法律事務所一本に」

腑に落ちなかった。

「違法献金先は吉村の事務所だぞ」

「おっしゃる通りです。しかし、こちらが欲しい裏書きの書類は秋元法律事務所にあります。それに、吉村という大物政治家が絡むからこそ、鳥海部長は高検や特捜部との折衝を求めているのでは？　秋元事務所一本にすれば、折衝をひとまず避けられるのではないでしょうか」

ふむ、と本上は腕を組んだ。

「マル湊建設社長の事件とはどう結びつける？　その捜査の一環としてのガサでいく以外にないんだ」

「いいえ。社長の逮捕とは別案件でのガサにすればいいんです。逮捕は逮捕で実行し、ガサはガサで進めましょう」

「そんなうまい手があんのかよ」

「菊池さんのご家族に捜索願を出してもらいます」

「そいつは警察の仕事だぞ」

伊勢は対吉村泰二の佳境を迎え、頭の回転が鈍ったのか？

「そこが狙い目です」

「説明してくれ」

「手がかりを求め、菊池さんの机や持ち物をガサするという大義名分は立ちますが、相手は法律事務所です。警察も強くは出られない。そこで地検職員が捜査に協力する仲介役としてガサに加わればいいんです」

「ガサといったって、菊池に絡む場所しかできねえぞ」

「構いません。地検職員が秋元法律事務所に入ること自体が重要なんです。秋元側としては万一に備え、ガサに先立ち、重要書類を外に持ち出します。こちらに真の狙いがあると勘ぐるでしょうから。鳥海部長のおっしゃる通り、めぼしい証拠は別の場所に隠してあるとしても、現状、秋元事務所に置いたままの書類もあるはずです」

なるほど。自分が秋元でも、何か裏があると疑うのは間違いない。

「肝心の書類をどうやって手に入れるんだよ」

「私のルートでなんとかなるかもしれません」

伊勢に昂ぶりの気配はなく、いつも通り落ち着き払っている。

「違法はなしだぞ。証拠にならない」

「そこはひねり出します」

「よし、任せる。検事正と鳥海にどう説明するかだな」

「ありのままでよろしいのでは。一時間ください。菊池さんのご家族と連絡をとり、県警との段取りもつけます。遺留物の確認でしたら、秋元法律事務所も協力せざるをえません」

伊勢はきっぱりと言い切った。

一時間後、伊勢は段取りをつけた。本上は幣原と鳥海に説明した。

「いい手だとは思う。高検や特捜部の目も誤魔化せるしね。だけど、こちらの目的をちゃんと達成できるのかね」と幣原が言った。

「本格的なガサが出来ない以上、他に手はありますか？　鳥海も文句はないな。表向き、捜査とは無関係なんだ」

「勝手にしろ」

捜索には総務課の谷川が参加することになった。特別刑事部や刑事部の事務官だと、秋元法律事務所に狙いを悟られるかもしれない。少なくとも、別の捜査の線が濃いと確信されてしまう。その点、総務課の事務官なら手伝いという名目を保てる。伊勢の案だった。

＊

須黒は秋元からの報告を受け、内心で笑みを浮かべた。

マル湊建設社長が横領容疑で逮捕された。おおまかな筋書きとしては、こちらの希望通りに進んでいる。地検の特別刑事部がただの横領犯を直々に逮捕するはずがない。横領を取っかかりにし、政治家の犯罪――吉村泰二を狙っているのは間違いない。新聞記者や高検関係者もそう見る。地検とて、こちらの首を獲りたいに決まっている。つまり――。

入り口は違っても、結局行き着く先はこちらの用意した穴だ。

「もう一点、報告があります。菊池の件です」

「死んだの？」

「いえ。ぴんぴんしていますよ。家族が捜索願を警察に出しました」

「取るに足りない問題でしょ？　大人と連絡が取れなくなったところで、警察は動かないじゃない」

「普通なら。家族が元職場の湊川地検に泣きついたらしく、警察も動かざるをえなくなったんです。ウチとしては先日まで連絡がついたが、ここ数日無断欠勤が続いているという方向で調整します」

いかにもありえる言い逃れか。

「携帯電話の電波発信履歴は大丈夫？」

「抜かりなく対応しています。北原君が持ち歩き、何度か事務所にも電話をかけております」

「県警はどんな動きを？」

「失踪の手がかりを求め、うちの事務所にある菊池の机や持ち物を調べさせてほしい、と申し出がありました。地検職員も同席する予定とも言われています。人命に関わる以上、こちらも断れません」

いずれガサをかけてくると睨んでいた。だからこそ高検筋に手を回した。地検側はこちらの想定とは微妙に違う、うまい手を捻りだしたものだ。策を講じたのは伊勢だろう。検事の発想ではない。

「大丈夫でしょ。連中が探れるのは菊池周辺の物に限られるんだから」

「おっしゃる通りです。向こうの狙いは菊池が流出させた書類ですよ」

「ええ、菊池の行方うんぬんは方便ね。万一には備えておいて」

「北原君に管理を命じました。菊池の工作を見破ったのは彼女で、力量に問題はございません。地検が牙を剝くなら、私や直参に食らいつくでしょう。したがって彼女に任せました」

「そう。別に理由なんか聞かされても仕方ない」

「念のため。彼女が信頼できるという点を申し上げたくて」

アンタがあまりいい感情を彼女に抱いていないからだよ、と秋元は声高に言いたいに違いない。

「慌てても仕方ないからね。途中で地検が諦めれば、それでよし。最終的にも公判で勝てばいいだけ。しかも絶対に勝てる道を私たちは進んでいる」

須黒は淡々と告げた。

＊

通話を終えると、秋元は鼻から荒い息を吐いた。須黒はまるで動じていなかった。肝も据わっているが、自身の手腕に絶対の自信があるのだろう。この秋元すら知らない奥の手がきっとある。県内……いや地方最大の法律事務所を束ねているといっても、皇后にとっては手駒の一つに過ぎないのだ。

内線で北原を呼んだ。

「須黒さんの許可も得た。例の書類、君が管理してくれ」

「かしこまりました」

「須黒さんのこと、どう思う？」

「どうとは？」

「君に対する態度は時折……というか、常に刺々しいだろ」

「社会人なら一度や二度、誰しも経験する類のことでしょう。わたしの場合、それが頻繁にあるというだけです」

北原は真顔だ。まるで意に介していないらしい。

「図太いな」

「図太いというより、須黒さんを尊敬しているからでしょう。あれほど頭が切れ、度胸もある方と接したり、見たりしていると、自分の現在地を把握できます」

「君も皇后を目指すのか？」

「まさか」

滅相もない、恐れ多い、といった決まり文句を付けなかったな、と秋元は思った。あれほど嫌われていれば、目指すはずもないか。

＊

ノックされ、どうぞ、と橋本が返事をすると、伊勢が静かに検事室に入ってきた。午後十時過ぎ。先ほど立会事務官の遠藤は帰宅した。

「差し入れです」

伊勢が梅林庵の豆大福を持ってきた。ありがたく頂戴します、と橋本は受け取った。

「明日、秋元法律事務所に立ち入りですね」と橋本は話を振った。

立ち入りは明日正午から始まる。会議では段取りの報告もあった。伊勢と県警、さらに県警と秋元法律事務所で時間調整をしたそうだ。鳥海は成り行きを語る時、苦々しげだった。

「谷川さんが同席するんですよね。人選は伊勢さんが？」

「ええ。適任でしょう。技能実習生ルートの具合はいかがですか。〝溜まり〟の首謀者は吉村、もとい、皇后なのでしょうが、辿り着けそうですか」

橋本は目下、ほぼ一人でルートを開拓していた。湊川繊維加工組合加盟社、監理団体などの関係者を地検に呼び出し、話を聞いている。

「〝溜まり〟の根幹に辿り着き、違法集金システムにメスを入れるには、関係各所の一斉聴取が必要でしょう」

「同感です」伊勢が頷く。「例の裏書き書類についてはご存じですよね。近々進展があるかと。今晩、実物が手に入りました」

「どうやって？」

「夕食を買いに行きがてら、息抜きに公園に立ち寄ったんです。そこのベンチの下に落ちていました。誰かが落としたんでしょう。遺失物ですが、ものがものだけに持ち帰ってきました。筆跡鑑定の結果次第で、吉村泰二の裏書きが本物かどうか判別できます」

橋本は吹き出しそうになった。

「うまい手ですね」

「何のことですか？　私は偶然拾っただけで、運が良かったんです」

伊勢は真顔のまま嘯いた。案外、伊勢にはユーモアの感覚がある。それを周囲に見せないだけの経験をしてしまったのだ。

「さすがですね」他に言いようがない。「では、私も鳥海部長に一斉聴取を提案しますよ」

「ベトナム本国にも人を送ろうと？」

橋本は豆大福を一口食べ、首を左右に振った。

「それは難しいでしょう。犯罪者の引渡し協定もありませんので。国内ルートを潰すだけでも意義がある——と割り切ります」

「これまた同感です」

犯罪構造を根本から絶つことも大事ではあるが、吉村泰二の資金源を断つ方に重きを置くべき段階だ。

「ベトナムのトマトもおいしいんでしょうね。パクチーとも相性が良さそうですし」

「ええ。妹はトマトとパクチーにオリーブオイルをかけ、アンチョビであえたサラダも好きでした。私もたまに作って、食べます」

「今度やってみます」

みっちの命日に。

6

一斉聴取――。どう転ぶのか。己の人生にどんな影響を及ぼすのか。

鳥海は葛藤していた。技能実習生ルート解明を指示すれば、秋元……吉村側にとって致命的な打撃になる恐れがある。だが、指示しないと検察内での己の立場がおかしくなってしまう。すでに吉村に取り込まれたのだ。橋本の提案を阻止しないとならない。

朝一番の会議で橋本が提案してきた。人生で初めて胃が痛くなった。自分がこれほど繊細な神経を持っているとは驚きだ。検事正が東京に出張中という口実で決断を先延ばしした。提案を阻止できなければ、秋元――吉村は、この鳥海を潰しにかかってくるだろう。自分はあっさり潰される。あと数時間……。

技能実習生ルートを調べていることは、秋元にも伝えている。よきところで潰す、と言ってある。『はなから潰すと、そちらとの関係を勘ぐられてしまう』と言い添えて。向こうも納得している。しかし一斉聴取となればどうだ。吉村側は関係者に何も喋らぬよう言いくるめているだろうが、全員がだんまりを決め込めるとは限らない。殊に監理団体の古屋は危うい。橋本の聴取に、かなり喋っている。〝溜まり〟の仕切り役という肝心な点についてはまだ黙している。あるいは本当に知らないのかもしれないが、確信がない以上、危ない橋は渡れない。

内線が鳴った。

「少々お時間を頂戴できないでしょうか。そちらに伺いたいのですが」

伊勢だった。

「構わない」

五分後、ドアがノックされ、伊勢が入ってきた。伊勢はそっとドアを閉めると、鳥海の前に進んできた。

「用件は？」

「このところ、外資系の大型ホテルに頻繁に行ってらっしゃいますね」

「だから？」

「偶然なのでしょうが、鳥海部長がホテルに入る頃、秋元法律事務所の秋元さんもいらしています」

鳥海は内心で舌打ちした。むろん、表情には感情を出さない。検事としてそれくらいの訓練は積んでいる。

「ふうん。秋元の動向をなんで伊勢が知ってんだよ」

「長年湊川におりますし、退勤後は自由に動いております」

「俺をつけたんだろ」

「はい、端的に申し上げれば」

「そうか。まったく気づかなかったな」

「気づかれないようにしていましたので」

けどな、と鳥海は肘鉄をお見舞いする気持ちで言った。

「俺もお前を見かけたぞ。海っかわで」

「はい、存じております」

気づいていた……？　鳥海はその時のことを素早く反芻した。伊勢がこちらを気にした素振りは微塵もなかった。

「海っかわに行く時は、どうしたって神経が張り詰めます。他人の視線や、すれ違う人にも過敏になってしまいます」

「あそこは久保が刺されたエリアだ。ただの飲み歩きじゃなさそうだな」

「手がかりは見つかりませんでした」

鳥海は肩をすくめた。

「なんで俺をつけた？」

「谷川さんが気になることをおっしゃったと、以前申し上げた通りです」

「そういや、そうだったな。谷川はおまえのエスってわけか」

「いえ。私のエスではありません」

嘘の気配はない。

「まあいい。谷川は俺をなんと言ってたんだっけか」

「ホステス二人を発見されたのに、鳥海部長は何の感情も出ていなかった――と。嬉しさの欠片もなかった、と」

「前も言っただろ。あれで喜ぶ方がどうかしている。勝負はこっからだ」

伊勢のポーカーフェイスが、さらに冷たさを帯びた。

「鳥海部長は割と感情を表に出す方です。しかも自らホステス探しに乗り出した。おっしゃる通り、喜びなんてなかったのでしょう。ただ、ご自身が簡単に見つけられたのに、それまで発見できなかったのですから、担当者への怒りが噴出しても不思議ではない。過去の鳥海部長の言動を鑑みれば、そちらの方がむしろ自然です」

鳥海は伊勢を睨みつけた。

「てめえが俺の何を知ってる？　次席の懐刀だかなんだか知らんが、いい気になるなよ」

「ええ。私は鳥海部長について何も知りません。なので知ろうとした次第です。鳥海部長はホステスの居場所をご存じだったのでしょう。秋元所長から聞いていて」

「秋元と会ったとは言ってねえぞ。お前だって現認してねえんだろ」

「はい。ですが――」

「いいよ」と鳥海は手をかざした。「愚問だった」

相手は伊勢だ。秋元と会った中華料理店の個室まで割ったに違いない。

「本上には伝えたのか」

「まだ誰にも申し上げておりません。あくまでも推測ですので」

だろうな、と鳥海は思った。ご注進に及んでいれば、本上が何らかのアクションをとっくに起こしている。

「いい度胸なのは認める。お前の指摘通りなら、俺は伊勢を消してもらえばいいだけだ」

「私を消しますか」

伊勢には動揺した様子が微塵もない。

「いい手だろ」

「ええ、なかなか。私がたった一人で動いているならば」

海っかわでは大柄な男と一緒にいた。さしずめボディガードか。

「推測とはいえ、なんで本上に言わない？」

「お答えする前に一点確認させてください。なぜ特捜部長になりたいのですか」

鳥海はひょいと肩をすくめた。

「俺が誰よりも火中に飛び込める検事だからだよ。生ぬるい連中とは違う」

「さすがです。以前も、『負けるくらいなら玉砕する方がまし』と会議でおっしゃったとか」

「それがどうした。誰だって負けたくねえだろうが」

「やっぱりでした」

「なにがだよ」

「私も勝ちたいんです。吉村泰二に」

伊勢の声に太い芯を感じた。伊勢は一介の事務官で、検事でもない。吉村を敵視する因縁があるのだろう。

そうかい、と鳥海は鼻先で嗤う。

「俺に言ってどうする。お前は俺が秋元と会っているのを知った。秋元は吉村側だ。お前は俺が吉村側にいると指摘したんだぞ」

「いえ。そんなことは一言も申しておりません」

伊勢は平然としていた。ふざけているとも思えない。

「なんで俺が秋元に取り込まれてないと言える？」

「マル湊建設社長を逮捕したのはつい最近です。裏切っているのなら、もっと早く、とっくに逮捕していますよ。先ほども私を消す云々とおっしゃった。本気なら、というか吉村側にいるのなら何もおっしゃらずに実行すればいいだけです」

鳥海は首の裏がきつく張り詰めた。迷いや焦りがごちゃまぜになったこちらの胸中とは裏腹、伊勢の口ぶりはごくあっさりしている。秋元との接触を公にされれば終わりだ。伊勢は核心をどう読んでいるのか……。

「俺が秋元と会ったと思う根拠は？」

「簡単ですよ。ご自身で、火中に飛び込めるとおっしゃったばかりじゃないですか。

鳥海部長は『負けるなら玉砕する方がまし』という性質の方ですよ」

「答えになってねえよ。はっきり言え」

「僭越ながら野暮な筋読みを披露します」

伊勢の気配が変わった。一歩も近づいてきていないし、指先すら動かしていないのに急に目の前に立たれたようで、殺気すら感じる。鳥海は、伊勢の真っ平らな眼差しに串刺しにされた気がした。

「鳥海部長は秋元側に加わると見せかけ、腹の底では自分が犠牲になってでも吉村側を負かすつもりなのでしょう。自分が証人台に立つという覚悟がおありなのです。まさに玉砕覚悟の行動です。現役検事が証言すればインパクトは大きい。『検察側のでまかせ』と秋元側は主張するでしょうが、一定の不信感を植え付けられ、吉村議員が総理になる芽を摘める算段もおありなのでは？」

鳥海は唖然とした。自分では心中をかすめもしなかった理屈だ。

伊勢から殺気は消えない。隠そうともしていない。伊勢ほどの男なら内心から漏れ出る感情を隠すことなど簡単だろうに。

こいつ……。

すべてを承知した上での発言か。すべてを呑み込み、鳥海の性格を利用した筋書きを提案してきたのではないのか。検察組織内での立場を守れるよう、助けてくれた？

いや。慈悲深さからの提案ではないはずだ。自分と伊勢には親密さなど微塵もない。

伊勢は吉村泰二に負けたくないと言った。もしや。

「お前、吉村に勝てる方法があるのか」

「わかりません。だからこそ鳥海部長のお力を借りたいのです」

やはりだ。この鳥海隼人を駒として、利用しようという魂胆なのだ。地検側のエスとして秋元と接触し続けろ、と。

引っ込んでろ、バッジと戦うのは検事の仕事だ、総務課長の出る幕じゃねぇッ——。

これまでなら即座に怒鳴りつけた。なのに悪い気はしなかった。弱みを握られて脅されているというより、鮮やかにしてやられた思いだ。

「さっきお前が言った、俺の思惑も誰にも言ってねぇのか」

「ええ。せっかくの部長の計算を台無しにしかねませんので。身近なところにも吉村側の細胞が紛れ込んでいます。対外的にはともかく、内部的に一枚岩の組織なんて存在しないと痛感します」

誰が吉村の細胞だ？　口に出しかけ、鳥海は言葉を呑み込んだ。

「谷川なんだな？」

今しがた伊勢は、谷川は自分のエスではないと言った。誰かのエスということだ。だからこそ鳥海の助手をさせ、今日の昼からの立ち入りにも参加させるのか。谷川の報告により、秋元や吉村側は計算通りことが進んでいると知る。伊勢としては偽情報を流せる。

「ご指摘の通りです」

「独自案件で吉村側を立件できれば、俺は立役者になる。次席派が肩入れしていいのかよ」

「率直に申し上げて、本上次席が偉くなろうが、鳥海部長が次席を追い抜こうが、どうでもいいんです」

「なりふり構わねえってわけか」

「部長こそ」

「気が合うな。お前は大馬鹿野郎だ」

鳥海はニッと笑いかけた。腹を括れた。技能実習生ルート解明に乗り出そう。夜、橋本や相川を集めて会議を開くか。谷川も忘れずに呼ぼう。

「押し返せなかったの何だの言ってますが、こちらを裏切ったも同然でしょう。エサをやったっていうのに。さっさと潰しましょう」

＊

電話の向こうで秋元が声を荒らげている。数時間後、県警による秋元事務所への立ち入りがある。菊池の机やロッカーを漁るためだ。県警との調整も終わり、秋元が怒り狂っているのはそのことではない。技能実習生ルートについてだ。

秋元は独自の検察とのチャンネルで、技能実習生ルートに繋がる古屋の聴取をしないよう求めていた。須黒がそうさせた。だが、鳥海が古屋聴取を行うと伝えてきたという。

須黒は極めて冷静だった。

「いや。引き続き役立ってもらわないと」

鳥海を組織から葬るのは簡単だ。秋元に証言させればいい。まだ、その時ではない。下手をすれば、秋元をも失ってしまう。そもそも、鳥海はそれだけの価値がある相手ではない。

鳥海がこちらの求めに応じられなくなるのは想定内だ。むしろ望んでいた節もある。そのタイミングがいつかを探るべく、古屋聴取の中止を打診させていた。地検も甘くない。特に特別刑事部に抜擢された検事なら、古屋から〝溜まり〟の仕切り役をきっちりと聞き出すだろう。別に構わない。

ますますこちらの勝利が確実になった。伊勢は読み通りの手を打ってきている。

7

エンジン音と金属が断ち切られるような、重たくて甲高い音が外の方からした。

なんだ？　菊池亮は耳を澄ませた。小夏や直参がくる時とは音が違う。重たくて甲高い音が収まると、窓の外から鳥のさえずりが聞こえる。この数週間は人生で最も鳥の声を耳にした時間だった。

ドアが次々に開けられる音がする。フロアにはいくつかの部屋があるらしいことは、想像がついていた。建物内にいるのが自分一人だけではないことも。数時間前から、その誰かの気配はない。

ドアを開ける音が近づいてくる。誰だ……。菊池の心臓が早鐘を打ち始める。右手に力が入った。鎖が鳴った。天井に打ち付けられた鉄輪から延びる鎖に右手が繋がれている。ドアノブが回った。身を硬くする。菊池は目を見開いた。

「大丈夫か」

三好正一《しょういち》だった。湊川地検で働いていた当時の、最も近しい同期だ。

「怪我は？」

「ない。なんで三好がここに？」

「付き添いだ。そんなことより、体調は良さそうだな」

「問題ない。問題があるとすれば、ちょっと体が臭いくらいだ。しばらく風呂に入ってないからな」

「ああ。高校時代の部室を思い出したよ」

「ぬかせ」

笑いあった。菊池は久しぶりに笑みを浮かべた気がした。

「付き添いって誰のだよ」

「決まってんだろ。伊勢さんさ」三好が腕時計を見た。「今時分、ちょうど秋元事務所はごたごたしててな。ここには誰も来ないって踏んだんだ。菊池の健康には問題ないはずとも喝破してた。常駐の誰かがいるとしても、買い出しやらなんやらで短時間は留守にするはずだ。その隙を狙おうって」

体調のことなどは小夏から聞いていたのだろう。当の小夏は――。

開けっぱなしのドアから、電動ノコギリを持った伊勢が現れた。

「菊池さん、遅くなりました」

「その電ノコは？」

「色々と断ち切るものがあるかと、持ってきました。三好さん、やりましょう」

伊勢が電動ノコギリのスイッチを入れた。一歩間違えれば手首まで切られかねない。菊池は腹を決め、身を任せた。

菊池の右手首に巻きついていた鎖は、ものの数分で南京錠ごと切断された。菊池は久しぶりに自由になった右手首をさすった。

「伊勢さん、どうやってここを割り出したんです？」

「梅林庵の豆大福のおかげです。菊池さんが促したのでは？」

「そこまでお見通しでしたか」

「ええ。豆大福をリクエストすれば、北原さんがここにくると菊池さんは予想し、実際その通りになった」

「小夏が伊勢さんに伝えたのですか」

「いいえ。高橋さんが梅林庵を張っていたんです。いずれ菊池さんが発注するはずだと。私も同意見でした。そこで高橋さんが北原さんを尾行したんです」

菊池は唾を飲み込んだ。鉛を呑み込んだような感覚が喉仏にある。

「小夏と接触しなかったのですね」

「はい。今後を見据えて」

伊勢はさらりと言った。

「小夏は——」

菊池が言いかけると、伊勢が発言を制するように右手を上げ、周囲に目を配った。

「みなまでおっしゃらずに」

盗聴器の警戒か。

「気が回りませんでした」

「いえ。それが普通です」

「高橋さん、よく気づかれませんでしたね」

「そうですね」

伊勢は多くを語ろうとしない。高橋も元湊川地検の事務官だ。幾多の修羅場をくぐり抜けたのかもしれない。

「よく始末されなかったな」

三好がなかば真剣な調子で茶化してきた。菊池は伊勢を一瞥した。

「手を打ってくれたんだよ。ですよね、伊勢さん」

「やはり伝わりましたね。もっとも、だからこそ豆大福に繋がったのでしょう」

伊勢が秋元と接触した真意だ。菊池の行方を気に懸けている、と告げることが抑止になったのだ。

「さっさと出ましょう」

伊勢が言った。

監禁されていた建物を出て、菊池は車の後部座席に乗り込んだ。三好が運転席に、伊勢が助手席にいる。久しぶりに浴びる太陽はまぶしかった。窓から入る陽射しとは、勢いがまるで違う。

ルームミラー越しに、菊池は伊勢に話しかけた。

「私は小夏に嵌められた恰好でした。慌ててメールを三好に送ったんです。小夏をどうみますか」

「菊池さんは？」

「推測はしていますが、なんとも……」

「私は確信していますよ。菊池さんがいまここにいることが根拠です」

行きますね、と三好がエンジンをかけた。

「菊池さん、申し訳ありませんでした」と伊勢が頭を心持ち下げた。

「何を謝っているんです？　こちらがお礼を述べないといけないのに」

「助けようと思えば、もっと早く菊池さんを助けられた。私はそうしなかった」

「え？」三好が言った。「菊池の監禁場所に見当がついていたんですか」

「いえ。今回探し当てた方法を、もっと早く用いられたと申し上げたいんです」

それはおかしいでしょう、と菊池が会話を継ぐ。

「私が豆大福を求めたことが、高橋さんの尾行に繫がったんですよね」

「ええ。ですが、北原さんは以前から菊池さんのもとを訪れていましたよね。私はそう推測できていた」

「小夏に聞いたわけじゃないんですね」

「はい。今後のために、あえて聞きませんでした」

「やはり伊勢さんは小夏を疑って……」

菊池さん、と伊勢の平坦な声が菊池の言葉を遮った。

「私は勝負のタイミングを待っていました。今、その時がきたと確信しています。ご協力をお願いします」

伊勢の長年の宿願は知っている。

「それは……小夏のためにもなるのでしょうか」

「むろんです」

「小夏はどうなるのでしょうか」

おい、と三好が割って入ってきた。

「おまえは裏切られたんだぞ。人が良すぎる」

「俺の勝手だ」菊池は言下にいった。「伊勢さん、答えてください」

「どうなるかは北原さん次第です」

伊勢の返答は真摯なものに聞こえた。菊池はルームミラー越しに頷き返した。

「具体的に何をすればいいんですか」

「北原さんに連絡をとってください」伊勢が付け加えた。「その前にシャワーを浴びた方がいいでしょうね」

＊

「そう。何事もなく終わったのね」

須黒は応じた。秋元から報告を受けている最中だった。県警と地検の立ち入りは、ごく形式的な流れで終わったそうだ。菊池の机やロッカーの品を段ボール箱に詰め、北原ら同僚に簡単な話を聞くだけだったという。地検から同席した事務官も一切口を挟んでこなかったらしい。

ホテルの窓から湊川の景色を眺める。

「ええ。つつがなく、無事に終わり何よりです」

「本気でそう言ってる？　妙でしょう」

「何がですか」

「地検にしてみれば、秋元法律事務所に入れるなんて滅多にないチャンス。色々とかこつけ、様々な場所を探りたくなるのが人情でしょう」

須黒はそうなると睨んでいた。一悶着あれば、地検の横暴ぶりを暴露すればいいと考えていたのだ。

「ぐっと堪えたのでは？」

「何のために？　わざわざ地検職員が同行してきたのに」

「ええ、まあ」

「同行してきたのは、谷川って総務課員だったのね？」

はい、と秋元が言った。誰がこちらの手駒かについては、秋元にも明かしていない。谷川が同行した点が引っかかる。伊勢が谷川の素性を把握していないにしても、他の総務課員もいるはずだ。もっと信頼度が高く、腕のたつ者もいるだろう。他ならぬ、伊勢本人が同行してきたっていい。

こちらの計算が微妙に狂ってきている？　……だとしても。最終的に勝つのは、決定事項だ。吉村泰二の裏書き書類を手にした時点で、こちらが仕掛けた毒に侵されている。落ち着き、来るべき時を待てばいい。

「動きがあれば教えて」

須黒は通話を終えた。

間髪を容れず、携帯電話が鳴った。北原小夏からだった。

「伝言を預かりました」

「誰から」

「伊勢さんです」

須黒は顎を引いた。

「言って」

「今日の午後五時頃から、クラブハウスサンドをご一緒にどうですか――と」

「メリケンベイホテルで？」

「いえ。お店は須黒さんもご存じのはずだとおっしゃっていました」

以前、秋元から伊勢がクラブハウスサンドのおいしい店を知っている、と聞いた。そこは一見客を断る、とも。やはり伊勢も常連だったのか。

罠？　須黒は束の間頭を巡らせた。違う。私に届く手がかりは、何も摑んでいないはずだ。摑めるはずもない。

どうするべきか。伊勢は湊川地検の心臓。握り潰せる好機か。準備は何もしていないが、心臓に触れるくらいはできるだろう。

北原小夏経由で誘いをかけてきたということは、伊勢は彼女が吉村側にいる事実を把握したことに他ならない。

「あなたの素性、いよいよバレたのね」

「みたいです」

「あなたも同席するの？」

「いえ。誘われておりませんので」

一対一か。

「参ります、と伝えて」

かしこまりました、と小夏は言った。

通話を終えると、須黒は大の字になってベッドに寝転んだ。木目調の天井を見上げる。伊勢の狙いは何だ。ただ話したいだけではないだろう。

また携帯電話が鳴った。吉村泰二からだった。

「他の秘書では対処できなそうなトラブルがあってね」

「どうされましたか」

なかば予想がつき、須黒は寝転がったままでいた。

「何が何でも別れないってきかない女がいるんだ」

「またですか」

「性分でな。血が繋がっていなくても、父と似たのさ」

「時代は変わりました。今は清廉潔白が求められる時代です」

「私は生物も棲めないような清らかすぎる世界にいたくはないがね」

「同感ですが、個人の意見は関係ありません。世間一般に政治家はお金に汚いイメージがあるので、金銭トラブルがあっても復活できます。しかし男女関係は致命的なんです。首相を狙うのなら、もっと身辺に気を配ってください」

吉村泰二が鼻で嗤う気配があった。

「興ざめすることを言わんでくれますか。何歳になろうと、恋はするものではなく落ちるものなんですよ。コントロールできるもんじゃない」

興ざめするのはこちらだ、と須黒は言いたかった。名言を放ったつもりかもしれないが、手垢のついた借り物の言葉に過ぎない。

「小言は須黒さんが東京に戻ってからたっぷり聞きますよ。まずはなんとかしてほしいですね」

「相手の連絡先を教えてください」

聞きながら、くだらない仕事だな、と須黒はつくづく呆れた。

8

本日貸し切り。

喫茶店のドアに一枚の紙が貼られていた。夕陽が磨りガラスに反射している。須黒はドアを押した。カウベルが鳴る。

奥の席で、白髪頭の男が端然とこちらに視線を向けている。伊勢——。

伊勢がすっと腰を上げた。

「お呼び立てして、失礼しました。お越しいただき、恐れ入ります」

「店を借りたんですね」

「店主とも古い馴染みですので。須黒さんも常連ですよね」

「よくご存じで」

色々と情報収集している、という軽いジャブを放ったのだろう。須黒は伊勢の正面に腰を下ろした。すると店主がクラブハウスサンドとコーヒーを運んできた。

「あらかじめ注文しておきました」と伊勢が言った。

「じゃあ、私も外に出ますので。どうぞごゆっくり」

店主が須黒と伊勢に一礼した。

「いいの？　私たちがレジのお金を盗んで逃げるかもしれないのに」

須黒が話しかけると、店主がにっと笑った。

「常連さんに裏切られたら、商売人としての目が曇ってたってだけですよ」

店主はあらためて一礼し、本当に店から出ていった。

「伊勢さんが店主に外出をお願いしたんですね」

「ええ。微妙な話になるでしょうから。お互い、誰にも聞かれない方がいい」

「店内に盗聴器や録音機の類を仕掛けていない保証は？」

「ありません。私はそんな野暮な真似はしませんよ」

こちらが用意した場ならあるのだろうが、と言いたいのか。

「そう。さすが次席の懐刀ですね」

恐れ入ります、と伊勢が心持ち頭を下げた。

「ご用件は？　本気でクラブハウスサンドを一緒に食べたいわけじゃないでしょう」

「まず報告があります。今日の昼、菊池さんを助け出しました」

「誰のことでしょう。吉村事務所に菊池という者はおりませんが」

須黒はとぼけた。感情は表に出ていないだろう。秋元法律事務所への立ち入りは注意と人を引きつけるための陽動だったのか。そこまで読み切れなかった。

「そうですか。菊池さんのことをご存じとばかり思っていました」

食えない男だ。須黒はコーヒーを一口飲んだ。

「おいしいコーヒー。何十年も前から味が変わっていない」

「たゆまぬ努力の賜物なのでしょう。長年吉村家を支える、須黒さんのように」

「秘書としてやるべきことをやっているだけですよ」

「さすが湊川の皇后。シンプルな言葉に深みがあります」

皮肉か。

「では、こちらのことなら須黒さんほどの方ならご存じでしょう。湊川地検はいま、吉村議員周辺に関心を抱いています」

微妙な言い回しだ。マル湊建設社長の逮捕・起訴に絡む捜査の一環とも聞こえるし、まったくの別件とも捉えられる。

「吉村ほどの立場になれば、いつも誰かの関心を集めていますよ。なかばそれが仕事みたいなものなので」須黒は当たり障りない返答をした。「湊川にいる秘書が何度か検事さんに話をしたことは知っております」

「地検側の狙いをどう読みますか」

「何か狙いがあるのですか」

「ご冗談を。湊川の皇后ならお見通しでしょう」

「私が意見を述べたとして何になります？」

「今後の話の流れによりけりです」

お手並み拝見といくか。地検側の今後の動き方を嗅ぎ取れるかもしれない。

「標的ありきの捜査をなさっているのでは？　先般、大阪地検や東京地検の特捜部がはまった陥穽《かんせい》です。湊川地検も同じ轍《てつ》を踏もうとしているんです」

「本当に陥穽でしょうか」

「我々が犯罪に手を染めている確証がおありなのですか。でしたら、さっさと逮捕するなり、起訴するなりしてください」

伊勢は微妙に目を細めた。

「私は一介の事務官で、検事ではありません」

「確かに。でしたら、捜査に首を突っ込まない方がいいのでは？　殊に外部の人間と捜査について話すなんてもってのほかでしょう。分不相応だとそしられても仕方がない」

「他ならぬ、吉村議員のこととなれば話は別です。たとえ分不相応であっても」

そうですか、と須黒は短く答えた。伊勢の母親、妹一家が死んでいることは知っている。自分も深く関わっている。

「菊池さんは監禁される直前、地検職員に一通のメールを送ってきました。吉村議員の裏書きがある書面の映像です」

「興味深いですね」

「ええ、とても。吉村議員は先代の頃からベトナムや東南アジア各国との関係が深い。どうやらその書面は海外を股にかけた違法献金システムの一端のようです」

「だとしたら外部に、それも当事者側である私に明かすのは相当マズイのでは？」

「構いませんよ。どうせ捜査の刃は吉村議員には届きません。須黒さんが一番ご存じのことでしょう」

伊勢の平板な口調は変わらない。須黒はゆるゆると首を振った。

「そもそも犯罪がなければ、捜査が無駄に終わるのは当然です」

「犯罪があっても、ないとされれば手も足も出ません」

須黒は背筋がひやりとした。かつて味わった感覚に似ていた。大奥方と向き合った時の感覚だ。この感覚を私に与えたのは、伊勢で三人目……。

「今のご発言、ちょっと私には理解しかねますね」

「偶然、とある公園で菊池さんが撮影した書類を拾いました。原本ではなく、コピーでした。原本はどなたかが保存しているのでしょう」

「コピーとはいえ、とてつもない幸運ですね」

「ええ。ここだけの話、北原小夏さんから手渡されました。北原さんになんとか入手できないかと相談したんです。秋元事務所への立ち入りをてこにし、北原さんが持ち出してくれたんです」

「手の内を明かしていいんですか」

「先ほども申し上げた通り、構いませんよ。書類は表向き、私が拾ったもの。言い換えると、私が色々駆けずり回って手に入れたものです。その書類と、かねてより北原さん経由で入手した吉村議員の色紙とを筆跡鑑定しました。一致しました」

大丈夫だ。思惑通りに進んでいる。

「この鑑定結果をもとに、次席検事や特別刑事部長は吉村議員の違法献金ルート解明に乗り出すでしょう」

「伊勢さんは先ほど、捜査の刃が吉村に届かないとおっしゃられた。今のお話ですと、充分に届きそうですよ」

捜査をさせれば、確実に勝てる。吉村の名が傷つくのは一時だ。日本人は政治家の動向にさほど関心がない。特に金を巡るあれこれは。なかば諦めていると言ってもいい。

「吉村泰二議員に至るまでの壁はそれだけ厚いと申し上げたいんです」伊勢がクラブハウスサンドに手を伸ばした。「せっかくです。乾く前にいただきませんか」

「賛成です」

須黒もクラブハウスサンドに手を伸ばした。

無言で食べる時間が続いた。味をあまり感じず、須黒には二人の咀嚼音がやけに大きく聞こえた。

須黒さん、と伊勢がおもむろに口を開く。

「その高級腕時計の針があなたの腕で回ってきた間、どれくらいの人を陥れてきたのですか」

「言いがかりはやめてください」

須黒は笑みを浮かべ、ぴしゃりと言った。

「いえ。まさにいま、私を陥れようとしている」

「聞き捨てなりませんね」

「私の発言に関して齟齬を指摘されたが、齟齬にならざるをえない仕掛けをしたのは須黒さんご自身でしょう」

伊勢が食べかけのクラブハウスサンドを皿に置いた。

「筆跡が一致したこと自体が落とし穴なんです。筆跡が一致したことにより、公判になったとしてもあなたは地検側の主張を一気に崩せる」

「私は公判の、法律の素人ですよ。そんな大それた仕掛けをできるわけがないでしょう」

「ご冗談を。皇后ともなれば、お茶の子さいさいのはず」

須黒は大きく肩を上下させた。

「伊勢さんの言いがかりを聞かせてもらいましょうか」

　喜んで、と伊勢は瞬きを止めた。

「あれは吉村泰二議員の直筆ではないんです」

「妙なことをおっしゃる。吉村の色紙と筆跡が一致したのでは？」

「端的に言えば、どちらも偽物なんです」

「解せませんね」

「書類に花押がないんです。支援者に配る色紙にすら記す、吉村議員の花押が。そこにある種の意図が感じられます。偽物だという証拠を忍ばせているんです」

「ますます解せません。筆跡鑑定が一致したのなら、花押の有無に関わらず、書き手は一緒なのでしょ？」

　ええ、と伊勢は言った。

「書き手は一緒です。本物そっくり――というより、本物として流通している偽物の書面もあるのでしょう。花押がない、つまり吉村議員の本物の署名ではないという証拠になり、何者かが議員に無断で書いたことにできる。公判で、書類を証拠にした地検側の主張を覆せる仕掛けです。ただ、実際は吉村議員もご存じのはずです」

「馬鹿げて聞こえますよ。誰がそんな器用な真似を？」

「最終的には捨て身になって、吉村家を守ろうという気概のある方。筆跡を完璧に習得するほどの精神力がある方」

吉村泰二の筆跡を真似るのはたやすい。字に個性がなく、機械的な綺麗さを身につければいいだけだ。

私の知る限り、と伊勢が話を続ける。

「吉村議員のそばでそんなことができる方は一人しかいない。あなたでしょう。須黒さん」

須黒は頭を素早く巡らせた。

「本気でそんな見方をされているなら、公判で主張されたらどうですか。伊勢さんが検察側の証人として立つ方向もありでしょう」

「私は法律で決着をつけようだなんて微塵も思っていませんよ」

「地検の職員なのに？」

「今しがた申し上げた通り、私は法律家ではありません。決着をつけられれば、それでいいんです」

伊勢に気負った雰囲気はない。本心なのだ。

「須黒さんがそこまで吉村家のために策を打ち続けるのには、きっと色々な理由があるのでしょう」

ない。一つだけだ。

「しかし現在、あなたの目的ははっきりしている」

「ええ。吉村家の地盤を守ることです」

「私が申し上げているのは、地盤を何のために守ろうとしているのかという根本的な点です」

「何をおっしゃりたいの？」

「北原小夏さんについてです」

ドクン、と心臓が大きく跳ねた。生まれて初めての感覚だった。恐怖？　大奥方と対しても感じなかったのに？　この湊川の皇后が他人を恐れる？

伊勢が長い瞬きをする。

「考えてみれば、妙な話なのです。先代の正親時代ならともかく、泰二氏の代に北原さんが秋元事務所に入れたことが。須黒さんほどの方なら警戒するでしょう。北原さんの母親の件があります。娘に内側から食い破られるリスクを肯んずるはずがない。なにしろ吉村家を守るために様々な手段を用いる御方なのです」

「秋元さんには秋元さんの方針があるのでしょう。私は吉村泰二の秘書であって、秋ざわざ元法律事務所の人間ではありません」

「なおさらですよ。秋元法律事務所は吉村家と昵懇の間柄です。秋元さんがわ吉村家との関係を壊すリスクのある人間を雇うでしょうか。上部の、須黒さんの意向が働いていることは想像に難くない」

伊勢の黒目がいささか大きくなった気がした。

「しかもあなたは秋元事務所に出向いた際、必ず北原さんを嫌う素振りを見せている。本気で遠ざけたいのなら、はなから事務所に入れさせなければいい。何かの手違いで秋元所長が北原さんを入れたのだとしても、解雇させればいい」

秋元に相談を受けた際、『取り込んでおけば監視できる』という名目で入れさせた。秋元にも真の目的を告げていない。

「内政干渉はトラブルの元ですよ。各国の外交をみても明らかでしょう。あらゆる組織にも相通じます」

「組織という観点でいけば、秋元法律事務所は吉村事務所の子会社みたいな存在でしょう。内政干渉にはなりませんよ」

「意見が嚙み合いませんね」

「須黒さんと私の意見が一致する方が不自然ですよ」

ごもっともだ。

「伊勢さんは北原さんとお知り合いですか」

「ええ。もう古い付き合いになります」

「北原さんはなんとおっしゃっているの？　秋元事務所に入ったわけを」

「さて。何も伺っておりません。私の推測をぶつけてもおりません。彼女には彼女の動機があるのでしょう。須黒さんには何かおっしゃっていましたか」

「いえ。仲良く言葉を交わす間柄ではありませんので」

「須黒さんは周囲に対し、わざと北原さんを快く思わない、いがみあった形の態度を示しているのでは？」

須黒は首を傾げた。

「わざわざ何のために」

「簡単ですよ。本音を悟られないためです。北原さんご本人にすら」

「おっしゃっている意味がわかりませんね」

伊勢のビー玉のような眼球がさらに冷ややかになった。

「あなたの真の目的を成就するためですよ。吉村泰二氏に国の権力を移行させたいんです」

「その通り。秘書なら誰しもが抱く思いでしょう」

「あなたは吉村泰二氏のためにそうしたいのでない。北原さんのためなのです」

須黒はコーヒーカップを口にやった。大丈夫だ。手は震えていない。

「またしても何をおっしゃりたいのか、さっぱりです」

「いま、須黒さんがされている手法は逆効果ではないですか。吉村議員を民自党の次期党首に、国のトップに据えるべく動くことは」

伊勢の声はなおも平板だった。

須黒はカップをソーサに戻した。

「伊勢さん、先ほどから何をおっしゃりたいのです？」

「あなたは長年にわたり権謀術数を巡らせ、吉村泰二のために動いている。時には他人の命をも左右している。今後も方向性を換えるつもりはないのでしょう。ですが、吉村議員の権力を盤石にしたとて、何の効果もありませんよ」

「だから何のですか」

にわかに伊勢のまとう気配が変わった。急に大きくなったようにも感じられる。伊勢がテーブルに両肘をつき、指を組んだ。

「あなたは万全の体制を整えた上で、北原さんを担ぎ上げ、吉村家を託し、ゆくゆくは女性初の総理大臣になってほしいのでしょう。須黒さんの世代では女性が社会で活躍するのは難しかった。いえ。今もですね。あなたはそんな社会状況を厭うていた。だからこそ裏で仕切る大奥方に惹かれた」

「大奥方をご存じなのですか」

「いえ。面識はありません。吉村家を追っていれば、自ずと行き当たる名前です。須黒さんは大奥方の薫陶を受け、力を蓄えた。湊川の皇后として辣腕《らつわん》も振るった。現在、そのすべては北原さんへの思いに結びついているのでは？　だとすれば、あなたの行っている手法は逆効果だと申し上げているんです」

ご承知の通り、と伊勢が続ける。

「国民は二世、三世議員を腹の底でバカにしています。苦労も知らないボンボンが何か偉そうなことを言ってやがる――といった感想を抱いている方が大半でしょう。実際、世襲議員ばかりの現在、政治は低迷しています」

「伊勢さんのご見解も同様で？」

「吉村議員を除外した一般論を申し上げるのなら、二世だろうと三世だろうと国民の生活が楽になったり、安心できるようになったりする成果を残す限り、誰が国会議員でも構いませんよ。吉村議員を除外した私の意、須黒さんなら共感していただけるのでは？」

この男……。須黒は息を呑んでいた。互いにまじろぎもしない時間がしばらくあった。

伊勢の唇が再び動いた。

「須黒さんがいまなすべきことは、公表です。吉村議員にまつわる犯罪――違法献金システムなどを赤裸々に語ればいい。優秀な政治部記者をご紹介しますよ。北原さんの人気を一気に高める絶好機です。吉村議員が権力の頂上に登り詰める寸前、北原さんが議員の悪行を知り、須黒さんを促して公表させた。吉村泰二を退治した、という筋書きにするのです。古き、悪しき政治慣習を打破したヒロインのイメージが北原さんにはつきます。今後の政治家人生には絶対にプラスになる印象です」

須黒はすっと息を吸った。

「私は一言も北原さんに吉村家を託したいだなんて申しておりませんよ。仲がよくないこともご存じなのでしょ」

「須黒さんが何もおっしゃらなくても、または何をおっしゃっても、私が先刻申し上げた通り、あなたが北原さんを吉村陣営に入れている理由は他にありえません」

「根拠が薄弱ですよ」

「一般の人間が言うのならそうでしょうが、母と妹一家をあなた方の手によって失った者としては、充分すぎる根拠になります」

「名誉毀損《めいよきそん》になりかねない発言ですね。何か証拠はあるのですか」

「湊川の皇后はそんなへまをしないでしょう」

伊勢があっさりと言う。そう。そんなミスはしない。伊勢が何を言おうと、恐れる必要はない。

「しかしながら、須黒さんはどん詰まりに追い込まれているんです。菊池さんを救出したと言った通りです。当の菊池さんが確保された発端は誰だったのか。それは北原さんです。北原さんは、はなから両睨みだったんですよ」

須黒は頭の芯が冷えた。どういうこと……？

北原小夏は、伊勢に通じていると見せかけ、吉村側に様々な情報を流していた。地検側を騙すべく、吉村側の情報を少々流すことも須黒は認めていた。伊勢がこの仕組みを見破ったのだとしても、両睨みとはなんだ？

伊勢がゆるゆると首を振る。

「北原さんは須黒さんが思っているより、十倍はしたたかな方ですよ。あなたも私も手玉にとられたんですから。二重スパイという顔すら彼女はやすやすとこなし、さらにその裏にある思惑を秘めていた」

須黒には伊勢の言っている意味が本当にわからなかった。

伊勢が居住まいを正す。

「北原さんは自分が吉村家を乗っ取る腹積もりです。そのために須黒さんを利用したんですよ。最もいい時期に、いい形で自分が乗っ取るために」

須黒は言葉が喉から出なかった。

私は、と伊勢が発言を継ぐ。

「菊池さんが殺されないことから、北原さんがあなたの心を利用したのだと気づけました。菊池さんを解放するべく、地検側の人間が彼女を尾行したんです。やすやすと尾行できたのは、彼女がそうさせたからでしょう。菊池さんを解放して、その上で口を閉ざさせることで須黒さんたちに恩を売って、数年以内に吉村泰二に引導を渡す計算だったんです。菊池さん監禁にはそんな大きな目的が秘められていた。同時に、あなたが北原さんを秋元法律事務所に置いておくだけの功績が必要だった点も、難なくクリアできる。吉村議員や秋元所長の目を誤魔化すためのね。あなた方は北原さんの罠に落ちたのです」

伊勢がコーヒーを一口飲んだ。

「北原さんは須黒さんの腹の内をとうに読んでいた。待っていれば、いずれ自らが吉村家の地盤を引き継げる可能性も吟味し、かなり公算は高いと見込んでもいた。だからこそ、あなたの手厳しい態度を楽々と受け流した。吉村家を内側から潰そうとするだけなら、さっさと私に吉村家の暗部にかかわる証拠を渡せばいいだけです。そうせず、私に対しては『まだ充分な信用を得られてない』と報告していた。おまけに私の言動から地検側の動向も把握していた」

カウベルが鳴り、誰か店に入ってくればいいのに。須黒はドアを一瞥した。どうして唐突にこんな感情がこみ上げてきたのだろう。

「北原さんが菊池さんという長年の恋人を利用してまで、いま行動に出た背景はなにか。私が吉村議員打倒に向け、本格的に動いたからでしょう」

北原小夏は最終的には伊勢が勝つと読んだのか——。いや、違う。

「さすが湊川の皇后ですね」

「なにがですか」

須黒はようやく言葉を発せられた。伊勢が小さく頷いた。

「北原さんの心の内に思い至られたのでしょ？　お察しの通り、彼女は自ら将来を選んだ。吉村議員や須黒さんの口を閉ざさせるという方針を変えたんです。その気ならとっくに須黒さんに接触している。彼女は勝ち目の薄い大博打に出たんです」

伊勢の目の辺りに心持ち力が入った。

「何度も申し上げる通り、私は法律家ではありません。なので法律で決着をつけることより、社会的制裁や社会的刑罰で決着をつければいいと割り切っています。公判では最終的に負けてしまいますしね。公判で吉村議員に不利な証言や証拠が出れば、報道機関は大々的に報じるでしょう。けれどすべてが誤報になる。つまり、公判では社会的制裁の効果も一時だけです。回復してしまう」

伊勢が深く息を吸った。

「かたや決定的な証拠があろうとなかろうと、秋元法律事務所にいた菊池さんの口から様々な事柄が明かされれば、吉村泰二は相当なダメージを受ける。公判という公的制度を通さない分、当事者が否定しても誰もそれが真実だと判断できません。良くも悪くも、社会的制裁という面ではこちらの方が威力はある」

その通りだ。時代は変わった、SNSなどのネット社会もある。かつてはマスコミを第四の権力などと呼んでいたが、ネットやSNSはさしずめ第五の権力だ。

だからこそ、と伊勢が声音を強くした。

「ただ吉村議員を沈ませるだけでなく、北原さんを浮かび上がらせる方法をとるべきだと提案しているのです。泥船を泥船のまま沈めるのか、別の船を出航させるのか。聡明な須黒さんならどちらを選ぶべきかは一考するまでもないはず。何の武器もない人間が打って出られるほど、国政の世界は甘くないでしょう。北原さんがむざむざと散る姿を、黙って見ているべきじゃない」

伊勢がテーブルに身を乗り出した。

「須黒さんは北原さんの素質を見抜いていた。あなたの彼女への厚意が無駄になったわけではない。北原さんがあなたの上をいっていただけです。むしろ喜ばしいではないですか。何を躊躇う必要があるのでしょう。吉村議員と北原さん、能力や人柄を比べてください」

断然、北原小夏だ。ゆえに伊勢が指摘した通りのことを考えてきた。彼女なら必要とあれば周囲を踏み潰す荒業を使えるだけでなく、丸め込める才覚もある。

なにしろ、この須黒清美と伊勢雅行を手玉にとったのだ。

「須黒さんと違って、私は政治の素人です。それでも断言できます。人数合わせの国会議員として活動するなら誰でも務まるでしょうが、国のトップを狙うのなら、相当なしたたかさや才覚が不可欠だと。そうでないと、海千山千の世界の首脳陣と対峙できません」

まさに同意見だ。吉村泰二ではニャンにすら手玉に取られる。いや、日本の政治家は吉村と同レベル、もしくは以下というのが現状だ。

「須黒さんに思い出の場所はありますか」

「この喫茶店は思い出深いですよ。突然なんです？」

「思い出の場所が、ふさわしいのではないのかと。ここでは店主にご迷惑がかかってしまいますね。他にもありますか」

伊勢が暗に言わんとするところは明確だ。顔色一つ変えずに突きつけてくるとは、肝が据わっている。あるいは心が凍っているのか。

他に思い出の場所か……。

ない。須黒は己の半生に愕然とした。気づかれぬよう、静かに唾を飲み込んだ。

「ええ、ありますよ。湊川に」

「そうですか。何よりです」

視線をぶつけ合い、伊勢は目つきを緩めた。

「新聞記者のご紹介はいかがします？」

「結構です。伊勢さんがなにを妄想しようとご自身の勝手ですが、私はあなたの妄想を一言も認めておりません。お忘れなく」

「なるほど。このまま平行線を辿りそうですね」

「同感です」

あとは清美の好きなようにしろ――。

吉村正親の声が間近で聞こえた気がした。

9

須黒はペンを置いた。眉根を揉み込むと、何かが潰れる音がした。メリケンベイホテルのスイートルームは今晩も静かだ。

これまでの歩みを記していると、自分がいかにして法制度を巧妙に用いた違法献金制度を編み出したのかが実感できた。技能実習制度を食い物にした――と批判されるとしても、彼らが行っている下働きを敬遠する国民に私を罵る資格はない。安穏と現状にあぐらをかいているのだから。

決着のつけ方として、これ以上ない。自分に最もふさわしい。政治家秘書はすべてを呑み込むのが美学とされる。しかも自分は多くの人間を踏み潰してきた。心痛む時もあったが、踏みとどまりはしなかった。後悔はない。吉村泰二という三流の俗物に取って代わり、北原小夏という超一級の人材を国政に送り出せるのだから。

大奥方も私を見つけ、育て、後を託す時、こんな気持ちになったのだろうか。須黒は長い瞬きをした。

告発書は警察と湊川地検宛の二通を作成した。警察にも地検にも吉村の細胞はいるものの、さすがにこの文書を闇に葬ることはできない。警官や地検職員のすべてに息がかかっているわけではない。

私は――と須黒は胸の内で自分にむけて語り出していく。伊勢にも、北原小夏にも負けたのではない。単純に自分がしたかったことを実践するだけだ。

須黒は窓に歩み寄った。はめ殺しなので、開けられない。ガラス越しに景色を眺めるためだ。湊川の街の灯を映す、海。遠くにはタンカーの光が水平線を右に動いている。いい眺めだ。東京に戻る気はない。

景色を目に焼きつけるとベッドルームに移動し、サイドチェストに腰を下ろした。サイドテーブルの睡眠薬の瓶、吉村正親が好きだった銘柄のウイスキーに目をやる。あらかじめ用意していた。

須黒はグラスになみなみとウイスキーを注いだ。睡眠薬の瓶の蓋を開け、手の平に大量の錠剤をのせる。口を開ける。いざ――。

部屋のドアが開く音がした。誰かが駆け込んでくる。

「須黒さん、そこまでです」

北原小夏だった。腕に飛びつかれ、須黒の手から錠剤が床にこぼれた。

須黒は目を見開いた。

「あなた、どうやって部屋に入ってきたの？」

「マスターカードをホテルから提供してもらいました」

「だとしても、こんなドンピシャで？」

「あらかじめ何台かカメラを仕込んでいたんです」

「あなたが？」

「いえ。伊勢さんです」

伊勢――。須黒は両頰を引っ叩《ぱた》かれた心地だった。

喫茶店で向き合った際、録音機なんて仕掛けないと言ったのは、このためのカムフラージュだったのか。あの時、思い出の場所について明かしてはいない。だが、伊勢なら須黒の定宿を把握している。地検という立場を利用し、監視カメラを設置するのも造作ない。監視しておけば、尾行も楽になる。部屋で薬剤の服用でも、首吊りでも、風呂場で手首を切った場合も、救急処置をできる。

「あなたはどうしてここに来たの」

「伊勢さんに選択を委ねられたんです。『あとは北原さんのお好きなように』と。条件は、須黒さんの告発文と引き換えに」

二通の告発文は吉村泰二を失脚させる威力があるだけでなく、私の半生の記録でもある。私の人生を伊勢は手に入れたかった……。

須黒は首筋が強張った。

振り返ってみると、伊勢と向き合っていた時、対抗心も怒りも悔しさもなかった。淡々と時間が過ぎていった。かつて侍が闊歩した時代、剣術の達人と相対した時、あういう気持ちになったのではないのか。

圧倒的な存在感も、迫力も、威圧感も、恐怖感もない。それでいて逃げ場のない心持ちにさせられ、気づく間もなく斬られている——というような。

伊勢は自身も北原小夏に利用されたと言っていたが、その方が須黒清美に引導を渡しやすいと踏んだゆえの方便ではなかったのか。須黒の心中にある北原小夏への感情を後押しし、彼女の才能を改めて納得させるべく、吉村泰二を失脚させるために自分も騙されたふりをしたのではないのか。

なぜなら——。

北原小夏は伊勢に従うしかなかったのだ。将来、菊池の監禁を伊勢が告発するリスクがある。伊勢に自分の未来を握られている。

伊勢は北原小夏の野心を察していた。菊池を監禁させた思惑も嗅ぎ取っていた。その上で、自由に泳がせていた。伊勢に北原小夏の翻意を突きつけられた時、己がとるべき行動を促され、私は思考停止していたのだ。北原小夏が伊勢に操られていたことまで思い至らなかった。私と伊勢を手玉にとった人間が何も力を得られないまま、しかもこのタイミングで国政に挑むような愚挙に出るはずがない。伊勢に欺かれた。

そう……伊勢がすべてを仕掛けていた。北原小夏も、彼女を通した情報も、地検にいる吉村側の細胞も使い、こちらが仕掛けた罠をも逆手にとって。

私は——須黒清美は——湊川の皇后は、北原小夏に手玉にとられ、さらにその奥では伊勢の手の平で踊らされていた。

「私が告発文を必ず書くと伊勢は踏んでいたのね」

「はい。わたしが疑問を呈すると、『絶対に書きます。さもないとただの犬死になる』とおっしゃっていました」

伊勢は当然、国会議員秘書としての典型的な身の引き方——自殺を想定していた。否。促してきた。告発文と引き換え……。伊勢が北原小夏に放った一言が急激に重みを帯びる。

「私の告発文を伊勢がどうする気かわかる?」

「手元に止《とど》めておくのでしょう。いつでもわたしたちを刺せるように」

そうね、と須黒は言った。

「伊勢は、私たちの生殺与奪権を握った。よく私の命を救う気になれたものね。家族の命を奪った元凶だと承知しているでしょうに」

「伊勢さんから伝言があります」

「言って」

北原小夏が目元を引き締めた。

「申し上げます。『告発文を使わずとも、須黒さんなら吉村泰二を失脚させ、後釜に北原小夏を据えられるでしょう。早急に行ってください』とのことです」

やはり、私も手駒に使う魂胆か。お見事だ。こうも鮮やかに斬られると、斬られ甲斐もある。心の底から拍手をしたい気持ちにすらなる。

「あなたは政治家になりたいの」

「かねてより」

北原小夏はきっぱりと言った。

「母は大奥方に始末された。現代版のお家騒動が起きるのを防ぐためですよね。共感はできませんが、大奥方の動機も、吉村家を守る役目を引き継いだ須黒さんの心情も理解できます。当初は吉村家を潰したいという一心でした。今は違います。目標があります。誰もがトマトをおいしく食べられる日本を築くことです」

思わず須黒は頰が緩んだ。

「給食の目標みたいね」

「ええ。字面だけを見れば。伊勢さんの妹さんが、子どもの頃からトマトがお好きだったそうです。いわば妹さんは政治の犠牲になった。妹さんもわたしの母も須黒さんたちが仕掛けたイレギュラーな方法での亡くなり方ですが、政治の失敗での犠牲者──という大枠で捉えれば、経済政策や社会保障の枠組みから外れ、亡くなった方と一緒です。わたしは失政での犠牲者が出ない社会を築きあげたいんです」

吉村泰二とはまるで違う。発言に実感がこもっている。

「理由を聞かせて」

「私もトマトは好き」

「なによりです。つきましては」北原小夏が姿勢を正した。「須黒さんのお力を貸してください」

「伊勢も承諾しているのね」

「ええ。湊川の皇后が後押しすれば、吉村泰二の正式な後継者として政界から認められるので、と」

須黒は目を伏せた。腕時計が目に入る。今朝ゼンマイを巻き、長年故障一つしなかったのに針が止まっている。

もう少し生きてみます。須黒は胸裏で吉村正親と大奥方に語りかけた。

＊

北原小夏は束の間、ここ数日の吉村泰二を巡る動きを反芻した。

まず吉村泰二の女性スキャンダルが週刊誌やスポーツ新聞紙面を賑わせ、その火が消える間もなく、過去にベトナムで児童買春ツアーに参加した疑いも浮上した。民自党内からは「首相の目は完全に消えた」との声があがっている。近々、党幹部から議員辞職勧告も出されるという話だ。

須黒は何の躊躇もなく、吉村泰二を潰しにかかった。彼の家庭はめちゃくちゃだろう。子どもには少し同情する。

──いずれ吉村泰二を非難する声は消える。肝心な点は、ここで彼の政治生命を奪うこと。支援者が離れさえすればいい。その後にあなたが滑り込むだけ。私が支えなくなれば、吉村泰二はもちこたえられない。そんな頭も胆力もない男だから、時間の問題ね。いざとなれば、私がすべてを暴露すればいいし。

須黒はこともなげに言っていた。

喫茶店は貸し切りで、マスターも先ほど店を出ていった。伊勢とは古い顔なじみだという。クラブハウスサンドは抜群の味だ。

「須黒さんはさすがに手慣れたものですね」伊勢が感心した。「あっという間に吉村議員は転落した」

「ええ。権謀術数で須黒さんの右に出る方はいないでしょう」

伊勢さん以外には、と北原は胸の内で付け加えた。

伊勢がコーヒーカップをゆっくり置く。

「須黒さんが死なず、北原さんを手伝うことになってなによりですよ」

「伊勢さんも、わたしを手伝ってくれませんか」

「いえ。私にはやるべきことがありますので」

そうですか、と北原は述べ、身を乗り出した。

「本当に伊勢さんはこれで良かったのですか」

須黒を追い詰め、自殺に追い込むのだと思っていた。裏返せば、ここまで伊勢が甘いのは予想外だった。

「ええ」と伊勢の返答は短かった。

「こう言ってはなんですが、伊勢さんの敵討ちは成就したと言えるのでしょうか」

「しかと」

「敵である須黒さんは生きていますよ」

「当たり前でしょう」伊勢はさらりと言った。「簡単に死なせてたまりますか。安易な幕引きなどさせませんよ。それこそ敵討ちになりません」

「どういうことですか」

「死を選ばせるのは簡単です。実に安易な方法です。法律で裁くのが法治国家の本筋ですが、過去の事件を立証するのは容易ではなく、本人の供述があっても、もはや不可能に近い。裁けるのは、せいぜい久保さんの件と『美美』の火事だけです。ならば、世の中のために能力を使い続けさせることこそ、最大の懲罰でしょう。死ぬまで世の中のために働かせるんです。辞めたいと言っても、辞めさせません」

伊勢は真顔だ。口調も素っ気ない。北原は身を硬くした。伊勢が甘い、と早合点した自分が浅はかだった。

「敵を屠《ほふ》ることだけが、敵討ちの成功ではありませんよ。北原さんならご理解いただけるでしょう」

ええ、と北原は返事した。まさにわたしもそうだ。吉村家の地盤を乗っ取る――。いつしか心に芽生えた宿願……いや。

大奥方の墓前で須黒と初めて言葉を交わした時、わたしの胸に宿った決意だったと今にして思う。吉村が権力の絶頂に至る寸前、伊勢が本格的に動き出し、わたしも誰にも明かしていない長年の宿願を果たすべき時がきたのだと悟った。

「どうやってわたしの真意を見抜かれたのですか」

「誰でも導き出せますよ」

「そんなにわたしの行動はあからさまだったのでしょうか」

「『誰でも』というのは言い過ぎでしたね。北原さんの生い立ちと、吉村家の暗部を知っている者ならばと言い換えます」

伊勢がすっと顎を引く。

「北原さんがただ吉村を潰す目的でいるのなら、最初に就職した海運会社でもできたはずです。なにしろ、ジャスミンこと君島明奈さんがわたりをつけていた湊川海運です。北原さんは就職活動で、吉村に関係の深い企業ばかりを受けた。政治資金収支報告書を読み込み、献金企業を洗い出し、その一つが湊川海運だった。北原さんなら相応の証拠や証言を集められる器量がある。より暗部に届きやすい秋元法律事務所に転職した、という見方もできますが、潰すためだけなら、そんな必要がない。別の目的があるとみるべきでしょう」

「そんな前から推測されていたんですか」

「ええ、まあ」

振り返れば、湊川海運から転職する際、吉村側に口利きしてくれたのは伊勢の知り合いだった。野鳥観察で知り合ったらしい。

菊池監禁の目的もとっくに察していただろうに伊勢は動かなかった。それはわたしに未来を託そうと考えたからなのだ。そして吉村泰二を追い落とし、須黒の力を搾り取る段取りを整え、わたしの道を開いた。

わたしのためでも、須黒のためでも、ましてや伊勢自身のためでもない。敵討ちというのだから、死んでいった母親、妹一家、久保、そのほか過去に政治の犠牲になった人たちのために。

それが伊勢の下した、最終的な断――。

伊勢が窓の方を見やり、遠くを眺めるような眼差しになった。

「軟弱かもしれませんが、久保さんが亡くなった時、もう犠牲者が出るのはご免だと痛感したんです。たとえ相手方であってもです。身内や知り合いを失った辛さや悲しみは、いつまでたっても癒えません。だからこそ、辛さや悲しみの中で生きていく人を出さぬよう、気を引き締め直し、頭を振り絞りました。どんな形の決着をつければいいのかと」

「お見事でした。伊勢さん以外、誰にもなしえない芸当です」

「まだ何も終わっていませんよ。私は」と伊勢が視線を戻し、続ける。「しっかりと北原さんのご活躍を見ていきます。技能実習制度を使った違法献金システムもある程度までは目を瞑ります。北原さんが利用しなくなれば、別の議員がタダ乗りするだけでしょう。かといって技能実習制度が廃止されれば、現場が止まってしまう。また、北原さんならいずれ制度を是正する。そう信じています。もし北原さんが力をつけてもなお制度を悪用し、国の底力を低下させるままなら、お二人を潰すまでです」

これが伊勢のやるべきことか。伊勢の戦いはまだ続く。その駒であり、対象の一つがわたし。わたしが悪しき方向に進めば、言葉通り容赦なく潰す腹だろう。伊勢ならいとも簡単に実行できる。

北原は居住まいを正した。

「身が引き締まります。日々精進します」

やはり伊勢に手伝ってほしい。伊勢と須黒が側近としていてくれれば、誰にでも勝てる気がする。国内はおろか、海外の海千山千の猛者たちにも。

もう一度だけ誘ってみよう。

「打倒吉村泰二のために費やした時間を何に使うのですか？　もう地検職員でいる必要もなくなりますよね」

「地検は私の居場所ですよ。あと、時間はいくらあっても足りません。貸し農園でトマトを栽培しようと思っているんです。とびきりのトマトを育て、墓前に供えたいのです」

やはり、東京に引っ張り込むのは不可能か。北原は微笑みかけた。

「それは楽しみですね」

「ええ。楽しみです。人生を取り戻しますよ。妹一家の分もね」

伊勢は真顔のまま、声を弾ませた。もう長い付き合いになるが、こんな伊勢の声を聞くのは初めてだった。

解説

大矢博子（文芸評論家）

『地検のS』『Sが泣いた日』（ともに講談社文庫）と続いてきた本シリーズも、本書でついに完結を迎えた。

前二作を未読のまま、たまたま本書を手にとられたという方がいたら、まずは刊行順にお読みくださいと申し上げたい。この三作は続きものである。『地検のS』で種が蒔《ま》かれ、『Sが泣いた日』で幹や枝が育ち、そして本書で見事な葉を茂らせたのだ。その大木をあますところなく味わっていただくためには、どのように種が蒔かれたのか、育つ途中で何があったのかなどを、知っておく必要がある。

ということで、前二作を振り返りながらシリーズの経緯を紹介しよう。

舞台は架空の都市・湊川《みなとがわ》市にある地方検察庁。物語は連作短編形式で、外から見た地検と内部にいるからこその地検の、両面から紡《つむ》がれていく。

第一作『地検のS』に収録されているのは、特ダネを狙って地味な裁判の裏側を探る新聞記者が主人公の「置き土産」。のらりくらりと裁判を長引かせるヤクザの証人と検事の戦いを検察事務官の目を通して描く「暗闘法廷」。「シロとクロ」「血」はそれぞれ、明らかな犯罪者の弁護をすることになった新米弁護士の話と、前科があるというだけで疑ってかかることを要求された若い検事の話という好対照の二編だ。「証拠紛失」はタイトル通り、地検の中で紛失した重要証拠を総務課員が探す物語である。

まず読者は、各編のミステリとしてのレベルの高さに驚くことだろう。事件の謎を解くというより、不審な点や違和感を突き詰めていくうちに思いも掛けない真相が浮かび上がるという展開が多いのだが、数行前までは予想もしなかったドラマが眼前に広がる快感と驚きたるや！　横山秀夫《よこやまひでお》の警察小説の短編や、長岡弘樹《ながおかひろき》の「教場」シリーズ（小学館文庫）などが好きな方には、間違いなく気に入っていただけるはずだ。

しかも通して読むことであるテーマが浮き上がるのだが、それは後述するとして。

各編の視点人物は右で紹介した通りだが、すべての話に共通して登場するキーマンがいる。湊川地検の総務課長・伊《い》勢《せ》雅行《まさゆき》だ。歴代次席検事の懐刀と言われ、総務課長の肩書を超えた権限を持つという噂もある謎の人物である。四十代半ばにして特徴的な白髪頭からシロヌシという渾名《あだな》がつき、その頭文字から「地検のS」と呼ばれる。

その伊勢はどうやら陰で事件を操っているらしいことがほのめかされる。各編の主人公はそれぞれ事件に真摯《しんし》に向き合い、自分なりの解決に到達するのだが、それもまた伊勢によって誘導されていたのでは……という実に魅力的な「黒幕」なのだ。

この伊勢の不可解な行動の狙いは、『地検のS』の最終話で明かされる。興を削《そ》がない程度に明かすと、伊勢の狙いは湊川市選出の代議士・吉村泰二《よしむらたいじ》と、彼と手を結んでいる秋元《あきもと》法律事務所にあった。ある過去の因縁から、伊勢は彼らの悪事を追っていたのである。『地検のS』の収録作は一見バラバラだが、少しずつ吉村の周辺を取り崩そうとしているのがわかるように構成されているのだ。今後のための布石、あるいは種蒔きの一冊なのである。

そして伊勢の過去が読者（と登場人物の一部）に共有されたところで、第二弾『Sが泣いた日』へと舞台は移る。構成は同じく連作短編だ。絶滅危惧種の鳥の記事を書いた新聞記者が思わぬ事件に巻き込まれる「コアジサシの夏」、地検で事情聴取予定だったホステスが行方をくらませた「一歩」、地検の事務官が襲撃された一件を調べる刑事部検事が思いがけない事実を知る「獣の心」、地検にとって宿敵である秋元法律事務所の若手職員がある計画を実行に移す「エスとエス」、東京地検特捜部へ応援出張中の検事がある調査を手がける「Sが泣いた日」の五作が収録されている。

前作同様、各編に仕込まれた意外な展開や思いがけない真相に瞠目《どうもく》するのはもちろんながら、各編がより連続性の強いものになっているのが特徴。前作で蒔かれた種が、伊勢を中心に様々な人の手によって、幹を伸ばし枝を広げ始める。野鳥の記事もホステスの失踪もいつしかひとつの事件に集約されていく。特に「エスとエス」は大きなターニングポイントと言っていい。吉村代議士と秋元法律事務所を少しずつ包囲していく伊勢と、罠《わな》を仕掛けてそれを迎え撃とうとする敵方の、じりじりするような心理戦が一編ごとに緊張感を増すのである。

そして本書『Sの幕引き』である。ここまで記者や検事、弁護士といった周辺の人物が視点の連作だったがいよいよ本丸登場だ。伊勢の直属の上司である本上《ほんじょう》次席検事が地検内にいる吉村側のスパイを見抜く「筋読みの鬼」、宿敵たる秋元弁護士の前歴が語られる「境界線のドア」、地検のナンバースリーであり本上をライバル視している鳥海《とりうみ》特別刑事部長が秋元に取り込まれる「火中」、壮年の検事（彼の過去のエピソードがすごくいい！）がベトナムからの技能実習生の実態を探る「猫の記憶」、そして吉村代議士の秘書で全権を握る須黒《すぐろ》が語り手を務める最終話「断」。

さあ、クライマックスだ。前二作の積み残しがすべて明らかになるのみならず、前作・前々作のあの人がここで出てくるのか、あのエピソードがここで効いてくるのかというシリーズならではの楽しみもある。少しずつ伊勢の事情を知る「仲間」が増えていくのもいい。何より、いよいよ敵の中枢と戦う伊勢がどんな手を見せてくれるのか、これはまず予想できないと断言してしまおう。わあ、そう来たか！

宿敵との丁々発止の駆け引き、外堀を埋めていく智略、罠を仕掛けたと思ったら仕掛けられていたり、思わぬところにスパイが潜んでいたり、それもまた策謀だったりという頭脳戦。吉村代議士を巡る金の流れを暴く社会派ミステリ的なスリルと問題提起。仲間を守る、遺志を継ぐという熱い思い。ウェルメイドな連作短編という印象だった『地検のS』から物語は大きくうねり、ひとつの奔流となって、読者に極めて重いテーマをつきつけるのである。

そのテーマとは、「正義とは何か」だ。

伊勢がただ悪徳代議士と悪徳法律事務所を相手に戦うというだけの話であるならば、枝葉を排してまっすぐにそれを書けばいい。しかし伊兼源太郎はそうしなかった。代わりに彼が選んだ手法は、さまざまな人が視点人物を務める連作短編だ。

最終的に伊勢の目的に集約されていくとはいえ、各編で描かれているのはその視点人物の抱える問題である。とくダネがとれない記者だったり、思うように事情聴取できない検事だったり、意に沿わぬ仕事を命じられた部下だったり、弁護方針に悩む弁護士だったり。

伊勢の一件には直接かかわりはない彼らの個人的な問題や過去や感情を、なぜ著者はここまで丁寧に綴《つづ》ったのか。それこそ、本書が「正義とは何か」を描いた作品であるという証左に他ならない。

彼ら・彼女らは記者として、弁護士として、検事として、あるいは地検で働く者として目の前の問題に悩み、足掻《あが》き、そしてそれぞれの正義に従って決断し、行動する。それを並べることで浮かび上がるのは、何をもって正義とするかが人によってまったく違うという厳然たる事実だ。

法に従うことが正義と考える者がいる。法は道具に過ぎず、その使い道こそ大事と考える者もいる。誰かとの約束を第一に据《す》える者がいる。幼い頃に自分に誓ったことをよすがとする者もいる。勝った側が正義だと信じて疑わない者もいる。

自分の考える正義は本当に正しいのか。正義とは何なのか。悪とは何なのか。弁護士と検事の正義は同一たりうるのか。万人に通用する正義、万人にとっての悪というものははたして存在するのか。

いわばこのシリーズは正義と正義の――それぞれが正義だと思っているもののぶつ

かり合いなのだ。正義を司る職業だからこそ、彼らは悩む。そして彼らは皆、「他者の正義」に触れたときに事件解決の緒《いとぐち》を摑《つか》み、同時に自らの正義を確認するのである。この構造は実に見事だ。

彼らの選択の中には、もしかしたら読者が納得できないものもあるかもしれない。自分なら他の方法をとると思うものもあるかもしれない。それも含めて著者は読者に「あなたの正義とは何か」と問いかけているのである。

伊兼源太郎は、この「正義とは何か」というテーマを、デビュー以来一貫して追求し続けている。公務員のあるべき姿を描いた『事故調』（角川文庫）、警察内部の暗部をテーマにした「警視庁観察ファイル」シリーズ（実業之日本社文庫）、東京地検特捜部が政治の暗部に切り込む真正面からの検察小説『巨悪』（講談社文庫）、若きキャリア警察官の正義と罪を描くハードボイルド『祈りも涙も忘れていた』（早川書房）などなど、吸引力の強いエンターテインメントの中に硬派な芯《しん》を据えた作品をいくつも世に出してきた。

その中でもこの「地検のS」シリーズは、ひとつの到達点と言っていい。

令和の今、世の中はさまざまな「正義」に満ちている。その正義は時として人を分断し、争わせる。正義は生きていく上での指針であると同時に、人を追い詰める矛《ほこ》にもなる。

正義とは何なのかをもう一度立ち止まって考える時代がきているのではないか。

あなたにとって正義とは何かを考える、そのヒントがここにあるはずだ。

本書は書き下ろし作品です。

|著者| 伊兼源太郎　1978年東京都生まれ。上智大学法学部卒業。新聞社勤務などを経て、2013年に『見えざる網』で第33回横溝正史ミステリ大賞を受賞しデビュー。2015年に『事故調』、2021年に「警視庁監察ファイル」シリーズの『密告はうたう』がドラマ化され話題に。本作は地方検察庁を舞台としたミステリ『地検のS』『地検のS　Sが泣いた日』と続く「地検のS」シリーズの最終巻にあたる。他の著作に、『巨悪』『金庫番の娘』『事件持ち』『ぼくらはアン』『祈りも涙も忘れていた』などがある。

地検《ちけん》のS《エス》　S《エス》の幕引《まくひ》き
伊《い》兼源《がねげん》太郎《たろう》
© Gentaro Igane 2022
講談社文庫
定価はカバーに
表示してあります

2022年12月15日第１刷発行

発行者──鈴木章一
発行所──株式会社　講談社
東京都文京区音羽2-12-21　〒112-8001
電話　出版（03）5395-3510
　　　販売（03）5395-5817
　　　業務（03）5395-3615

KODANSHA

デザイン─菊地信義
本文データ制作─講談社デジタル製作
印刷───株式会社KPSプロダクツ
製本───株式会社国宝社

Printed in Japan

落丁本・乱丁本は購入書店名を明記のうえ、小社業務あてにお送りください。送料は小社負担にてお取替えします。なお、この本の内容についてのお問い合わせは講談社文庫あてにお願いいたします。

本書のコピー、スキャン、デジタル化等の無断複製は著作権法上での例外を除き禁じられています。本書を代行業者等の第三者に依頼してスキャンやデジタル化することはたとえ個人や家庭内の利用でも著作権法違反です。

ISBN978-4-06-529842-8

講談社文庫刊行の辞

二十一世紀の到来を目睫に望みながら、われわれはいま、人類史上かつて例を見ない巨大な転換期をむかえようとしている。

世界も、日本も、激動の予兆に対する期待とおののきを内に蔵して、未知の時代に歩み入ろうとしている。このときにあたり、創業の人野間清治の「ナショナル・エデュケイター」への志を現代に甦らせようと意図して、われわれはここに古今の文芸作品はいうまでもなく、ひろく人文・社会・自然の諸科学から東西の名著を網羅する、新しい綜合文庫の発刊を決意した。

激動の転換期はまた断絶の時代である。われわれは戦後二十五年間の出版文化のありかたへの深い反省をこめて、この断絶の時代にあえて人間的な持続を求めようとする。いたずらに浮薄な商業主義のあだ花を追い求めることなく、長期にわたって良書に生命をあたえようとつとめるところにしか、今後の出版文化の真の繁栄はあり得ないと信じるからである。

同時にわれわれはこの綜合文庫の刊行を通じて、人文・社会・自然の諸科学が、結局人間の学にほかならないことを立証しようと願っている。かつて知識とは、「汝自身を知る」ことにつきていた。現代社会の瑣末な情報の氾濫のなかから、力強い知識の源泉を掘り起し、技術文明のただなかに、生きた人間の姿を復活させること。それこそわれわれの切なる希求である。

われわれは権威に盲従せず、俗流に媚びることなく、渾然一体となって日本の「草の根」をかたちづくる若く新しい世代の人々に、心をこめてこの新しい綜合文庫をおくり届けたい。それは知識の泉であるとともに感受性のふるさとであり、もっとも有機的に組織され、社会に開かれた万人のための大学をめざしている。大方の支援と協力を衷心より切望してやまない。

一九七一年七月

野間省一